# 사흘 그리고 한 인생

피에르 르메트르 장편소설

임호경 옮김

이 책은 실로 꿰매어 제본하는 정통적인 사철 방식으로 만들어졌습니다.
사철 방식으로 제본된 책은 오랫동안 보관해도 손상되지 않습니다.

파스칼린에게

내 사랑하는 친구 카미유 트뤼메르를 위해

# 차례

1999년

1999년의 12월이 끝나 갈 무렵, 일련의 돌연하고도 비극적인 사건들이 보발을 덮쳤는데, 그중에서도 가장 큰 사건은 물론 어린 레미 데스메트가 사라져 버린 일이었다. 숲으로 온통 뒤덮이고, 느릿한 리듬으로 흘러가는 이 지역에서 아이가 갑자기 실종되자 사람들은 경악했으며, 심지어는 이를 앞으로 일어날 큰 재앙들의 전조로 여기는 주민들도 적지 않았다.

이 비극의 중심에 있었던 앙투안으로 보자면, 모든 것은 개의 죽음에서부터 시작되었다. 윌리스라는 이름의 개였다. 녀석의 주인 데스메트 씨가 흰색과 황갈색이 뒤섞인, 그리고 다리만 껑청하고 비쩍 마른 이 똥개에다 왜 하필 어떤 그리스 영웅의 이름을 붙였는지는[1] 굳이 알아보려고 하지 말자. 그래봤자 이 이야기에 골치 아픈 신비만 하나 더해질 뿐이니까.

데스메트 가족은 이웃에 살았고, 당시 열두 살이었던 앙투

---

1  호메로스의 서사시 『오디세이아』의 주인공 율리시스의 프랑스식 이름. 이하 모든 주는 옮긴이의 주이다.

안은 어머니가 집 안에 동물을 들이는 것을 늘 거부해 왔기 때문에 더욱 이 개에 애착을 갖고 있었다. 그녀는 짐승들은 집 안을 더럽힐 뿐이라며, 고양이도 안 되고, 개도 안 되고, 햄스터도 안 되고, 아무것도 안 된다고 했다.

윌리스는 앙투안이 부르면 기꺼이 울타리까지 달려왔고, 종종 아이들을 따라 인근의 연못이나 숲에까지 가기도 했으며, 앙투안은 그곳에 혼자 갈 때면 항상 녀석을 데리고 다녔다. 그는 녀석에게 마치 어떤 친구에게 말하듯이 얘기하는 자신을 발견하곤 했다. 개는 머리를 갸우뚱 기울이며 진지하고도 집중한 표정을 짓고 있다가 별안간 후다닥 뛰어갔는데, 이는 속내를 나누는 시간이 끝났다는 신호였다.

여름이 끝나 갈 무렵, 앙투안은 친구들과 생퇴스타슈 고지대의 숲에서 오두막 하나를 지으며 많은 시간을 보냈다. 그것은 앙투안의 아이디어였는데, 늘 그렇듯이 테오가 자기 것이라고 소개하고는 작전 지휘권을 가로챘다. 이 소년이 패거리에서 권위를 행사하는 이유는 가장 덩치가 클 뿐 아니라, 또한 시장의 아들이기도 했기 때문이었다. 이것은 보발 같은 작은 도시에서는 꽤 중요한 점이다(사람들은 계속 재선되는 이들을 몹시 싫어하긴 하지만, 어쨌든 시장은 수호성인처럼, 그의 아들은 황태자처럼 여겨지며, 상인들 사이에서 생겨나는 이런 사회적 위계는 협회들로 퍼지고, 일종의 모세관 현상에 의해 학교 운동장에까지 이르곤 한다). 테오 바이제르는 반에서 가장 공부를 못하는 아이이기도 했는데, 친구들의 눈에는 이게 그의 강한 기질의 증거로 느껴졌다. 테오는 아버지에게 한바탕 얻어맞고 오면 — 그리 드문 일은 아니었다 — 멍든 곳들을 마치 주위의 순응주의자들보다 우월한 정신들이 치르는 대가인 양 자랑스럽게 보여 주곤 했다. 또 그는 여자애들에게도 깊은 인상을 주었는데, 때문에 사내아이들은 그를 두려워하고 숭배했으나, 그리 좋아하지는 않았다. 앙투안은 그에게 무엇을 요구하지도 않았고, 시샘하지도 않았다. 그는 오두막을 짓는 것만으로 행복했고, 꼭 대장이 되어야 할 필요는 없었다.

케빈이 생일 선물로 플레이스테이션을 받았을 때 모든 게 변했다. 모두가 곧바로 생퇴스타슈 숲을 내팽개치고는 게임을 하러 케빈의 집으로 몰려갔다. 케빈의 어머니는 그녀가 늘 위험하다고 생각한 숲과 연못보다는 차라리 이게 낫다고 말했다. 반면 앙투안의 어머니는 아들이 수요일마다 소파에 앉아 노닥거리는 것을 좋아하지 않았다.[2] 이런 것들은 사람을 멍청하게 만들 뿐이라고 하면서, 결국 그에게 게임을 금지하기에 이르렀다. 이 결정에 앙투안은 발끈했다. 딱히 비디오 게임을 좋아해서가 아니라, 친구들과 함께 있지 못하게 되었기 때문이다. 수요일과 토요일마다 그는 외로움을 느꼈다.

그는 무쇼트 집안의 딸내미 에밀리와 함께 꽤 많은 시간을 보냈다. 역시 열두 살인 그녀는 병아리처럼 노랗고 곱슬곱슬

2 프랑스에서 수요일에는 학교 수업이 없다.

한 금발에, 눈이 반짝반짝하는 것이 아주 앙큼하게 생긴, 아무것도 거절할 수 없는 그런 종류의 여자애로, 심지어는 테오조차 좋아하는 애였지만, 여자애하고 노는 것은 또 다른 일이었다.

하여 앙투안은 생퇴스타슈 숲으로 돌아가, 오두막을 또 하나 짓기 시작했다. 이번에는 3미터 높이의 너도밤나무 가지 위에다 높다랗게 지었다. 그는 이 계획을 혼자만의 비밀로 간직했고, 플레이스테이션에 물린 친구들이 숲으로 돌아와 지어진 오두막을 발견했을 때 자기가 거두게 될 승리를 미리 만끽하곤 했다.

이걸 짓는 데는 꽤 많은 시간이 들었다. 앙투안은 제재소를 어정거리며 터진 곳들을 비로부터 보호하기 위한 방수포 조각, 지붕을 덮을 타르 먹인 천 조각, 멋지게 꾸미기 위한 헝겊 등을 주워 모으고, 그의 보물들을 정리해 놓기 위한 벽감을 설치하는 등, 할 일이 끝이 없었는데, 전체적인 계획이 없어 여러 차례 손을 보아야 했기에 더욱 그랬다. 몇 주 동안 이 오두막은 그의 시간과 정신을 온통 차지하고 있었기 때문에 비밀을 지키기가 갈수록 힘들어졌다. 학교에서 그는 여러 사람이 군침을 흘릴 만한 것이 기다리고 있다는 식의 암시를 흘렸지만, 전혀 성공을 거두지 못했다. 이 무렵, 패거리는 툼 레이더의 신규 버전이 출시된다는 소식에 말 그대로 열광하고 있었고, 아이들은 온통 그 얘기뿐이었다.

이 작업을 하는 내내, 월리스는 앙투안의 동반자였다. 특별히 뭔가에 도움이 되었기 때문이 아니라, 그냥 함께 있는 것이었다. 녀석의 존재는 앙투안으로 하여금, 만일 개를 위한 승강기를 만들면, 오두막에 올라가서도 같이 있을 수 있겠다는 생각을 하게 했다. 그래서 그는 다시 제재소로 가서 도르래 하나와 밧줄 몇 미터, 그리고 개를 실을 발판을 만들 재료를 슬쩍해 왔다. 이 오두막 짓기의 화룡점정이라 할 수 있으며, 그것의 야심을 보여 주는 이 승강 장치는 조정하는 데만 여러 시간이 필요했고, 그중 대부분은 첫 시도 때부터 이륙시키려 하면 겁에 질려 내빼는 개를 쫓아다니는 데 들어갔다. 발판은 작대기 하나로 받쳐 왼쪽 각도를 유지해 줘야만 수평 상태로 있었다. 완전히 만족스러운 결과는 아니었지만, 어쨌든 윌리스는 위층에 이를 수 있었다. 녀석은 올라가는 내내 애처롭게 낑낑댔고, 앙투안이 따라 올라가면 발발 떨면서 웅크린 몸을 그에게 바짝 붙이곤 했다. 그러면 앙투안은 녀석의 체취를 맡으며 몸뚱이를 쓰다듬어 주었고, 행복감에 눈을 지그시 감곤 했다. 내려오는 일은 언제나 더 쉬웠고, 윌리스는 발판이 땅에 닿기도 전에 펄쩍 땅에 뛰어내리곤 했다.

앙투안은 광에서 주워 모은 그릇 쪼가리며 손전등, 모포, 읽을거리와 필기구 등, 자급자족하며 살아가는 데 필요한 거의 모든 것을 오두막에 가져다 놓았다.

이 모든 사실들로부터 앙투안이 고독을 즐기는 성격이었다는 결론을 이끌어 내서는 안 될 것이다. 그는 당시 상황상 어쩔 수가 없어서, 그의 어머니가 비디오 게임들을 끔찍하게 여겨졌던 탓으로 그리되었을 뿐이다. 그의 삶은 쿠르탱 부인이 창의적으로, 그리고 규칙적으로 세워 놓는 법들과 규정들로 그야말로 발 디딜 틈이 없었다. 그렇잖아도 고집스러운 성격이었던 그녀는 이혼하고 나서는 혼자가 된 어머니들이 종종 그렇듯이 원칙대로만 사는 여자가 된 것이다.

6년 전, 앙투안의 아버지는 직업상의 변동을 이용하여 아내까지 바꿔 버렸다. 그가 독일로의 전근 신청서에 뒤이어 이혼 신청서까지 제출하자 블랑슈 쿠르탱은 이를 비극적으로 받아들였는데, 이러한 그녀의 반응은 앙투안이 태어난 이후로 부부 사이가 좋지 못했고, 부부간에 은밀한 관계를 맺는 일이 갈수록 드물어져 갔다는 점을 감안하면 의외의 일이었다. 쿠르탱 씨는 이혼한 이후로는 한 번도 보발에 돌아오지 않았다. 대신 꼬박꼬박 선물을 보내왔지만, 그 선물들은 언제나 아들의 욕구와는 시간적 괴리가 있는 것들이었다. 그가 여섯 살일 때에는 열여섯 살짜리의 장난감을 보내고, 열한 살일 때는 여섯 살짜리의 장난감을 보내는 식이었다. 어느 날 앙투안은 슈투트가르트에 있는 아버지의 집에 가게 됐는데, 그때 부자는 세 시간 동안 말없이 서로를 노려보기만 했으며, 결국 이 실험을 두 번 다시 되풀이하지 않기로 피차 합의를 보았다. 쿠르탱 씨는 그의 아내가 남편을 갖기에 적합한 여자가 아니었듯이, 아들을 갖기에 적합한 아버지가 아니었던 것이다.

이 경악스러운 에피소드는 그를 어머니와 가까워지게 했다. 독일에서 돌아온 그는 어머니의 삶이 무겁고도 느리게 흘러가는 것은 그녀가 고독하고도 슬프기 때문이라고 생각했고, 그녀를 다른 눈으로, 약간 비극적인 눈으로 보기 시작했다. 그리고 물론, 그 또래의 아이들은 누구라도 마찬가지겠지만, 이 어머니에 대해 책임감을 느끼게 되었다. 비록 그녀가 짜증 나는 여자일지라도(솔직히 때로는 견디기 힘들 정도였다), 그는 그녀에게는 일상과 결점들, 성격, 여러 가지 상황 등, 모든 것에도 불구하고 용서받을 수 있는 어떤 것이 있다고 생각했다. 앙투안에게 있어서 자기 어머니를 지금보다 더 불행하게 만든다는 것은 상상할 수도 없는 일이었고, 그는 이 확신을 결코 떨쳐 버리지 못했다.

이 모든 것은 그의 별로 외향적이지 못한 천성과 결합하여 앙투안을 약간 우울한 아이로 만들었고, 케빈의 플레이스테이션의 등장은 이런 성향을 한층 강화하는 결과를 가져왔을 뿐이다. 부재하는 아버지, 딱딱한 어머니, 그리고 멀어진 친구들이라는 세 항이 이루는 삼각형에서 개 윌리스는 당연히 그 중심부를 차지하게 되었다.

녀석의 죽음과 그것이 일어난 방식은 앙투안에게는 특별히도 충격적인 사건이었다.

윌리스의 주인, 데스메트 씨는 과묵하고, 성마르고, 참나무처럼 단단한 사내였다. 덤불처럼 무성한 눈썹과 성난 사무라이 같은 얼굴을 가진 그는 자신의 권리에 철저하고, 쉽사리 의견을 바꾸지 않는 타입이었다. 또 걸핏하면 싸우려 드는 사람이었다. 그는 〈바이제르, 나무 완구 제작사, 1921년 설립〉

사의 직공으로 일하는 것 외에 평생 다른 일을 해본 적이 없었는데, 보발의 주요 기업인 여기에서의 그의 경력은 숱한 충돌과 언쟁으로 얼룩져 왔다. 심지어 2년 전에는 자신의 십장인 무쇼트 씨를 동료들 모두가 보는 앞에서 따귀를 후려쳐 정직 처분을 받은 일까지 있었다.

그에게는 생틸레르에서 미용실 견습생으로 있는 열다섯 살 먹은 딸 발랑틴이 있었고, 또 여섯 살배기 아들 레미가 있었는데, 앙투안을 무한히 숭배하면서 기회만 나면 그를 졸졸 따라다니는 아이였다.

그런데 이 어린 레미는 결코 짐이 되기만 하는 아이는 아니었다. 아버지를 쏙 빼닮은 그는 벌써 미래의 벌목꾼이 상상될 정도로 몸집이 두툼했으며, 앙투안을 따라 생퇴스타슈나 심지어는 연못이 있는 곳까지도 쉽게 올라올 수 있을 정도였다. 데스메트 부인은 앙투안을 일이 있을 때 레미를 맡겨도 될 만한 책임감 있는 소년으로 여겼고, 이런 그녀의 판단은 틀린 게 아니었다. 어쨌든 어린 레미는 상당히 자유롭게 돌아다닐 수 있었다. 보발은 조그마한 도시였고, 같은 동네에 살면 모두가 서로 아는 사이였다. 아이들이 제재소 근처에서 놀든 숲으로 가든, 혹은 마르몽 쪽에서 놀든 퓌즐리에르 쪽에서 놀든 간에, 언제나 일하거나 근처를 지나는 어느 어른의 눈에 띄게 마련이었다.

비밀을 혼자 간직하기가 힘들었던 앙투안은 어느 날 레미를 숲으로 데려가 그 나무 위에 걸린 오두막을 보여 주었다.

아이는 이 기술적 쾌거에 대해 찬탄을 아끼지 않았으며, 완전히 열광하여 승강기를 몇 번이나 타보았다. 그런 다음에는 심각한 얘기가 시작되었다. 레미, 내 말 잘 들어. 이건 절대로 비밀이야. 아무도 이 오두막에 대해 알면 안 돼. 이게 완전히 완성될 때까지는 아무도 알아서는 안 된다고, 무슨 말인지 알겠어? 자, 널 믿어도 되겠지? 이거 아무에게도 말하지 않는 거야, 응? 레미는 맹세하고, 침을 뱉고, 새끼손가락을 걸고, 또 엄지까지 맞대었으며, 앙투안이 아는 한 약속을 잘 지켰다. 그에게 있어서 앙투안과 어떤 비밀을 공유한다는 것은 자기도 큰 아이들 중의 하나가 된다는 얘기였고, 이것은 엄청난 일이었다. 그는 자신이 믿을 만한 아이임을 보여 주었다.

12월 22일은 기온이 계절 평균보다 몇 도나 높은, 아주 따스한 날이었다.

앙투안은 성탄절을 앞두고 물론 들떠 있었지만(아버지가 이번에는 자기 편지를 좀 주의 깊게 읽고 플레이스테이션을 선물로 보내 주기를 바라고 있었다), 평소보다 조금 더 외로움을 느꼈다.

그는 더 이상 견디지 못하고 해버리고 말았다. 에밀리에게 오두막에 대해 말해 버린 것이다.

1년 전, 앙투안은 자위행위를 발견했고, 이것은 하루에도 몇 번씩 하는 활동이 되어 있었다. 그는 수없이 숲속의 나무 둥치에 한 손을 기대고 바지를 발목까지 내린 채로 에밀리를 생각하며 욕구를 해소해 왔다. 그는 지금까지 자기가 이 모든 일들을 한 것은 사실 그녀를 위해서였으며, 그녀를 데려오고 싶은 둥지를 하나 만들어 놓았다는 사실을 의식하게 되었다.

그리하여 며칠 전, 그녀는 그를 따라 숲으로 들어왔고, 그가 지어 놓은 것을 회의적인 시선으로 올려다보았다. 저길 정말로 올라가야 해? 하는 눈빛으로 말이다. 토목 공학엔 관심이 없는 그녀로서는 앙투안과 불장난 좀 해보려고 따라왔던 것이지만, 그것을 저 3미터 위 공중에서 하고 싶은 마음은 별로 없었다. 그녀는 금빛 머리 가닥 하나를 검지로 돌돌 말면서 잠시 애교를 부리다가, 그녀의 반응에 화가 난 앙투안이 자신의 놀이에 참여할 기색을 보이지 않자 그대로 그곳을 떠나 버렸다.

그녀의 방문은 앙투안에게 쓴맛을 남겼다. 에밀리는 분명히 다른 애들에게 얘기하리라. 그는 왠지 자신이 우스꽝스럽게 느껴졌다.

그는 생퇴스타슈에서 돌아왔고, 성탄절의 분위기와 선물에 대한 기대감도 실패로 끝난 이 에밀리와의 일을 잊게 하지 못했고, 시간이 갈수록 이 일은 그의 머릿속에서 모욕적인 양상을 띠어 갔다.

사실, 보발의 성탄절 분위기에는 불안감이 짙게 배어 있었다. 갖가지 장식, 광장에 세운 크리스마스트리, 시립 합창단 연주회 등, 마을은 여느 해와 마찬가지로 연말의 축제 분위기를 내고 있었지만, 바이제르사의 경영난이 많은 사람을 위협하게 된 후로는 그 열기가 약간 덜했다. 목제 완구에 대한 대

중의 관심이 시들해졌다는 것은 분명한 사실이었다. 꼭두각시 인형과 팽이와 조그만 물푸레나무 기차 제조는 아직 탄탄한 버팀목이 되어 주었지만, 그들 자신부터가 아이들에게 비디오 게임 콘솔을 선사했고, 뭔가가 삐걱거리고 있으며 미래는 위협받고 있다는 게 분명히 느껴졌다. 바이제르사의 사업이 축소된다는 소문이 주기적으로 떠돌았다. 직원은 벌써 70명에서 65명으로, 그리고 다시 60명으로, 또 52명으로 줄어든 터였다. 십장인 무쇼트 씨는 벌써 2년 전에 해고되었으며, 지금까지 일자리를 찾지 못하고 있었다. 가장 고참 축에 속하는 데스메트 씨마저도 불안감 속에 살았다. 그는 다른 많은 이들과 마찬가지로 다음번 리스트에서 자기 이름을 읽게 될까 봐 전전긍긍했고, 어떤 이들의 말로는 이 리스트는 명절이 끝나자마자 나온다는 것이었다……

이날, 오후 6시 조금 전에, 개 윌리스는 보발의 중앙로를 약국께에서 건너다가 자동차에 치였다. 운전사는 그대로 달아나 버렸다.

개는 데스메트 씨 집으로 옮겨졌다. 소문이 삽시간에 퍼졌다. 앙투안은 달려갔다. 윌리스는 정원에 길게 뻗어 무겁게 헐떡대고 있었다. 녀석은 석상처럼 굳어져서 울타리에 서 있는 앙투안 쪽으로 고개를 돌렸다. 다리 한쪽과 옆구리가 부서져 수의사의 개입이 시급한 상태였다. 데스메트 씨는 두 손을 호주머니에 찌른 채로 오랫동안 자기 개를 내려다보고 있더니, 집 안으로 들어가 엽총을 들고 나와서는 녀석의 배에다 총구를 대고 쐈다. 그런 다음, 개의 사체를 폐기물 담는 용도의 비닐 자루에 쑤셔 넣었다. 이로써 일이 해결되었다.

이 모든 일들은 너무도 빨리 이루어졌고, 앙투안은 입만 딱 벌린 채로 아무 말도 못 하고 서 있었다. 설사 말할 수 있었다 해도 말할 상대도 없었다. 데스메트 씨는 집에 들어가 문을 닫아 버렸다. 윌리스의 유해를 담은 회색 자루는 데스메트 씨가 지난주에 다시 새로 지으려고 허문 토끼장에서 나온 석고와 시멘트 잔해들로 가득 채워진 다른 자루들과 함께 정원 끄트머리에 놓여졌다.

앙투안은 찢어지는 마음으로 집으로 돌아왔다.

그는 너무나도 괴로웠던 나머지, 그날 저녁 이에 대해 어머니와 얘기를 나눌 기운도 없었다. 어차피 그녀는 이 사건에 대해 모르고 있었지만 말이다. 가슴이 답답하고 마음이 끔찍이도 무거운 그의 눈앞에 계속 그 장면이 떠올랐다. 엽총, 윌리스의 대가리, 특히 녀석의 두 눈망울, 데스메트 씨의 거대한 실루엣……. 말도 할 수 없고, 심지어는 먹을 수조차 없게 된 그는 몸이 불편하다는 핑계를 대고 자기 방에 올라가 오랫동안 흐느꼈다. 아래층에서 어머니가 〈앙투안, 괜찮니?〉 하고 물었다. 그는 스스로도 놀랍게도 〈응, 괜찮아!〉라고 아주 또렷하게 대답했고, 쿠르탱 부인에게는 그걸로 충분했다. 그는 아주 늦게야 잠자리에 들었고, 죽은 개들과 엽총들이 꿈속에 나타났으며, 결국 피로로 기진맥진하여 잠에서 깨어났다.

쿠르탱 부인은 목요일마다 아주 이른 시간에 일하러 시장

22

에 갔다. 그것은 1년 내내 여기저기서 구해서 하는 허드렛일들 중에서 그녀가 정말로 끔찍하게 여기는 유일한 것이었다. 코발스키 씨 때문이었다. 그녀에 따르면, 그는 고용인들에게 임금을 최소한으로, 그것도 늦게야 지불하고, 내다 버려야 마땅한 식품들을 그들에게 반값에 팔아먹는 수전노라는 것이었다. 에휴, 내가 그 몇 푼 받겠다고 꼭두새벽부터 일어나야 하다니! 하지만 이 짓을 거의 15년 동안 해오고 있어. 다 의리 때문이지, 뭐. 그녀는 전날부터 이렇게 투덜거렸고, 그러다 보면 기분이 언짢아지곤 했다. 큰 키에 깡마른 체격, 뼈만 남은 얼굴, 움푹 파인 뺨, 얄따란 입술, 그리고 고양이처럼 이글거리면서도 신경질적으로 빛나는 눈의 소유자인 코발스키 씨는 사람들이 돼지고기와 가금류 고기를 취급하는 상인에 대해 품는 일반적인 이미지와는 거리가 멀었다. 그와 정기적으로 마주치는 앙투안은 그가 아주 무섭게 생겼다고 생각했다. 그는 마르몽에서 돼지고기 가공식품 판매점을 하나 샀고, 이 지역에 들어온 지 2년 만에 아내가 죽자 그 뒤로는 점원 두 명을 데리고 운영해 왔다. 쿠르탱 부인은 투덜거리곤 했다. 〈그 양반은 도무지 사람을 채용할 생각을 안 해. 지금도 충분히 많다고만 하고.〉 그는 마르몽 시장에서 장사를 했고, 목요일에는 인근의 마을 몇 군데를 돌아다니며 장사를 했는데 그 마지막 장소는 보발이었다. 코발스키 씨의 길쭉하고 깡마른 얼굴은 아이들 사이에서는 농담거리가 되었고, 아이들은 그에게 프랑켄슈타인이라는 별명을 붙였다.

이날 아침, 쿠르탱 부인은 매주 그렇듯이 마르몽으로 가는 첫 번째 버스를 탔다. 이미 그때부터 밤에 잠을 이루지 못하던 앙투안은 그녀가 조심스레 문을 닫는 소리를 들었다. 그는 몸을 일으켜 자기 침실 창문을 통해 데스메트 씨네 정원을 내려다보았다. 거기, 그의 시선이 미치지 못하는 한쪽 구석에는 그 폐기물 자루가……

다시금 눈물이 펑펑 쏟아졌다. 그가 이렇게나 슬픈 것은 단지 개의 죽음 때문만이 아니었고, 녀석의 죽음이 지난 몇 달 동안의 고독과, 그를 실망하고 낙담하게 만든 그 모든 일들과 고통스럽게 겹쳐졌기 때문이었다.

그의 어머니는 이른 오후가 되기 전에는 집에 돌아오는 법이 없었으므로, 주방에 걸린 커다란 석판에 그날 해야 할 일을 써놓곤 했다. 거기에는 언제나 해야 할 집안일과 어디 가서 사와야 할 것들, 동네 슈퍼에서 장 봐 와야 할 것들이 적혀 있었다. 또 네 방을 치워라, 냉장고에 햄이 있다, 적어도 요플레 하나와 과일 하나를 챙겨 먹어라, 등 잔소리가 끝이 없었다.

쿠르탱 부인은 미리 모든 것을 철저히 준비해 놓는 사람이었지만, 그에게는 항상 뭔가 시킬 것을 찾아내었는데, 이 일에 있어서만큼은 도사가 따로 없었다. 앙투안은 1주일이 넘게 벽장 속에 있는 소포를 노리고 있었다. 아버지가 보낸 그것은 포장된 플레이스테이션만 한 크기였지만, 지금은 전혀 마음이 내키지 않았다. 충격적이고도 갑작스럽게 찾아온 개의 죽음이 그의 마음을 온통 사로잡고 있었던 것이다. 그는 일하기 시작했다. 아무에게도 말을 건네지 않으며 장을 봤고, 빵집에서는 고개만 까딱하여 대답을 했다. 말을 한마디도 할 수 없는 상태였다.

오후가 시작될 즈음, 그는 빨리 생퇴스타슈 숲에 가서 숨어 있고 싶을 뿐이었다.

그는 끝내 먹지 못한 음식을 가다가 어딘가에 버리려고 쟁여 넣었다. 데스메트 씨 집 앞에서는 정원에서 비닐 자루들이 쌓여 있는 곳을 보지 않으려고 애쓰며 걸음을 재촉했다. 이렇게 가까이에 있으니 심장이 터질 듯 뛰면서 다시 가슴이 아려왔다. 그는 두 주먹을 꽉 쥐고 달리기 시작했고, 그의 오두막 아래에 와서야 뜀박질을 멈추었다. 가쁜 숨이 잦아들자, 고개를 들어 위를 보았다. 그 많은 시간을 들인 그 은신처가 놀라울 정도로 추하게 보였다. 저 방수포 쪼가리, 헝겊 쪼가리, 타르 먹인 천 쪼가리들은 어느 빈민가에 온 듯한 느낌을 주었다. 이 오두막 앞에서 에밀리가 보였던 그 토라진 듯한 표정이 떠올랐다……. 갑자기 맹렬한 분노에 휩싸인 그는 나무 위로 기어올라 모조리 때려 부수면서, 나무 조각이며 널빤지 등을 멀리멀리 집어 던졌다. 이렇게 모든 게 흩어져 버렸을 때, 숨을 헐떡이며 다시 아래로 내려왔다. 나무둥치에 등을 기댄 채로 털썩 주저앉은 그는 이제 어떻게 해야 하나 자문하며 한동안 그렇게 있었다. 더 이상 살고 싶지도 않았다.

윌리스가 그리웠다.

이때 레미가 왔다.

앙투안은 멀리서 아이의 조그만 실루엣이 이쪽으로 나아 오는 것을 보았다. 아이는 마치 버섯을 밟아 뭉개면 어쩌나 걱정하는 것처럼 조심조심 걸어왔다. 마침내 두 손으로 머리 통을 감싸고 몸을 떨며 오열하고 있는 앙투안 앞에 이른 그는 멍하니 두 팔을 늘어뜨린 채로 거기 서 있었다. 그러다 나무 위쪽을 올려다보고서 모든 게 부서져 버린 것을 알아채고는 입을 벌렸지만, 미처 말할 시간이 없었다.

「너희 아빠가 왜 그랬어?」 앙투안은 고함쳤다. 「엉, 도대체 왜 그런 거냐고?」

그는 분노에 휩싸여 벌떡 일어섰다. 레미는 눈을 동그랗게 뜨고는 앙투안을 응시하며 그가 퍼붓는 비난의 소리들을 들었지만 무슨 말인지 이해할 수 없었으니, 집에서는 윌리스가 녀석의 정기적인 버릇이 발동하여 집을 나갔다는 얘기만 들었기 때문이었다.

바로 이 순간, 억울한 감정이 북받쳐 오른 앙투안은 더 이상 제정신이 아니었다. 윌리스의 죽음이 가져온 쇼크 상태는 갑자기 거센 분노로 바뀌었다. 분노에 눈이 멀어 버린 그는 승강기를 받치는 데 쓰던 작대기를 집어 들었고, 마치 레미는 개이고 자신은 개 주인인 것처럼 그것을 흔들어 댔다.

그의 이런 모습을 한 번도 본 적이 없는 레미는 새파랗게 질렸다.

그는 몸을 돌려 한 걸음을 내딛었다.

그러자 앙투안은 작대기를 두 손으로 쥐고는 아이를 맹렬히 후려쳤다. 작대기는 오른쪽 관자놀이에 적중했다. 레미는 그대로 쓰러졌다. 앙투안은 다가갔고, 손을 내밀어 아이의 어깨를 흔들었다.

레미?

아이는 정신을 잃은 모양이었다.

앙투안은 뺨을 두드려 보려고 아이의 몸을 뒤집어 보았다. 하지만 아이가 누운 자세가 되자, 그의 눈이 열려 있는 게 보였다.

시선이 고정된, 그리고 흐릿한 눈이었다.

분명한 사실 하나가 뇌리를 스쳤다. 레미는 죽은 것이다.

# 2

스르르 작대기가 손에서 떨어져 내렸다. 그는 아주 가까이에 있는 아이의 몸을 내려다본다. 그의 자세에서는 뭔가 아주 이상한 게 느껴진다. 뭐라고 해야 할까, 어떤 포기 같은 것……? 내가 대체 무슨 짓을 한 거지? 그리고 이제 어떻게 해야 하지? 달려가서 구조를 요청해? 아냐, 얘를 여기에 버려둘 수는 없어. 데려가야 해. 안아 들고서 보발까지 달려가야 해. 디윌라 푸아 의원님 집으로 미친 듯이 달려가야 해.

「걱정 마.」앙투안은 웅얼거린다. 「널 병원에 데려갈 거야.」

그는 마치 자신에게 얘기하듯 아주 나직이 말한다.

그는 몸을 굽혀서는 아이의 몸 아래로 두 손을 밀어 넣은 다음, 다시 몸을 일으킨다. 아이의 몸에서는 힘이 조금도 느껴지지 않는데, 가야 할 길이 좀 멀기 때문에 오히려 잘됐다…….

그는 달리기 시작한다. 하지만 두 팔에 실린 레미의 몸이 별안간 몹시 무거워진다. 앙투안은 걸음을 멈춘다. 아니, 무거운 게 아니라, 축 늘어진 것이었다. 머리는 완전히 뒤로 젖혀

졌고, 양팔은 축 처졌으며, 두 발은 꼭두각시의 그것들처럼 힘
없이 건들거린다. 마치 어떤 자루 하나를 들고 가는 느낌이다.

앙투안의 의지가 픽 꺼져 버린다. 레미를 땅바닥에 내려놓
지 않을 수 없게 된 그는 두 무릎을 구부린다.

애는 정말로…… 죽은 걸까?

이 질문 앞에서 앙투안의 대뇌가 그대로 막혀 버린다. 더
이상 아무것도 작동하지 않고, 아무 생각도 떠오르지 않는다.

그는 아이의 얼굴을 보려고 시신을 빙 돌아간다. 엄청난
노력 끝에 겨우 웅크리고 앉는다. 그는 피부의 색깔과 반쯤
벌어진 입을 들여다본다…… 팔을 뻗어 보지만 도무지 아이
의 얼굴이 만져지지 않는다. 그들 사이에 어떤 보이지 않는
벽이 세워진 것처럼, 그의 손은 자꾸만 어떤 촉감 없는 장애
물에 부딪혀 아이의 얼굴에 가 닿지 않는다.

이 일이 초래할 결과들이 앙투안의 머릿속에 서서히 모습
을 드러내기 시작한다.

다시 몸을 일으킨 그는 엉엉 울면서 이리저리 걷는데, 더
이상 레미의 시신을 쳐다볼 수 없다. 두 주먹을 꼭 쥐고, 머릿
속은 펄펄 끓어오르고, 전신의 근육이 팽팽해진 그는 어떻게
해야 하나 생각하며 계속 왔다 갔다 한다. 눈물이 너무 많이
흘러 앞이 잘 보이지도 않아 소맷자락으로 눈을 훔친다.

문득, 그는 어떤 막연한 희망에 사로잡힌다. 아이가 조금
움직였다!

앙투안은 숲을 증인으로 삼고 싶다. 지금 애가 움직였어,

안 그래? 너희들도 봤지? 그렇지? 그는 허리를 굽힌다.

아, 천만의 말씀이다. 미세한 경련 하나 보이지 않는다. 아무것도 없다.

단지 작대기에 맞은 부분만이 색깔이 변하고 있을 뿐이다. 이제 어두운 적색이 된 그 커다란 자국은 테이블보에 번지는 포도주 얼룩처럼 광대뼈 전체를 뒤덮고 있다.

확실히 알아봐야 한다. 그가 숨을 쉬고 있는지 확인해야 한다. 앙투안은 그것을 TV에서 한 번 본 적이 있다. 어떤 사람의 입술 밑에 거울을 대고 김이 서리는지 보고 있는 장면을 말이다. 하지만, 웃기고 있네, 여기에 거울 같은 게 어디 있냐고…….

다른 수가 없다. 앙투안은 집중해 보려 애쓰면서, 시신 위로 머리를 숙여 아이의 입 쪽으로 귀를 쭉 내밀어 보지만, 숲이 내는 소리들과 쿵쾅대는 심장은 아무것도 듣지 못하게 만든다.

그렇다면 다른 식으로 해야 한다. 앙투안은 두 눈을 크게 뜨고 손가락들을 활짝 벌린 손을 레미의 가슴팍 쪽으로, 그의 〈프루트 오브 더 룸〉 티셔츠 쪽으로 내민다. 손가락에 천이 닿았을 때 앙투안은 안도감에 사로잡힌다. 온기가 느껴져! 애가 살아 있어! 이제 그는 아이의 배 위에 과감히 손을 올려놓는다. 가만, 심장이 어디 있더라? 그는 그 위치를 확인하기 위해 자신의 심장을 찾아본다. 심장은 보다 위쪽에, 보다 왼쪽에 있어, 난 이게 여기 있는지 몰랐어, 난 어떻게 상상했냐면……. 이렇게 그는 더듬어 찾으면서 지금 자신이 무엇을 하고 있는지 잊어버린다. 됐다. 그의 왼손에 자신의 심장이 느껴지고, 그의 오른손은 레미의 몸통의 같은 위치에 놓여진다. 한쪽 손에는 그게 세차게 뛰고 있는데, 다른 쪽 손에는 아무것도 느껴지지 않는다. 그는 지그시 눌러보고, 여기저기 더듬어 보지만 아무것도 없고, 결국에는 두 손바닥을 펴서 바짝 대어 보지만 아무것도 뛰지 않는다. 심장은 멎은 것이다.

앙투안은 더 이상 견디지 못하고 아이의 뺨을 후려친다. 아주 세차게 후려친다. 야! 왜 죽었어, 엉? 왜 죽어 버렸냐고?

따귀를 맞는 아이의 머리가 이리저리 흔들린다. 앙투안은 동작을 멈춘다. 내가 지금 무슨 짓을 하고 있는 거지? 레미를…… 죽은 레미를 때리고 있다니!

그는 힘이 쭉 빠져서 일어선다.

어떻게 하지? 그는 똑같은 질문을 계속 반복하지만, 생각은 한 치도 나아가지 않는다.

그는 맞잡은 두 손을 비틀면서 다시 시체 앞을 왔다 갔다 하기 시작한다. 또 개울처럼 끝없이 흘러내리는 눈물을 훔친다.

자수해야 해. 경찰에. 어떻게 말해야 하지? 내가 레미와 함께 있다가, 작대기로 한 대 후려쳐서 죽여 버렸다고?

그리고 이 모든 얘기를 누구한테 해야 하지? 군경대[3]는 마르몽에 있는데, 보발에서 8킬로미터나 떨어진 곳이다……. 어

---

3 프랑스 국방부 휘하의 준(準)군사 조직. 경찰과 함께 민간 사회에서 각종 치안 업무를 수행한다.

머니는 군경들을 통해 소식을 듣게 될 것이었다. 이걸 알게 되면 엄마는 아마 죽어 버릴 거야. 살인자의 어머니가 되는 것을 절대로 견뎌 내지 못할 테니까. 그리고 아빠는 어떻게 반응할까? 소포들을 보내올 거야…….

앙투안은 교도소에 있다. 조그만 감방 안에, 그보다 나이가 많고, 난폭하기로 소문난 세 소년과 같이 지낸다. 그들은 「오즈Oz」에 나오는 인물들처럼 생겼다. 앙투안은 이 TV 시리즈의 에피소드 몇 편을 몰래 본 적이 있는데, 거기에서는 젊은 애들이라면 사족을 못 쓰는 버논 실링거라는 끔찍한 악당이 나왔다. 교도소에 가면 분명 그런 사내와 마주하게 되리라.

그리고 누가 그를 면회 올 것인가? 사람들의 얼굴이 줄줄이 스쳐 간다. 친구들, 에밀리, 테오, 케빈, 교장 선생님……. 그리고 데스메트 씨의 모습이 모두를 압도한다. 그 육중한 체구, 퍼런 콤비네이션 작업복, 사각형의 얼굴, 회색빛 눈!

아니, 앙투안은 교도소에 가지 못할 것이었다. 갈 시간조차 없을 것이다. 이 사실을 알게 된 데스메트 씨가 분명히 그를 죽여 버릴 테니까. 자기 개한테 그랬듯이 배에다 엽총을 쏴서 말이다.

그는 손목시계를 들여다본다. 오후 2시 30분. 해가 중천에 걸려 있다. 앙투안은 온몸이 땀으로 흥건하다.

그는 결정을 내려야 하지만, 결정은 이미 내려졌다고 무언가가 말한다. 자, 집으로 돌아가는 거야, 집으로 돌아가서 아무 얘기도 하지 않고, 그대로 내 방으로 올라가서는 마치 한 번도 거기서 나오지 않은 것처럼 하고 있는 거야. 그러면 그게 나인 줄 누가 알겠어? 아무도 레미가 사라진 사실을 알아채지 못할 거야. 그게 언제까지냐면……. 앙투안은 계산을 해보려 하지만 모든 게 헷갈리기만 하고, 손가락으로 셈을 해보는데, 지금 무슨 계산을 하는 거지? 레미의 시체가 발견되는 데 걸리는 시간? 몇 시간? 며칠? 어쨌거나 레미가 앙투안과 그의 친구들과 어울리는 모습이 자주 사람들의 눈에 띄었기 때문에, 그들은 경찰의 심문을 받게 되리라……. 지금은 모두가 케빈의 집에서 플레이스테이션을 하고 있을 테고, 거기에 앙투안만 빠져 있는 거고, 따라서 모두의 시선이 그에게로 쏠리리라.

아니다. 지금 해야 할 일은 사람들이 레미를 찾아낼 수 없게끔 하는 것이다.

죽은 개가 담긴 쓰레기 자루의 영상이 뇌리를 스친다.

이걸 치워 버려야 한다.

레미는 사라졌고, 그가 어떻게 되었는지는 아무도 모른다. 그래, 이게 바로 해결책이다. 사람들은 그를 찾아 나서겠지만, 일이 이렇게 된 것은 아무도 상상하지 못하리라…….

앙투안은 여전히 시체 근처에서 왔다 갔다 하고 있지만, 그것을 감히 쳐다보지 못한다. 그것만 보면 머릿속이 하얘지고, 아무 생각도 나지 않는다.

그런데 만일 레미가 자기 엄마에게, 앙투안을 보러 생퇴스타슈 숲에 간다고 얘기했다면?

어쩌면 벌써 사람들이 레미를 찾아 나섰을지도 모르고, 〈레미! 앙투안!〉 하고 부르는 소리가 곧 들릴지도 모른다.

앙투안은 자기 위로 함정의 입구가 철커덩 닫히는 게 느껴진다. 다시금 눈물이 솟구친다. 난 끝장이야!

시체를 감춰야 한다. 하지만 어디에? 어떻게? 만일 오두막을 부수지 않았다면, 레미를 그 위로 올려놓으면 아무도 거기까지 올라가서 찾을 생각을 하지 않을 텐데……. 까마귀들이 다 파먹어 버릴 텐데…….

어마어마한 재앙에 그는 완전히 박살 나버렸다. 단 몇 초 사이에 그의 삶은 방향이 바뀌어 버렸다. 그는 살인범인 것이다.

이 두 이미지는 전혀 어울리지가 않는다. 열두 살짜리 아이와 살인범…….

다시금 밀려오는 격심한 슬픔에 머리가 핑 돈다.

그리고 시간이 흐르는데, 앙투안은 여전히 할 바를 알지 못한다. 이제 보발에서는 사람들이 불안해하고 있으리라.

연못! 사람들은 레미가 연못에 빠졌다고 생각할 거야!

아니, 시체가 수면에 떠오를 것이다. 앙투안에게는 그것을 연못 바닥에 가라앉힐 방법이 없다. 시체가 건져지면 머리의 상처를 보게 될 것이다. 과연 사람들이 레미가 혼자서 넘어졌다고 생각할까? 혼자서 머리를 이렇게 부딪친 거라고?

앙투안은 정신이 하나도 없다.

아, 맞아, 그 커다란 너도밤나무! 앙투안에게는 그게 바로 눈앞에 있는 것처럼 보인다.

그것은 몇 해 전에 드러누워 버린 엄청나게 커다란 어떤 나무이다. 그것은 어느 날 예고도 없이, 어떤 노인이 갑자기 숨이 끊어져 버리듯이 벌러덩 넘어지면서, 그것을 떠받치던 뿌리 전체를, 사람 키만큼이나 높다란 그 거대한 흙뭉치 전체를 땅에서 뽑아내었다. 그러면서 다른 나무들도 함께 쓰러뜨렸고, 그 가지들이 얽히고설켜 빽빽한 덤불을 이룬 그곳을 앙투안과 그의 친구들은 찾아가 놀고는 하였는데, 이것은 오래전의 일이고, 지금은 모두가 특별한 이유는 없지만 이 장소에 대한 흥미를 잃어버린 터였다⋯⋯. 너도밤나무는 일종의 짐승 굴 같은 곳 위로 쓰러져 내렸는데, 아이들은 나무가 쓰러지기 전에도 그 커다란 구멍에 감히 들어가 볼 생각을 하지 못했고, 아무도 그것이 어디로 통하는지, 심지어는 그게 깊은지 아닌지조차 알지 못했지만, 지금 앙투안에게 떠오르는 해결책은 단 하나, 바로 그곳이다.

결심이 선 그는 몸을 돌린다.

레미의 얼굴은 또 변해 있다. 이제는 회색이고, 멍은 더 커져 있고, 점점 더 어두운 색으로 변해 간다. 그리고 입은 갈수록 크게 벌어진다. 앙투안은 속이 메스꺼워진다. 이런 상태로는 도저히 거기까지, 생퇴스타슈 숲의 저쪽 끝까지 갈 수 없을 것 같다. 평상시에도 15분 가까이 걸리는 거리이다.

그는 아직도 자기에게 눈물이 남아 있는지 몰랐다. 그것은 빗물처럼, 아니 개울물처럼 줄줄 흘러내린다. 그는 손가락으로 코를 풀고, 잎사귀로 눈물을 훔치고, 아이의 시체에 다가

가고, 몸을 굽혀 그의 두 손목을 붙잡는다. 그것들은 가냘프고, 미지근하고, 유연한 것이 마치 잠들어 있는 조그만 짐승들 같다.

앙투안은 외면하며 아이를 끌어당기기 시작한다……

그렇게 6미터도 못가서 그루터기며, 떨어진 나뭇가지들 같은 장애물들에 부딪힌다. 까마득한 옛날부터 그 누구의 소유도 아니었던 생퇴스타슈 숲은 빽빽한 잡목들, 여기저기 쓰러져 서로 포개어져 있기도 한 촘촘한 나무들, 그리고 가시덤불들이며 높다란 나무들이 뒤엉킨 기괴한 정글을 이루고 있어서, 여기서는 도저히 시체를 끌고 갈 수 없고, 들고 가야 할 터였다.

앙투안은 엄두가 나지 않는다.

주위에서 숲은 어떤 낡은 배처럼 금방이라도 부서질 듯이 삐걱거린다. 앙투안은 힘없이 제자리걸음만 한다. 어떻게 해야 힘을 끌어모을 수 있을까?

대체 어디서 힘이 솟아났을까? 그는 갑자기 몸을 굽혀 레미를 꽉 붙잡아 번쩍 등에 들쳐 업고는 걷기 시작한다. 그루터기들을 넘을 수 없을 때에는 에둘러 가면서 아주 빨리 걷는다.

그러다 발이 뿌리에 걸려 넘어지면서 레미의 몸에 깔리고 만다. 무겁고 물렁물렁하여 어떤 문어처럼 느껴지는 아이의 시체가 휘감아 오자 앙투안은 비명을 지르며 그것을 떨쳐 버리고는 어느 나무둥치에 몸을 딱 붙이고 숨을 헐떡인다…… 그는 시체는 딱딱한 것이라고 생각했었고, 그런 이미지들을 본 적도 있었다. 일테면 문짝처럼 뻣뻣한 죽은 사람들 말이다. 하지만 지금 이것은 마치 뼈를 발라낸 고기처럼 흐물흐물하다.

앙투안은 자신을 격려해 본다. 자, 이 시체를 숨겨야 해. 사라지게 해야 해. 그러고 나면 아무 문제 없을 거야. 그는 다가가고, 눈을 질끈 감고, 레미의 양팔을 붙잡고, 몸을 굽혀 다시금 어깨에 들쳐 메고는 조심스럽게 다시 걷기 시작한다. 이렇게 레미를 등에 업고 걷고 있으니까 자기가 화재 현장에서 누군가를 구조하는 소방관이 된 듯한 기분이 든다. 메리 제인을 들어 올리는 피터 파커가 이러하리라.

날씨는 아주 차갑지만 그는 땀으로 범벅이 되어 있다. 그리고 기진맥진해 있다. 두 발은 천근만근이고, 어깨는 축축 늘어진다. 하지만 걸음을 재촉해야 한다. 보발에서는 벌써 불안해하고 있으리라.

그리고 엄마는 곧 귀가하리라.

그리고 데스메트 부인이 집에 찾아와 엄마에게 레미를 보지 못했느냐고 물으리라.

그리고 내가 집에 들어가면, 이번에는 나한테 똑같은 질문이 던져질 거고, 난 이렇게 대답하리라. 레미요? 아뇨, 못 봤는데요, 나는…….

맞아, 난 어디에 있었지?

앙투안은 아이의 시체의 무게에 비틀거리며 그루터기들을 기어오르고, 덤불들을 에두르고, 어린 나무들이며 지면 위로 돌출하여 사방으로 뻗은 뿌리들에 몸을 부딪쳐 가면서 자기가 여기에 있지 않았다면 어디에 있었을까를 생각해 보지만 머릿속에 아무 곳도 떠오르지 않는다. 〈이 아이는 상상력이 조금 부족해……〉라고 작년, 그가 6학년으로 올라가기 직전에 학교 선생님이 말한 적도 있다. 그 당사자인 산체스 씨는 한 번도 그를 진정으로 좋아해 준 적이 없었다. 그는 늘 아드리앵만 좋아했다. 아드리앵은 그의 귀염둥이고, 가끔씩 들리는 소문으로는 산체스 씨와 아드리앵의 엄마가……. 몸에 향수를 뿌리고 다니는 그녀는 앙투안의 어머니와는 전혀 다르다. 수업이 끝나고 교문을 나설 때면 모두가 그녀를 쳐다본다. 그녀는 길거리에 서서 담배를 피우고, 옷차림은…….

일어날 일이 결국 일어나고야 만다. 그는 또다시 엎어진다. 나무둥치에 머리를 부딪치며 짐을 놓쳐 버린 그는 레미가 자기 위로 넘어가 땅바닥에 둔중하게 떨어지는 것을 보면서 비명을 내지른다. 그는 본능적으로 손을 내뻗었다……. 한 순간, 그는 레미가 아프겠다는 상상까지 하고, 마치 어떤 살아 있는 사람을 생각하듯 그를 생각한다.

레미의 등짝과 조그만 두 다리와 조그만 두 손이 눈에 들어온다. 가슴이 찢어질 것만 같다.

앙투안은 더 이상은 힘이 없다. 그는 그냥 그렇게 누워 있는다. 잎사귀들 속에 파묻혀, 윌리스의 털 냄새를 맡았던 것처럼 흙냄새를 맡으며. 너무나도 피곤하여 그냥 이대로 잠들어 버리고 싶다. 그냥 이대로 땅속으로 푹 꺼져서, 자기도 영영 사라져 버리고 싶다.

　그래, 포기하자. 더 이상은 힘이 없다.

　그의 시선이 손목시계 쪽으로 내려온다. 이제 어머니는 집에 돌아왔으리라. 이유는 설명하기 어렵지만, 만일 그가 다시 몸을 일으키게 된다면, 그것은 바로 어머니 때문이다. 어머니는 이런 일을 당해야 할 이유가 없다. 어머니는 이 일로 죽게 되리라. 그는 어머니도 죽이게 되리라. 만일 사람들이……

　그는 고통스럽게 몸을 일으킨다. 레미의 팔과 다리의 살갗이 벗겨져 있고, 앙투안은 그가 지금 아프겠다는 상상을 떨칠 수가 없다. 정말 희한한 일인데, 그가 죽었다는 생각이 좀처럼 머리에 들어오지가 않는다. 아니, 그 사실을 받아들일 수가 없다. 지금 그가 다시 등에다 들쳐 업고 생퇴스타슈 숲을 가로질러 운반하고 있는 것은 시체가 아니라, 그가 아는 아이, 그가 윌리스와 함께 승강기에 실어 올리곤 하던 아이, 우와아아아 하고 소리치곤 하던 아이다. 녀석은 그 승강기를 너무나도 좋아했었다.

　앙투안의 눈에 헛것이 보이기 시작한다.

　그가 성큼성큼 나아가고 있는데, 저쪽 맞은편에서 레미가 이쪽으로 오고 있는 게 보인다. 아이는 미소 띤 얼굴로 그에게 〈안녕〉 하고 손짓을 한다. 그는 언제나 앙투안을 숭배해 왔다. 와, 세상에, 이거 오두막이야? 아이는 위쪽 나뭇가지를 올려다본다. 그는 얼굴이 동그랗고 눈이 반짝반짝 빛나는 꼬마로, 나이답지 않게 말을 너무나도 잘한다. 맞다, 그는 어린 아이이고, 어린아이처럼 생각하지만, 아주 재미있는 녀석이고, 아주 웃기는 질문을 많이 하는 녀석이다.

앙투안은 여기까지 어떻게 오는지도 몰랐다. 하지만 그는 벌써 거기에 와 있다.

바로 여기다. 커다란 너도밤나무가 누워 있는 곳이다.

나무등치와 그 밑의 짐승 굴까지 도달하려면 사방을 뒤덮은 덤불숲과 씨름깨나 해야 한다. 특히나 숲의 이 부분은 다른 곳보다도 컴컴하기에 더욱 그렇다.

앙투안은 더 이상 깊이 생각하지 않고 앞으로 나아간다. 몇 번이나 중심을 잃으면서 아무거나 붙잡는 통에 다 놓쳐 버릴 뻔하고, 셔츠 소매도 찢어지지만, 그래도 앞으로 나아간다. 레미의 머리가 나무에 부딪쳐 둔탁한 소리를 낸다⋯⋯. 두 번이나 팔이 가시에 걸려서 그걸 잡아당겨 빼내야 한다.

이 기나긴 유격전 끝에 마침내 현장에 다다른다.

그에게서 2미터 떨어진 곳, 너도밤나무의 거대한 둥치 아래에 짐승 굴의 커다란 틈새가 벌어져 있다⋯⋯. 동굴이나 다름없다. 거기에 도달하려면 조그만 흙무더기 위로 올라가야 한다.

이제 앙투안은 시체를 발밑에 조심스럽게 내려놓고는, 몸을 굽혀 그것을 굴리기 시작한다. 마치 둘둘 만 양탄자를 굴리듯이.

아이의 머리통이 여기저기에 부딪치지만, 앙투안은 눈을 질끈 감고 계속 민다. 다시 눈을 떠보니 흙무더기의 반 정도

높이에 이르러 있다. 그가 다가가고 있는 그 커다랗고 컴컴한 틈새는 어떤 화덕의 입구처럼 무섭게 느껴진다. 어떤 식인귀의 아가리 같다. 그 속에 무엇이 있는지는 아무도 모른다. 그게 깊은지 얕은지도 모른다. 아니 무엇보다도, 그게 대체 무엇일까? 앙투안은 그것은 뿌리 뽑혀 넘어진 또 다른 나무, 그 위로 너도밤나무가 넘어져 포개어진 또 다른 나무가 남긴 구멍이라고 늘 생각해 왔다.

자, 이제 다 왔다.

하지만 앙투안은 안도감이 느껴지지가 않는다. 어린 레미의 몸은 그의 발밑, 구멍 언저리에 누워 있고, 그들 위로는 쓰러진 너도밤나무의 거대한 몸통이 굽어보고 있다.

자, 이제 레미를 밀어야 하는데, 도무지 결심이 서지 않는다.

앙투안은 두 손으로 양쪽 관자놀이를 부여잡고 고통스럽게 울부짖는다. 슬픔에 취한 그는 나무껍질에 손바닥을 받치고 오른발을 내밀어 아이의 엉덩이 밑으로 집어넣은 다음, 그것을 조금 들어 올린다.

그는 눈을 하늘 쪽으로 올렸고, 갑자기 다리를 내뻗는다.

시체는 천천히 굴러간다. 구멍 가장자리에서 약간 멈칫거리는가 싶더니, 기우뚱 넘어가서는 그대로 아래로 떨어진다.

앙투안의 기억에 남게 될 마지막 영상은 레미의 팔과, 아래로 떨어지지 않으려고 흙을 붙잡으려 하는 것처럼 보이는 그의 손이다.

앙투안은 그 자리에 못 박힌다.

시체는 사라졌다. 의혹에 사로잡힌 그는 무릎을 꿇고 팔을 뻗어 본다. 처음에는 조심스럽게 뻗은 그 팔로 구덩이 속을 휘저어 더듬어 본다.

손에는 아무것도 걸리지 않는다.

그는 멍한 얼굴이 되어 다시 몸을 일으킨다. 이제는 아무것도 없다. 레미도 없고, 아무것도 없다. 모든 게 사라져 버렸다.

남은 것은 손가락을 오그리고서 서서히 사라져 간 그 조그만 손의 영상뿐이다…….

앙투안은 몸을 돌리고, 덤불들을 성큼성큼, 기계적으로 넘어간다.

그렇게 잡목림의 가장자리에까지 이른 그는 이제 맹렬히 언덕을 뛰어 내려가기 시작한다. 달리고, 달리고, 또 달린다.

가장 짧은 길로 가기 위해서는 도로를 두 번 건너야 한다. 앙투안은 한 잡목림 속에 몸을 웅크린다. 그는 커브 길이 돌아 나오는 곳에 있어서 도로 저쪽에서 차가 오는 게 안 보이기 때문에 귀를 쫑긋 세우는데, 들리는 것이라곤 빌어먹을 심장의 고동 소리뿐…….

그는 다시 몸을 일으켜 재빨리 좌우를 둘러본 다음 결정을 내린다. 신속히 내달려 도로를 건너 다시 건너편 숲에 들어간 순간, 코발스키 씨의 용달차가 튀어나온다.

앙투안은 구덩이 속으로 몸을 던지고는 꼼짝 하지 않는다. 용달차가 도로 위를 쌩하고 지나간다.

앙투안은 꾸물거리지 않고 다시 달리기 시작한다. 시 입구에서 3백여 미터 떨어진 곳에 이르렀을 때, 잠시 잡목림 속에 어정대지만, 이제 더 이상 생각해서는 안 되고, 오히려 빨리 결정해야 한다는 게 느껴진다. 그는 숲을 나와, 남이 보기에 차분해 보였으면 하는 걸음걸이로 걷기 시작한다. 그는 숨을 고른다.

내가 지금 정상적으로 보일까? 그는 머리칼을 매만진다. 손에 긁힌 데가 몇 군데 있는데, 그렇게 눈에 띄지는 않는다. 그는 셔츠와 바지에 묻은 흙이며 작은 나뭇가지 등을 급히 털어 낸다.

그는 집에 돌아갈 때 겁이 날 거라고 생각했었다. 하지만 아니다. 빵집, 식료품 가게, 시청 정문 등, 이 모든 친숙한 장소들은 오히려 그를 평소의 삶으로 되돌려 주고, 악몽을 멀리 쫓아내 준다.

셔츠 소매가 찢어진 곳을 감추기 위해 그는 다른 손으로 손목을 더듬어 찾아 손바닥으로 감싸 쥔다.

눈길이 아래로 내려간다.

손목시계를 잃어버렸다.

# 3

　그것은 잠수용 손목시계로, 검정색 문자판과 녹색의 형광
줄, 그리고 시거의(視距儀), 각국의 시간을 알려 주는 회전
테, 스톱워치, 계산기 등, 놀랄 만큼 다양한 기능들을 갖추고
있었다. 아주 큼직한 시계로, 앙투안의 손목에는 지나친 크기
였지만, 바로 이 점이 그의 마음에 들었다. 그는 이걸 사달라
고 몇 주 동안 어머니를 졸라 댔고, 여러 가지 약속을 하는 대
가로 간신히 얻어 낼 수 있었다. 물론 그녀는 일장 훈시도 잊
지 않았다. 저축에 대하여, 꼭 필요한 것과 쓸데없는 것에 대
하여, 욕망의 관리에 대하여, 그리고 그녀가 아동 교육을 다
룬 잡지 기사들에서 찾아낸, 그로서는 알쏭달쏭하게 느껴지
는 다른 몇 가지 개념들에 대하여 말이다.
　이 시계가 갑자기 사라진 사실을 어떻게 설명해야 할 것인
가? 왜냐하면 그의 어머니는 분명히 그걸 알아차리고 물어볼
것이기 때문이었다. 그녀는 이런 것에는 귀신같은 눈을 가지
고 있었다.

온 길을 돌아가야 할까? 대체 어디서 잃어버렸을까? 어쩌면 커다란 너도밤나무 아래의 구덩이에 떨어졌는지도 모른다……. 또 만일 그것을 돌아오는 길에 잃어버린 거라면? 심지어는 도로 위에서? 만일 누군가가 그걸 발견한다면, 수사의 방향이 그에게로 향하게 될까? 아니 그보다도, 이게 그의 유죄를 입증하는 증거 자체가 되지는 않을까?

이런 질문들로 정신이 없던 앙투안은 데스메트 씨네 정원의 분위기가 평소와는 다르다는 사실을 금방 알아차리지 못했다.

일고여덟 명의 사람들이 모여 흥분하여 떠들고 있었다. 그들 대부분은 여자로, 가게에서는 거의 볼 수 없는 식료품점 마누라, 케른벨 부인, 클로딘, 그리고 심지어는 늙은 안토네티 부인까지 있었다. 훅 불면 날아갈 것처럼 비쩍 마른 이 노파는 염소처럼 떨리는 목소리와 상대의 눈을 깊숙이 들여다보는 마귀할멈 같은 퍼런 눈의 소유자였고, 심술궂기로는 세상에 따를 자가 없었다.

벌 떼처럼 윙윙대는 이 사람들에 가려진 것은 데스메트 부인의 실루엣으로, 약간 코맹맹이 같은 그녀의 목소리가 어렴풋이 들렸다. 그녀는 1년 내내 감기를 달고 살았다. 〈톱밥 알레르기가 있어요. 그런데 이런 고장에 살고 있으니, 낸들 어쩌겠어요?〉 그녀는 늘 이렇게 유식한 체하는 어조로 단언하곤 했다. 그러고는 두 손을 동시에 떨어뜨리며 양쪽 허벅지에 찰싹 소리를 내어, 자신이 처한 불행한 운명을 강조하곤 했다.

정원의 어수선한 광경을 본 앙투안은 걸음을 늦추었다. 그리고 그의 귀에는 뒤쪽에서 급히 달려오는 누군가의 발소리가 들렸다. 에밀리였다. 그녀가 숨이 턱에 걸려 그에게까지 왔을 때, 누군가가 외쳤다.

「아, 저기 앙투안이 오네!」

데스메트 부인은 팔꿈치로 사람들을 밀쳐 가며 정원을 나와서는, 손수건을 손에 든 채로 그에게로 달려왔다. 다른 사람들도 그녀를 따라 우르르 몰려왔다.

「너, 레미가 어디 있는지 아니?」 그녀는 급히 물었다.

바로 그 순간, 그는 자신은 결코 거짓말을 하지 못하리라는 것을 깨달았다. 그는 목구멍이 콱 막히는 걸 느끼며 고개를 저었다. 아뇨…….

「그렇다면…….」 데스메트 부인이 신음하듯 말했다.

목멘 음성으로 내뱉은 이 한마디 말에는 얼마나 깊은 절망감이 어려 있었던지, 앙투안은 하마터면 울음을 터뜨릴 뻔했다. 그가 간신히 자신을 추스를 수 있었던 것은 때맞춰 끼어든 식료품점 마누라 덕분이었다.

「걔가 너하고 같이 있지 않았단 말이지?」

그는 침을 꿀꺽 삼키고 주위를 둘러보았다. 그의 시야 속에 앙투안에게로 달려오다 딱 멈춰 서서는 호기심에 찬 눈으로 이 모든 장면을 지켜보고 있던 에밀리가 들어왔다. 그는 기어들어 가는 목소리로 간신히 내뱉었다.

「네…….」

그는 쓰러지기 일보 직전인데 식료품점 마누라가 재차 물었다.

「걔를 마지막으로 본 데가 어디니?」

그는 오늘 레미를 본 적이 없다고 말하려던 참이었다. 얼굴이 백짓장처럼 새하얘진 그는 정원 쪽을 애매하게 가리켰다. 그러자 사방에서 와글와글 논평들이 터져 나왔다.

「하지만 말이야!」 식료품점 마누라가 외쳤다. 「그럼 걔가 갑자기 땅으로 꺼져 버렸다는 얘기야? 그럴 리는 없잖아?」

「이 동네를 지나갔다면 누군가가 분명히 봤을 텐데……」

「그야 모를 일이지……」

데스메트 부인은 계속 앙투안을 뚫어지게 쳐다보고 있었지만, 그녀는 그 너머의 무언가를 보고 있고, 지금 무슨 일이 일어나고 있는지를 진정으로 깨닫고 있는 듯한 느낌을 주었다. 그녀의 아랫입술은 아래로 축 늘어지고, 시선은 돌처럼 굳어 있었다. 낙담한 그녀의 모습이 앙투안의 가슴을 후볐다.

그는 천천히 몸을 돌렸고, 에밀리에게 눈길을 던지지도 않은 채로 자기 집으로 향했다.

현관문을 열기 전에 고개를 돌려 보았다. 이렇게 보니까 데스메트 부인이 프레빌 씨의 아내와 이상하게도 닮아 보였다. 이 프레빌 씨의 아내는 이따금 간병인의 감시가 소홀한 틈을 타 집을 나가서는, 얼빠진 얼굴로 거리를 돌아다니며 15년 전에 죽은 외동딸의 이름을 고래고래 외쳐 부르곤 하는 여자였다. 이 불행과 낙담의 광경 옆에서, 에밀리의 금발과 그녀의 싱싱한 얼굴은 가슴 아픈 대조를 이뤘다.

집에 들어온 앙투안은 안도감을 느꼈다. 응접실에는 장식줄을 두른 크리스마스트리가 네온사인처럼 불을 깜빡이고 있었다.

그는 거짓말을 했고, 사람들은 그의 말을 믿었다. 그렇다고 해서 위험에서 벗어났다고 할 수 있을까?

또 그 시계는……

어머니는 아직 집에 없었지만, 조금 있으면 들어올 것이었다. 그는 2층으로 올라가 셔츠를 벗어 둘둘 말아 침대 매트리스 밑에 쑤셔 넣었다. 그러고는 깨끗한 티셔츠로 갈아입고, 창문에 다가가 커튼을 살짝 벌리고는, 육중한 몸집의 데스메트 씨가 공장에서 돌아와 여자들이 다시 돌아와 있는 정원 쪽으로 뚜벅뚜벅 향하는 모습을 지켜보았다. 그에게서는 너무나도 강한 힘과 난폭한 기운이 느껴져 앙투안은 자신도 모르게 뒤로 물러서고 말았다……. 그 사내와 마주한다는 생각만 해도 창자가 뒤틀리는 것 같았다. 순간, 울컥 구역질이 올라왔고, 그는 손으로 입을 막으며 황급히 화장실로 달려가 변기 위로 몸을 굽혔다.

그들은 결국 레미의 시체를 찾아낼 거고, 그를 찾아와 질문을 퍼부으리라.

간신히 자기 방으로 돌아간 그는 다리에 힘이 풀리는 걸 느끼며 털썩 무릎을 꿇었다.

어쩌면 한 시간도 안 되어 돌아오리라. 만일 사람들이 길

에서 그의 시계를 발견하고, 그가 거짓말을 했다는 것을 알아
채면…….

그가 도망치지 못하게끔 군경대 1개 소대가 집을 포위하리
라. 군경 서너 명이 집 안으로 침투해 들어오리라. 무장을 한
그들이 벽에 등을 붙이고 천천히 계단을 올라오는 가운데, 밖
에서는 그에게 항복하라고, 두 손을 쳐들고 아래로 내려오라
고 명령하는 확성기 소리가 들리리라……. 그로서는 속수무
책이리라. 그의 손에는 즉각 수갑이 채워지리라. 〈네가 레미
를 죽였지? 시체는 어디다 감췄지?〉

어쩌면 그에게 모욕을 주지 않기 위해 머리를 덮어 버릴지
도 모른다. 그는 어머니 앞을 지나가리라. 그녀는 1층에 널브
러져서 앙투안, 앙투안, 앙투안…… 하는 소리만 되풀이하고
있으리라. 거리에는 동네 사람들이 모두 모여 있고, 사방에서
〈개자식!〉, 〈살인마!〉, 〈아동 살해범!〉이라고 외치는 소리들
과 고함 소리들이 솟아나리라. 군경들은 그를 경찰 승합차 쪽
으로 밀고 가지만, 이때 데스메트 씨가 불쑥 튀어나와서는 그
의 머리에 씌운 재킷을 벗겨 사람들이 볼 수 있게끔 해놓고는
그의 하복부에 총구를 들이댄 다음 방아쇠를 당기리라.

앙투안은 배에 격심한 통증을 느끼고는 화장실로 돌아가
고 싶었지만, 방의 마룻바닥에 무릎을 꿇은 채로 꼼짝하지 못
했으니, 이때 어떤 목소리가 들려온 것이다.

「앙투안, 거기 있니?」

빨리! 아무렇지도 않은 것처럼 하고 있어야 해.

그는 다시 일어나 책상에 가서 앉았다.

벌써 어머니가 와 있었다. 불안한 얼굴로 문틀에 서 있었다.

「대체 무슨 일이라니? 베르나데트 집에 난리가 났던데.」

그는 힘없이 어깨를 으쓱해 보였다. 난 몰라요.

하지만 그는 데스메트 부인에게 질문을 받은 바 있기 때문에, 지금 무슨 일이 일어나는지 모를 수가 없었다.

「레미 때문에……. 걔를 찾고 있어.」

「아, 그래? 걔가 어디 있는지 모르니?」

역시 그의 어머니다운 대꾸다.

「엄마, 걔를 찾고 있다는 것은 걔가 어디 있는지 모른다는 얘기잖아. 그렇지 않다면 찾을 이유가 없잖아.」

하지만 쿠르탱 부인은 그의 말을 듣지도 않고서 벌써 창문 앞에 가 있었다. 앙투안도 그녀의 뒤에 섰다.

데스메트 씨가 도착한 후로 그의 카페 친구들, 바이제르사의 동료 직공들 등, 사람들이 더 많아져 있었다. 어둑해진 하늘에는 강철빛 나는 회색 구름들이 몰려가고 있었다. 이 석양 속에서, 데스메트 씨 주위에 모여 있는 사람들이 앙투안에게는 한 무리의 사냥개들처럼 느껴졌다. 오한이 부르르 몸을 훑고 지나갔다

「너, 춥니?」 어머니가 물었다.

앙투안은 어깨를 조금 으쓱해 보였다.

아래쪽에서는 모두의 시선이 정원에 들어오는 시장 쪽으로 향해지고 있었다. 쿠르탱 부인은 창문을 열었다.

「잠깐만! 잠깐만!」 같은 말을 반복하는 입버릇이 있는 시장 바이제르 씨가 말했다.

그는 데스메트 씨의 가슴 앞에 활짝 편 손바닥을 내밀었다.

「이런 일을 가지고 군경들을 귀찮게 하는 게 아니오!」

「뭐라고? 이런 일?」 데스메트 씨가 고함쳤다. 「아니, 내 아들이 실종됐는데, 그게 사장님한테는 아무 일도 아니오?」

「실종됐다고, 실종됐다고……?」

「아니 그럼 사장님은 걔가 어디 있는지 아신단 말이오? 여섯 살짜리 어린애를 아무도 보지 못하게 된 게 벌써…… (그는 손목시계를 내려다보며, 눈썹을 찌푸리며 계산을 해봤다)…… 벌써 세 시간 가까이 됐소. 그런데 사장님한테는 이게 실종된 게 아니라고?」

「아, 좋소. 그럼 그 애를 마지막으로 본 게 언제요?」 건설적인 모습을 보이려고 노력하는 게 역력한 바이제르 씨가 물었다.

「걔는 아빠하고 얼마 동안 같이 걸어갔어요. 그렇지 않아, 로제?」 데스메트 부인이 떨리는 목소리로 말했다.

데스메트 씨는 고개를 끄덕였다. 그는 점심 식사를 하러 집에 들어왔고, 다시 공장으로 갈 때에는 이따금 레미가 얼마간 함께 걷다가 발길을 돌려 다시 집으로 돌아오곤 했던 것이다.

「그럼 걔가 발길을 돌렸을 때, 당신은 어디에 있었소?」 시장이 물었다.

데스메트 씨는 자신을 고용한 공장 주인이 이렇게 수사관

행세를 하려 드는 게 별로 기분이 좋지 않은 모양이었다. 이제는 집안 단속을 하는 법에 대해서까지 지시를 내리려 하는가? 그의 대답에 분노가 은은히 배어 나왔다.

「그건 사장님보다는 군경들이 해야 할 일 아닙니까?」

그는 시장보다 머리통 하나는 키가 컸고, 바짝 다가서니 아예 상대를 내려다보는 정도였다. 그는 쩌렁쩌렁한 목소리로 따지고 들었고, 바이제르 씨도 물러서지 않으려고 애쓰는 품이 역력했다. 이것은 그의 권위와 위엄이 걸린 문제였다. 여자들은 뒤로 물러섰고, 사내들은 가까이 다가서 있었다. 어떤 의미에서는 그가 포위되었다고 할 수 있었으니, 이들은 모두가 바이제르 씨 공장의 직공, 혹은 직공의 아비나 형제들이었기 때문이다. 이 예기치 못한 대치 상황 앞에서, 어떤 이들은 지금 모두를 암암리에 노리고 있는 실업의 위협을 떠올렸다. 지금 데스메트 씨 속에서 더 화가 나 있는 쪽은 레미의 아버지인지, 아니면 직공인지 알 수 없었다.

데스메트 씨와 보발 시장 간의 충돌에는 별로 관심이 없는 케른벨 부인은 차라리 자기가 일을 처리하리라 마음먹고는, 자기 집으로 들어가 수화기를 들었다.

군경들이 도착하자 쿠르탱 부인은 더 이상 견디지 못하고 밖으로 뛰쳐나갔다.

다른 이웃들도 몰려들었고, 행인들은 걸음을 멈췄으며, 근처에 없는 사람들은 전화로 소환되었고, 데스메트 씨네 정원에 들어갈 수 없는 사람들은 거리에 진을 쳤다. 이 모든 사람들이 북적대면서 서로를 부르고 얘기를 나눴는데, 대화는 나지막한 목소리로 이뤄졌고, 그렇게 속닥거리는 소리들은 심각하고도 근심스러운 어조를 띠고 있었다.

앙투안은 군경대 승합차를 멍하니 쳐다보았다.

이 승합차는 자주 시내에 들어왔고, 사람들은 군경들의 얼굴을 알고 있었다. 그들은 카페에 들어와서 보란 듯이 무알콜 음료만을 홀짝거리고는 꼭 값을 지불하곤 했다. 그들은 주민들 간의 언쟁에 개입하거나, 어떤 공식 문서를 전달하러 들르곤 했다. 그들의 출현은 언제나 작은 사건으로 받아졌으며, 사람들은 그들이 왜 왔을까 궁금해했고, 승합차가 너무 멀리 세워져 있지 않으면 무슨 일인지 보려고 다가가곤 했다.

군경들의 계급에 대해 아무것도 모르는 앙투안은 대장이 아주 젊게 느껴졌다. 이상하게도 마음이 놓였다.

세 군경은 군중을 밀치고 정원에 들어갔다.

대장은 데스메트 부인에게 몇 가지 간단한 질문을 던졌다. 그는 그녀의 대답을 주의 깊게 들으며 그녀의 팔을 잡고 집 안으로 데리고 들어갔다. 데스메트 씨는 시장을 계속 노려보며 따라 들어갔고, 시장도 엉거주춤 뒤따라 들어갔다.

이렇게 모두가 사라지고, 문이 닫혔다.

군중은 바이제르사 직공들, 서로 잘 아는 동네 사람들, 학부모 등, 관련성이 있는 사람들끼리 여러 개의 무리로 나뉘었다. 아무도 돌아갈 기미를 보이지 않았다.

앙투안은 분위기가 변한 것을 느꼈다. 군경대의 도착은 이 조그만 일을 하나의 진정한 사건의 위치로 격상시켰다. 이것은 더 이상 하나의 고립된 사고가 아니라, 공동체 전체에 관련된 어떤 것이었다. 앙투안은 그것을 감지할 수 있었다. 보다 차분해진 음성들, 그리고 보다 걱정스러운 어조의 질문들, 이 모든 것은 이 일에 관련되어 있는 그에게는 보다 위협적인 느낌으로 다가왔다.

그는 급히 창문을 닫았다. 화장실로 돌아가야 했다. 변기에 앉아 몸을 반으로 접듯이 구부렸지만 아무것도 나오지 않았다. 배 속이 끔찍하게 경련하면서 부글거렸다. 그는 두 팔로 아랫배를 꽉 누르고는…….

어떤 소리가 들렸다……. 통증이 순식간에 사라지는 걸 느끼며 그는 고개를 번쩍 쳐들었다. 그가 전에 숲에서 마주쳤던 그 수사슴이 생각났다. 녀석은 네 발로 뻣뻣하게 버티고 서서는 코를 공중에 쳐들고 머리를 천천히 돌리며, 눈에 보이지 않는 무언가를 소리로 포착하려 애쓰고 있었다. 녀석은 앙투안의 존재를 감지하고는, 그 즉시 쫓기는 짐승의 바짝 긴장하여 불안해하는 모습이 되었던 것이었다…….

앙투안은 지금 어머니는 혼자가 아니라는 것을 즉시 깨달았다. 사람들의 목소리, 남자들의 목소리가 들렸다. 그는 다시 일어서서는 청바지 허리띠를 다시 채우지 않은 채로 자기 방으로 달려갔다.

「내가 그 애를 찾아올게요.」이렇게 말하는 그의 어머니는 벌써 계단을 올라오기 시작하고 있었다.

앙투안은 문에서 최대한 멀리 물러섰다. 아무렇지도 않은 듯한 모습을 보여야 하는데, 미처 그럴 시간이 없었다.

「군경들이 왔어.」 어머니가 방에 들어오며 말했다. 「너랑 얘기하고 싶대.」

그녀의 어조에서는 조금도 불안한 기색이 느껴지지 않았다. 오히려 일종의 게걸스러움 같은 게 느껴졌다. 자신의 아들은, 따라서 자신은 지금 당국의 관심의 대상이 되고 있고, 당국은 자신들에게 자문을 구하고 있으며, 자신들은 그들에게 무언가 할 말이 있는 것이다. 요컨대 자신들은 중요한 존재인 것이다.

「나랑 얘기한다고……? 뭘?」 앙투안이 반문했다.

「아니…… 뭐겠니? 레미에 대해서지!」

쿠르탱 부인은 앙투안의 질문에 어이가 없다는 표정이었다. 하지만 두 사람을 더욱 당황케 한 것은 군경의 갑작스러운 출현이었다.

「실례하겠습니다.」

군경은 이렇게 말하며 천천히, 하지만 단호하게 방으로 들어왔다.

앙투안은 그의 나이를 가늠할 수 없었지만, 어쨌든 정원에서 봤을 때보다는 덜 젊어 보였다. 그는 자신만만한 미소를 지으며 아이를 힐끗 한 번 쳐다보고 방을 대충 둘러본 뒤, 다가와서는 앙투안 앞에 무릎을 꿇었다. 그는 완벽하게 면도된 뺨과 마음을 꿰뚫어 보는 듯한 번쩍이는 눈, 그리고 큼직한

귀의 소유자였다.

「자, 앙투안, 너 레미 데스메트를 알고 있지?」

앙투안은 침을 꿀꺽 삼키고는 고개를 끄덕하는 것으로 대답을 대신했다. 군경은 아이의 어깨를 잡을 듯이 손을 내밀다가 중간에서 멈췄다.

「앙투안, 조금도 무서워할 것 없어……. 난 단지 네가 그 애를 마지막으로 본 게 언제인지 알고 싶을 뿐이야.」

앙투안은 고개를 들어 어머니를 쳐다보았다. 그녀는 문가에 서서 만족스러운 표정으로, 아니 자랑스럽기까지 한 표정으로 이 모든 광경을 지켜보고 있었다.

「자, 앙투안, 나를 봐. 자, 대답해 봐.」

군경의 목소리는 아까와는 달리 좀 더 엄해져 있었다. 지금 그는 답변을 원하고 있는데…… 앙투안은 여기에 대해 깊이 생각해 보지 않았다. 상대가 데스메트 부인이었다면 좀 더 쉬웠을 것이다. 그는 용기를 끌어내기 위해 창문 쪽으로 고개를 돌렸다.

「정원에서요.」 그는 간신히 웅얼거렸다. 「저기, 정원에서요…….」

「그게 몇 시였지?」

앙투안은 자기 목소리가 지나치게 떨리지 않는다는 사실에 안도했다. 군경의 심문을 받는 열두 살 소년치고는 많이 떨리는 편이 아니리라.

그는 기억을 더듬어 보았다. 아까 데스메트 부인이 뭐라고 했더라?

「1시 반쯤에 저쪽에서…….」

「좋아. 그럼 레미는 정원에서 뭘 하고 있었지?」

대답이 불쑥 튀어나왔다.

「그 애는 개가 든 자루를 쳐다보고 있었어요.」

군경은 눈썹을 찌푸렸다. 앙투안은 설명을 덧붙이지 않으면 자기 대답이 명쾌하지 못하다는 것을 깨달았다.

「그 애 아버지가 그랬어요. 어제, 레미 아버지가 개를 죽였어요. 그리고 그걸 쓰레기 자루에 넣었어요.」

군경은 미소를 지었다.

「오, 그래? 보발에서는 정말 많은 일들이 일어나고 있구나…….」

하지만 앙투안은 농담할 기분이 아니었다.

「오케이.」 군경이 다시 말했다. 「그럼 그게 어디 있지? 그 자루 말이야.」

「저기,」 그는 창문 쪽을 가리켰다. 「정원에요. 폐기물들 옆에요. 그는 개를 총으로 쏴서 죽였어요. 그러고는 쓰레기 자루에 집어넣었어요.」

「그래서 레미는 정원에 있었고, 쓰레기 자루를 보고 있었단 말이지?」

「네, 그 애는 울고 있었어요…….」

군경의 입가에 주름이 잡혔다. 흐음, 무슨 말인지 알겠군.

「그러고 나서 넌 그 애를 다시 보지 못했고…….」

네, 하고 고개를 끄덕였다. 군경은 여전히 주름진 입을 하고는 방금 들은 내용을 곰곰이 생각해 보면서 앙투안을 응시했다.

「그리고 어떤 자동차가 멈춰 섰다든가, 그와 비슷한 어떤 것을 본 적은 없고?」

없어요.

「그러니까, 뭔가 비정상적인 것은 전혀 본 적이 없다?」

없어요.

「좋아!」

군경은 두 손으로 자기 무릎을 탁 쳤다. 자, 그럼 이 정도로 하고…….

「고맙다, 앙투안. 네 얘기가 우리에게 도움이 될 거야.」

그는 일어섰다. 그리고 방을 나가면서 쿠르탱 부인에게 살짝 손짓을 했고, 그녀는 곧바로 그를 따라 계단을 내려갈 채비를 했다.

「아, 참, 앙투안…….」

문턱에서 걸음을 멈춘 그는 몸을 돌렸다.

「네가 정원에서 그 애를 봤을 때…… 넌 어딜 가고 있었지?」

반사적으로 대답이 튀어나왔다.

「연못에요.」

앙투안은 자기가 얼마나 대답을 빨리 했는지를 깨달았다. 너무 빨랐다.

그는 좀 더 차분하게 다시 한번 되풀이했다.

「난 연못에 갔었어요.」

군경은 고개를 끄덕였다. 연못이라, 오케이, 알겠어.

# 4

보도에 딱 버티고 선 군경의 눈썹이 찌푸려져 있었다.

그는 점점 수가 많아지고, 또 예민해져 가고 있는 거리의 군중을 바라보고 있었다.

사람들이 지금 일이 진행되는 방식에 대해 급하고도 강한 목소리로 떠들고 있는 게 들렸다. 날이 저물어 감에 따라 레미가 돌아올 가능성은 갈수록 줄어들고 있었다. 지금 대체 무슨 조치를 취하고 있는 거야? 누가 어떤 일을 맡아서 어떻게 해가고 있는 거야? 시장은 직공들이 모여 있는 곳과 군경대 승합차 사이를 왔다 갔다 하면서, 이쪽 사람들은 진정시키고 저쪽 사람들에게는 이것저것 물어보려 하고 있었다……. 집단적 분노가 폭발할 가능성도 없지 않았으니, 각자는 저마다의 이유로 자신이 어떤 부당함의 희생자라고 느끼고 있었고, 이 상황에서 이 억울한 감정을 표현할 기회를 발견하고 있었기 때문이다.

젊은 군경은 머리를 부르르 흔들었다. 그는 탁탁 손뼉을

치며 자기 동료들을 불렀다. 몇 분 후, 군용 지도가 펼쳐졌고, 군경은 자원봉사자들을 모집했으며, 사람들은 학교에서처럼 손가락을 쳐들어 모집에 응했다. 군경은 그 수를 세었다. 시내는 이미 데스메트 부인이 레미가 없어진 것을 알아채고서 샅샅이 뒤져 봤기 때문에, 각 사람이 외곽의 한 구역씩 맡아서 보발로 통하는 도로들과 길들을 수색하라는 지시가 자원봉사자들에게 내려졌다.

차들에 시동이 걸렸다. 어깨를 으쓱대며 운전대로 향하는 사내들은 마치 사냥을 떠나는 사람들 같았다. 시장 자신도 수색에 참여하기 위해 관용차에 올라탔다. 모두가 올바른 목적을 위해 움직이고 있었지만, 공기 중에는 의기양양하고도 복수심에 찬 무언가가, 종종 린치나 집단적 폭행의 발단이 되곤 하는 어떤 의분 같은 게 떠돌고 있었다.

창가에 선 앙투안은 멀어져 가는 저 모든 사람들이 자신을 향해 몰려오고 있다는 역설적인 느낌에 사로잡혔다.

젊은 군경은 곧바로 차에 오르지 않았다. 그는 이 결의에 찬 사람들을 묵묵히 지켜보고 있었다. 저렇게 한번 발동이 걸리면 쉽게 가라앉지 않을 텐데…….

도(道) 전역에 경보가 발령되었다.

어린 레미 데스메트의 사진과 인상착의가 모든 공공장소에 배포되었다.

데스메트 씨 집에서는 여자들이 돌아가며 베르나데트와 함께 있어 주었다. 쿠르탱 부인도 장 봐 온 것들을 정리하고 저녁 식사를 차려 놓은 다음 아래층에서 소리쳤다.

「앙투안, 나 베르나데트 집에 간다!」

그녀는 대답도 기다리지 않았다. 앙투안은 그녀가 종종걸음으로 정원을 가로지르는 것을 보았다.

앙투안은 군경의 방문에 몹시 동요되어 있었다. 그 남자에게서는 뭔가 예리한 것이, 뭔가 의심쩍어 하는 것이 느껴졌었다.

그는 내 말을 믿지 않았어.

이 확신이 앙투안의 가슴을 옥죄어 왔다. 아까 보도에 오랫동안 서 있던 그의 모습……. 그건 분명히 내가 자기에게 했던 말을 생각해 보면서, 다시 올라가 내게 해명을 요구할까 망설이고 있었던 거야…….

앙투안은 이제는 휑해진 정원을 내려다보면서, 손끝 하나 까딱할 수 없었다. 몸을 돌리면 군경이 와 있을 것 같았다. 방 안에 들어와 방문을 걸어 잠그고 침대에 걸터앉아 앙투안을 노려보고 있으리라. 바깥의 도시는 이상하게도 조용하리라. 마치 살아 있는 것들이 모두 빠져나간 것처럼.

군경은 오랫동안 아무 말도 하지 않고, 앙투안은 지금 자신의 침묵은 일종의 자백이라는 것을 어쩔 수 없이 깨닫게 되리라.

「그래, 네가 연못에 있었단 말이지…….」

앙투안은 고개를 끄덕인다. 네, 그래요.

군경은 유감스러운 표정을 지어 보인다. 입가에 주름을 잡으며, 자기가 실망했다는 뜻으로 조그맣게 혀를 찬다.

「앙투안, 네게 무슨 일이 일어날 건지는 알고 있겠지?」

그는 창문을 가리킨다.

「조금 있으면 사람들이 모두 돌아올 거야. 물론 대부분은 아무것도 발견하지 못했지. 하지만 데스메트 씨는 생퇴스타 슈 쪽으로 올라가는 오솔길에 멈춰 설 거야.」

앙투안은 침을 꿀꺽 삼킨다. 그다음 얘기는 듣고 싶지 않지만, 군경은 그렇게 해줄 생각은 전혀 없다.

「그는 그 길에서 네 시계를 찾아낼 거고, 커다란 너도밤나무가 있는 곳까지 계속 걸어갈 거야. 그는 몸을 굽히고, 팔을 뻗어 무언가를 잡아서는 끄집어낼 거야. 그러면 앙투안, 뭐가 나타날까? 엉, 뭐가 나타나겠느냐 말이야? 어린 레미야……. 완전히 죽어 버린 레미. 팔과 다리는 축 늘어졌고, 조그만 머리는 네 등에 있었을 때처럼 덜렁거리지. 생각나, 앙투안?」

앙투안은 더 이상 움직일 수가 없다. 입을 벌리지만 아무 말도 나오지 않는다.

「그러면 데스메트 씨는 그 애를 안아 들고 집으로 데리고 올 거야. 그림이 그려지지 않아? 데스메트 씨가 죽은 자기 아들을 안아 들고 보발시를 가로지르고, 그 뒤로 동네 사람들이 따라오는 광경이 말이야……. 그리고 네 생각으로는 그 양반이 어떻게 할 것 같아? 그는 차분한 걸음으로 자기 집에 들어가 레미를 그 애 엄마의 팔에 내려놓고는, 엽총을 들고 다시 나와 정원을 가로지르고 계단을 올라와서는 여기로 들어오겠지······.」

바로 이 순간, 정말로 데스메트 씨가 엽총을 들고 방으로 들어온다. 그는 너무나도 키가 커서 고개를 숙여 문을 통과해야 한다. 군경은 꼼짝하지 않고 앙투안을 응시한다. 「자, 이럴 거라고 내가 말했잖아. 이제 내가 무얼 할 수 있겠니?」

데스메트 씨는 아랫배 정도의 높이로 엽총을 들고서 나아온다. 그의 그림자가 앙투안과 그의 뒤에 있는 창문과 마을 전체를 뒤덮는다······.

거센 총성이 울린다.

앙투안은 찢어지는 비명을 발한다.

그는 털썩 무릎을 꿇고, 두 손으로 복부를 감싸고, 담즙을 조금 토해 낸다.

여기 있지 않을 수만 있다면 내가 가진 무엇이라도 주리라······. 이 생각이 그의 환상을 딱 멈추게 했다.

여기 있지 않을 수만 있다면······.

그래, 바로 이걸 해야 해! 도망쳐야 해!

그는 명백한 진실에 고개를 번쩍 쳐들었다. 왜 이걸 더 일찍 생각하지 못했을까? 갑자기 앞길을 환하게 비춘 이 생각은 그를 마비 상태에서 꺼내 주었다. 느릿느릿 기어가던 그의 대뇌는 다시 힘차게 돌아가기 시작했다. 그는 극도로 흥분했다.

그는 소맷등으로 입술을 훔치고 방 안을 이리저리 걸었다. 아무것도 잊어버리지 않으려고 연습장과 사인펜을 찾아 들고는, 머릿속에 떠오르는 것들을 재빨리 적어 가기 시작했다. 옷가지, 돈, 기차, 비행기(?), 스파이더맨, 여권! 독일 갈 때 만들 었던 서류, 식량, 텐트(?), 여행 가방…….

서둘러야 한다. 오늘 저녁, 오늘 밤에 떠나야 한다.

일을 제대로만 한다면, 내일 아침에는 먼 곳에 있으리라.

그는 몰래 에밀리에게 가서 작별 인사를 하겠다는 생각을 쫓아 버렸다. 말도 안 돼. 그 애는 사람들에게 다 까밝힐 거 야. 그보다는 내가 모험을 떠났다는 사실을 내일 알게 하는 거야. 그 애는 내 소식을 영영 못 듣게 되겠지. 아니, 내가 전 세계를 돌아다니며 걔에게 엽서를 보내는 거야. 그러면 걔는 그것들을 자기 학급 친구들에게 보여 주고, 저녁마다 그것들 을 보며 흐느끼겠지. 그것들을 상자 속에 간직하면서…….

어느 방향으로 가야 할까? 사람들은 그가 생틸레르 쪽으로 갔다고 생각할 거니까 그 반대쪽으로 가야 하겠지만, 그는 거 기로 가면 어디가 나오는지 알지 못했으니, 보발을 나오면 언 제나 생틸레르였기 때문이다. 그는 지도를 들여다보았다.

그의 머리는 맹렬히 들끓기 시작했다. 장애물에 마주치면 곧바로 해결책을 찾아냈다. 마르몽 역은 6킬로미터 떨어져 있었다. 거기까지는 밤중에, 도로와 충분히 거리를 두고 걸어 갈 것이었다. 거기에 도착하면 기차표를 사야 하는데, 사람들 이 알아볼 위험이 있으므로 누군가에게 사달라고 부탁할 거 였고, 그는 이 계책이 아주 만족스럽게 느껴졌다. 어떤 여자 에게 부탁하리라. 그게 더 쉬울 테니까. 방금 전에 우리 엄마 가 나를 역에 내려 주었는데, 그만 차표 주는 것을 잊어버리고 떠나 버렸어요, 라고 말하면서 그녀에게 내 돈을 보여 주리라……. 돈! 가만, 내 통장에 돈이 얼마나 있지?

그는 우당탕탕 1층으로 달려가 현관의 콘솔테이블의 서랍을, 하마터면 테이블을 넘어뜨릴 뻔할 정도로, 세차게 당겨 열었다. 통장이 거기에 있었다! 그의 아버지는 생일 때마다 꼬박꼬박 거기에다 돈을 부어 왔다. 1,565프랑! 이 액수는 지금까지는 하나의 추상적인 숫자에 불과했다. 그의 어머니는 늘 말하기를, 그는 이 돈을 마음대로 쓸 수 있지만, 〈단, 그가 성인이 되었을 때, 뭔가 쓸모 있는 것을 사기 위해서만〉이라는 것이었다. 그녀가 허용한(그것도 엄청나게 버틴 후에!) 단한 번의 예외는 그 전 해, 잠수용 손목시계를 샀을 때였다.

시계…….

앙투안은 머리를 부르르 흔들었다.

내 통장에 1천 5백 프랑이 넘는 돈이 있어! 이걸 가지면 멀리 떠나서 아주 오랫동안 버틸 수 있어!

그는 극도로 흥분하여 통장을 자기 방으로 가져왔다. 자, 차근차근, 체계적으로 생각해야 해. 목적지부터 빨리 정해야 했다. 먼저 파리까지 가는 기차를 타? 아니면 마르세유로 가는 기차? 그에게는 오스트레일리아나 남미가 가장 확실한 목적지로 느껴지긴 했지만, 과연 마르세유에서……. 그래, 그건 거기에 가서 알아보자. 가장 좋은 방법은 배를 타는 것이리라. 배 삯 대신 일을 한다고 해서, 다른 나라에 가서 쓸 돈을 절약하는 거야. 그는 지구의(地球儀) 쪽으로 손을 내밀려다 멈칫

했다……. 아니야, 이건 나중에 결정하자……. 오늘 밤에…….

가방 하나가, 아니 여행 가방 하나가 필요해. 그래, 엄마가 지하실에 정리해 놓은 그 밤색 여행 가방이 좋겠어. 그는 아래로 달려갔다. 다시 자기 방에 올라온 그는 그 여행 가방이 얼마나 큰 것인지를 깨달았다. 들고 오는데 아래가 땅에 질질 끌릴 정도였다. 이렇게 집채만 한 가방을 가지고 역에 나타나면 사람들이 나를 어떻게 볼까? 다른 것을 가져가는 게 더 현명하지 않을까? 예를 들면 내 배낭 같은 것? 그는 그 두 개를 침대 위에 나란히 놓아 보았다. 하나는 너무 크고, 하나는 너무 작았다……. 빨리 결정해야 해! 그는 배낭을 선택하고는, 즉시 그 안에 양말과 티셔츠들을 쑤셔 넣기 시작했다. 또 바깥쪽의 포켓에 스파이더맨을 집어넣은 다음, 아래로 내려가 여행 가방을 제자리에 가져다 놓고는 자신의 통장과 여권, 그리고 아버지를 보러 독일에 갔을 때 어머니가 만들어 놓은 서류를 찾았다. 그런데, 그 서류 이름이 뭐였더라? 맞아, 출국 허가서. 그게 아직도 유효할까?

이렇게 머뭇거리고 있는데 아래층의 문이 열렸다.

어머니의 목소리가 분간되었고, 클로딘과 케른벨 부인의 목소리도 들렸다.

그는 살그머니 복도를 걸어 나아갔다.

쿠르탱 부인은 차를 끓이기 시작했고, 세 여인은 거리에서 시작한 대화를 이어 가고 있었다.

「그 녀석이 대체 어딜 가 있는 걸까?」

「연못이지 어디겠어요?」클로딘이 말했다. 「거기에서 물에 빠져 버린 게 확실해요!」

「오, 클로딘, 그렇게 생각할 수는 없어.」케른벨 부인이 대꾸했다. 「그 운전사가 다시 목격된 이상.」

「네……? 무슨 운전사 말이에요?」

「으이그, 참, 클로딘! 데스메트 씨의 개를 차로 친 그 사람 말이야!」

그녀의 음성에 짜증이 묻어났다. 물론 이 클로딘은 아주 착한 애인 것은 사실이지만, 너무나도 멍청하기 때문에 애에게 뭔가를 이해시키려면……. 이때 쿠르탱 부인이 앙투안에게 훈계할 때 사용하곤 하는 그 교육적인 어조로 끼어들었다.

「어제 데스메트 씨네 개를 차로 친 그 운전사 말이야……. 그러니까 그 사람 차가 오늘 아침에 연못 근처에 세워져 있는 것을 누군가가 봤다는 거야. 따라서 그 사람은 이 근방을 배회하고 있다는 뜻이지…….」

「난 레미가 길을 잃었다고 생각했는데…….」

클로딘은 이 충격적인 사실을 알게 되고는 넋을 잃은 표정이었다.

「클로딘, 생각 좀 해봐. 레미는 오후 1시부터 보이지 않았는데, 지금은 저녁 6시가 다 됐어. 그 애를 샅샅이 찾아봤는데 없잖아. 여섯 살밖에 안 된 아이가 멀리 갈 수는 없었을 테고 말이야.」

「그렇다면 누군가가 그 애를……. 아이고머니나, 그렇다면 이건 납치당한 거겠네요! 아니, 그런데 왜 그랬을까요?」

이번에는 아무도 대답하지 않았다.

앙투안도 설명해 보라면 설명할 수 없었겠지만, 어쨌든 사람들이 유괴의 가능성을 생각하고 있다는 사실은 그에게 안도감을 주었다. 이 가설이 자신에 대한 의심을 흩어 준다고 느꼈다.

뒤쪽에서 자동차들이 다가오는 소리가 들렸다. 앙투안은 급히 창가로 갔다.

세 대가 보였다. 밤이 되어 수색을 중단한 것이다. 네 번째 차가 도착했다. 그다음에는 시의 관용차가 왔는데, 시장이 직접 운전하는 이 차는 거리에 주차했다. 남자들이 보도에 서서 나직한 소리로 대화를 나눴다. 그들은 아까처럼 의욕적이고 결의에 찬 태도가 아니었고, 뭔가 죄지은 사람들처럼 쭈뼛거리고 있었다.

데스메트 부인은 그들 중의 하나가 용기를 끌어모아 뻔한 얘기가 될 소식을 전해 줄 때까지 기다리지 않고, 정신없이 집에서 달려 나와 이 사람 저 사람이 하는 말에 귀를 기울였다. 정보를 하나 더 들을 때마다 그녀의 어깨는 더 처지는 것 같았다. 성과 없이 돌아온 이 사내들, 이제는 밤이 되어 어둑해진 세상, 흘러가는 시간들……. 마침내 데스메트 씨 본인이 돌아왔다. 그의 자동차에서 축 늘어진 그의 어깨가 빠져나왔다. 그의 모습을 본 베르나데트는 휘청거렸고, 바이제르는 간신히 그녀를 부축할 수 있었다.

데스메트 씨가 달려와 아내를 안아 들었고, 그 처량한 행렬은 집 쪽으로 향했다.

베르나데트의 석고처럼 새하얘진 얼굴, 다크서클, 자기 주먹을 물어뜯는 모습, 그리고 그녀가 갑작스럽게 실신해 버린 방식, 이 모든 것들이 앙투안의 마음을 뒤흔들었다.

그는 그녀에게 레미를 돌려주고 싶었다.

그는 천천히, 그리고 조용히 흐느끼기 시작했다. 그것은 깊은 슬픔에서 나오는 울음이었으니, 그는 베르나데트가 그녀의 아이를 살아 있는 모습으로는 다시 보지 못하리라는 것을 알고 있었기 때문이다.

곧 그녀는 죽어 있는 그를 보게 되리라.

알루미늄 테이블 위에 길게 누워, 시트로 덮여 있는 모습으로. 그녀가 남편에게 몸을 꼭 붙이면, 그는 그녀의 두 어깨를 감싸 안으리라. 시체 공시장 직원은 천천히 시트를 들어 올리리라. 그녀는 퍼렇게 변한 레미의 얼굴과 그의 표정, 그리고 머리의 오른쪽 전체를 뒤덮은 커다란 혈종을 보게 되리라. 그녀는 울음을 터뜨리고 데스메트 씨는 그녀를 부축해 주리라. 밖으로 나가면서 그는 그들 곁에 있는 군경에게 손짓을 하리라. 맞소, 그 애가 맞소, 바로 우리 레미요…….

몇 분 후, 이번에는 군경대의 승합차가 도착했다.

앙투안은 군경대 대위가 두 동료와 함께 정원을 가로질러 와서 현관 벨을 누르는 것을 보았다. 그러고는 다시 온 길을 돌아갔는데, 이번에는 데스메트 씨가 군경들 사이에 끼어 성큼성큼 걷고 있었다. 그의 온몸에서 분노가 뿜어져 나왔다. 네 사람은 승합차로 향했고, 아직 거기에 남아 있던 남자들 모두가 즉시 차 주위로 몰려들었다.

고함 소리를 들은 앙투안이 창문을 열었다.

「이 사람을 어디로 데려가는 거요?」

「도대체 무슨 권리로⋯⋯?」

「군경들을 지나가게 해요!」 시장은 군경들에게 달려드는 사람들을 막아 보려 했으나 허사였다.

「이제 시장도 군경과 한편이라는 거요? 우리와 맞서겠다는 거요?」

군경들은 참을성 있고도 결연한 기색으로 계속 걸어 데스 메트 씨를 그들의 차에 태운 다음, 곧바로 출발했다.

대부분의 남자들은 저마다의 차에 올라타고는 군경대 차 뒤를 따랐다.

앙투안은 뭐가 뭔지 알 수 없었다.

왜 레미의 아빠를 데려갔을까? 그에게 의심하는 부분이 있는 걸까?

아, 군경이 자기 말고 다른 사람을 체포했으면! 특히나 그를 그렇게 무섭게 하는 데스메트 씨를 체포했으면⋯⋯. 다음 순간, 머릿속에 자기 남편이 잡혀가는 것을 본 베르나데트의 모습이 떠올랐다⋯⋯. 여러 가지 모순적인 감정들에 사로잡힌 앙투안은 더 이상 어떻게 생각해야 할지 알 수 없었다.

클로딘과 케른벨 부인이 떠났고, 쿠르탱 부인은 음식을 데우기 시작했다.

앙투안은 다시 조용히 짐을 싸기 시작했다. 배낭이 너무 작아 원하는 것들을 다 넣을 수 없지만, 어쩌겠는가? 가지고 있는 돈으로 길을 가면서 필요한 것들을 사리라.

7시 30분, 어머니가 저녁 식사를 하라고 불렀다.

「세상에, 이게 무슨 난리라니! 안 그러니?」

그녀는 앙투안에게뿐만 아니라 자기 자신에게도 말하고 있었다.

지금까지 그녀는 이 일을 몇 해 후에도 이웃들 간에 이따금 얘기하곤 하는 그런 소소한 사건들 중의 하나로 생각하고 있었다. 왜냐하면 그녀는 레미가 다시 나타나리라고 확신했고, 그녀의 정신은 그가 정말로 실종됐을 수 있다는 사실을 받아들일 수 없었기 때문이다. 그녀는 유사한 사례들을 기억하고 있었다. 어떤 아이가 없어져서 한참 찾아 헤맸는데……. 그녀는 상을 차리면서 앙투안에게 말했다.

「네 이모 옆집에 사는 어떤 여자에게 네 살 먹은 아들이 있었는데……. 글쎄 그 애가 빨래 바구니에서 잠이 들었지 뭐니! 이건 정말이야! 사람들은 몇 시간 동안 그 애를 찾아 헤맸어. 군경에는 진즉에 신고했고……. 결국에는 그 집 올케가 찾아냈지…….」

그들은 창문에 경광등 빛이 비치는 것을 동시에 보았다. 쿠르탱 부인이 먼저 일어섰다. 그녀는 현관문을 열었다.

군경대 승합차가 멈춰 섰는데, 데스메트 씨 집 앞이 아니라, 쿠르탱 모자의 집 앞이었다.

쿠르탱 부인은 재빨리 앞치마를 벗었다. 앙투안은 그녀 뒤에 있었다.

젊은 군경이 그들에게로 나아왔다.

앙투안은 금방이라도 죽을 것만 같았다.

「귀찮게 해서 죄송합니다, 쿠르탱 부인. 아드님과 얘기 좀 하고 싶어서요…….」

그는 이렇게 말하며 몸을 굽히고 고개를 기울여 앙투안의 시선을 찾았다. 쿠르탱 부인은 눈썹을 찌푸렸다.

「아니 왜요……?」

「그냥 형식적인 절차일 뿐입니다. 자, 앙투안?」

군경은 이번에는 앙투안 앞에 무릎을 꿇어 그와 눈높이를 맞추려 하지 않았다.

「자, 애야, 나하고 저쪽에 좀 가자.」

앙투안은 그를 따라 다른 두 군경이 서 있는 옆집 정원으로 갔다. 데스메트 씨도 굳은 얼굴로 거기서 기다리고 있었다. 그는 성난 눈으로 앙투안을 노려보았다.

군경은 앙투안에게로 몸을 돌렸다.

「자, 네가 레미를 마지막으로 본 장소가 어디인지 정확히 가리켜 줄 수 있겠니?」

모두가 그를 쳐다보았다. 어머니는 바로 그의 뒤에 서 있었다.

내가 베르나데트 아줌마에게 어떻게 말했더라? 군경에게

는 뭐라고 말했더라? 그는 정확히 기억이 나지 않았고, 자기가 모순된 말을 할까 두려웠다. 그래, 내가 개에 대해 말했었지. 앙투안은 움직이지 않았고, 군경은 질문을 반복했다.

「자 앙투안, 그 애가 있었던 곳을 정확히 가리켜 봐, 응?」

이때 앙투안은 군경이 쓰레기 자루 무더기를 가리기 위해 일부러 이 자리에 섰다는 사실을 깨달았다. 갑자기 모든 게 훨씬 더 간단하게 느껴졌다. 그는 한 걸음 앞으로 내딛으며 팔을 뻗었다.

「저기요.」

「레미가 있었던 곳으로 가서 서봐.」

앙투안은 쓰레기 자루들이 있는 곳까지 갔다. 그는 장면을 한 번 상상해 봤다. 자기가 거리를 지나가다가, 자루 옆에서 울고 있는 레미를 보았고……

그는 앞으로 나아갔다. 여기예요.

군경이 그의 곁으로 와 첫 번째 자루를 붙잡아 자기 쪽으로 끌어당겨서는 주둥이를 열어 안을 한번 들여다보았다. 데스메트 씨는 팔짱을 낀 채로 이 장면을 지켜보았다.

집의 현관문에는 역광에 비친 베르나데트 아줌마의 실루엣이 보였다. 그녀는 외투 깃을 목 주위로 바짝 여미고 있었다.

「그래서 레미가 뭘 하고 있었지?」 군경이 물었다.

시간이 너무나 길게 느껴졌다. 몇 분 정도라면 그럭저럭 견뎌 낼 수도 있었으리라. 하지만 현관 등과 거리의 가로등 불빛으로만 흐릿하게 비춰지는 이 정원에서, 베르나데트 아줌마, 데스메트 씨, 군경, 그리고 이 모든 일들의 목적을 이해하려 애쓰는 자기 엄마가 뚫어지게 쳐다보고 있는 이런 상황에서……. 또 거리에서 발걸음을 멈추고 이 모든 장면을 지켜보고 있는 사람들…….

그는 훌쩍거리기 시작했다.

「괜찮아, 괜찮아.」 군경이 그의 어깨를 잡으며 말했다.

이때 멀리서 어떤 새가 날갯짓을 하는 것처럼 뭔가가 퍼덕이는 소리가 어렴풋이 들렸다. 저쪽, 생퇴스타슈 쪽 숲 위로 헬리콥터 한 대가 흔들리는 탐조등을 땅 쪽으로 내쏘며 날아가고 있었다. 앙투안의 심장이 밤하늘에서 빙빙 도는 헬리콥터의 보이지 않는 프로펠러와 같은 리듬으로 뛰었다.

군경은 데스메트 씨 쪽으로 몸을 돌리고는 군모 위로 검지를 척 치켜들었다.

「협조해 주셔서 감사합니다……. 경보가 발령되었고, 새로운 소식이 있으면 물론 알려드리겠습니다.」

그는 동료들과 함께 승합차로 가서는 다시 떠났다.

모두가 저마다의 집으로 돌아갔다.

「저이들은 무슨 일이 일어났는지 알아보려고 하는 거야.」 쿠르탱 부인이 말했다.

그녀는 현관문을 닫고 자물쇠를 한 번 돌려 잠근 다음, 거실로 돌아왔다.

앙투안은 거실 입구에 꼼짝 않고 서 있었다. 시선은 레미의 얼굴을 보여 주는 텔레비전 화면에 못 박혀 있었다. 머리를 단정히 빗은 레미가 미소 짓고 있는 이 사진은 지난해 학교에서 찍은 것이었다. 앙투안은 조그만 파란 코끼리 한 마리가 인쇄된 노란 티셔츠를 알아보았다.

사건을 해설하는 기자는 아이에 대해 묘사하는 중이었다. 그가 실종되었을 때 입고 있던 옷, 그가 갔을 길에 대한 가설, 등등……. 키는 1미터 15센티미터였단다. 이유는 알 수 없지만 이 디테일은 앙투안의 가슴을 찢어 놓았다.

목격자를 찾는다는 말과 함께, 화면 하단에는 전화번호가 지나갔다. 잠수부들을 연못에까지 배치한다는 얘기도 있었다. 앙투안은 경광등이 달린 차들을 연못 접근로에 세워 놓은 소방관들이며, 고무보트 가장자리에 걸터앉아 힘차고도 정확한 동작으로 몸을 뒤로 던지는 잠수부들을 상상했다.

기자는 앙투안이 종종 TV에서 본 적이 있는 40대의 여자였지만, 오늘은 사뭇 다른 모습으로 보였으니, 거의 엄숙하기까지 한 심각한 목소리로 그들에 대해 얘기하고 있었기 때문이다. 〈제1차 수색은 아무런 소득 없이 끝났습니다…….〉

아마도 기록 보관소에서 가져온 것인 듯, 약간 오래된 보발의 자료 화면 몇 개가 보였다. 시 주위를 누비는 것으로 여겨지는 군경대 차들을 보여 주는 화면도 몇 개 이어졌다.

〈……밤이 되어 수사관들은 수색을 내일로 미룰 수밖에 없었습니다.〉

앙투안은 화면에서 눈을 뗄 수 없었다. 그는 어떤 데자뷰를 보는 듯한 놀라운 느낌에 사로잡혀 있었다. 종종 일어나는 어떤 비극적 사건의 뉴스를 접하는 듯한 느낌이었다. 하지만 이번에는 자신이 직접 연관되어 있었으니, 바로 자신이 살인 범이었기 때문이다.

〈……빌뇌브 검찰청은 실종 원인을 조사하기 위해 공식 수사를 시작했습니다.〉

「앙투안, 밥 안 먹니?」 쿠르탱 부인이 물었다.

아들 쪽으로 고개를 돌린 그녀는 그의 얼굴이 놀라울 정도로 창백한 것을 발견했다.

「애, 너 꼭 무슨 병이라도 걸린 애 같다?」

# 5

앙투안은 저녁 식사를 가볍게 했다. 다시 말해서 거의 먹지 않았다. 배가 고프지 않았다.

「그래, 놀랄 일도 아니지.」 어머니가 혀를 끌끌 찼다. 「이 모든 일들을 겪었으니…….」

앙투안은 그녀가 식탁 치우는 것을 돕고는, 매일 저녁 하듯이 그녀에게로 다가가 볼을 내밀어 키스를 받은 후에 자기 방으로 올라갔다.

떠날 준비를 하고, 배낭을 마저 싸야 했다. 몇 시나 되어야 들키지 않고 살그머니 떠날 수 있을까? 밤이 되어야 하리라…….

그는 침대 밑에서 배낭을 다시 끄집어내다가, 갑자기 끔찍한 의혹에 사로잡혔다. 이 통장에서 돈을 꺼내려면 어떻게 해야 하지?

그가 인출하는 것을 어머니가 예외적으로 — 일테면 그의 손목시계를 사기 위해 — 허용했을 때는 항상 그녀가 우체국에 갔었다. 넌 할 수 없어. 성년이 되어야 해……. 그가 우체국

창구로 가면 직원이 신분증을 요구하리라. 아니 그냥 물끄러미 쳐다보기만 하리라. 꼬마야, 안 돼, 네 어머니나 아버지와 같이 오렴…….

돈이 없으면 도망은 불가능하다.

모든 계획이 어그러졌다. 이제 그는 집에 남아 체포되기만을 기다릴 수밖에 없게 되었다.

그는 낙담했지만, 이상하게도 생각했던 것만큼은 아니었다. 그는 방에 널린 물건들을 새로운 시선으로 내려다보았다. 양말과 티셔츠로 빵빵하게 채운 배낭, 그리고 그 옆 포켓에서 삐져나온 스파이더맨 피규어가 별안간 우스꽝스럽게 느껴졌다.

그는 이 도망간다는 생각, 가출한다는 생각에 취해 있었지만, 솔직히 그것을 정말로 믿었던가?

갑자기 엄청난 피로감이 엄습했다. 이젠 흘릴 눈물도 남아 있지 않았다. 몸에 한 방울의 힘도 느껴지지 않았다.

그는 배낭을 침대 위에 내던지고, 통장과 서류는 책상 서랍 속에 넣은 다음, 침대 위에 드러누웠다.

그러고 나서 잠이 들었는데, 뒤숭숭한 꿈이 계속되었다. 그는 레미를 등에 업고 쓰러진 커다란 나무쪽으로 계속 나아가고 있었다. 아이의 축 늘어져 건들거리는 두 팔이 끊임없이 눈앞에 어른댔다.

그런데 그는 더 이상 나아갈 수가 없었다. 갖은 애를 써봐도 다가가면 거리가 또 멀어지는 것이었다. 그는 자기 손목시계가 떨어져 있는 발밑을 내려다보았다. 그것은 녹색 형광 줄

등, 현실에서와 똑같은 모습이었지만, 크기가 훨씬 커서 보지 못하고 지나칠 수가 없었다.

레미가 그의 어깨에서 사라져 버렸다. 대신 앙투안은 아이보다도 훨씬 무거운 이 거대한 손목시계를 메고 있었다. 그는 숲속을 걸었고, 생퇴스타슈로부터 멀어져 갔다. 그러다 뒤쪽 어딘가에서 어떤 소리를 들은 그는 걸음을 멈추고 몸을 휙 돌렸다.

레미였다. 녀석은 어두컴컴한 구덩이 안에서 엎드려 있었다. 죽지 않았고 부상당했을 뿐이지만, 두 다리와 갈비뼈가 부러져 끔찍한 고통 속에 있었다. 녀석은 구덩이 입구 쪽을 향해, 빛 쪽을 향해 두 손을 내뻗고 있었다. 앙투안 쪽을 향해 내뻗고 있었다. 녀석은 구조를 요청하고 있었다. 누군가가 자신을 이 구덩이에서 빼내 주기만을 바라고 있었다. 녀석은 죽고 싶지 않았다.

앙투안!

레미는 계속 울부짖었다.

앙투안은 달려가 도와주려고 해봤지만 발이 말을 듣지 않았다. 아이가 자신 쪽으로 두 팔을 내뻗는 게 보일 뿐이고, 갈수록 울부짖음으로 변해 가는 애원하는 소리가 들릴 뿐이었다……

앙투안!

앙투안!

「앙투안!」

그는 소스라치며 잠에서 깨어났다. 그의 어머니가 침대 가장자리에 앉아 걱정스러운 눈으로 그를 내려다보고 있었다. 기도하듯이 두 손을 꼭 맞잡고서.

「앙투안…….」

잠이 확 달아난 그는 벌떡 몸을 일으켰다. 모든 기억이 되살아났다.

지금이 몇 시지?

침실은 2층까지 올라오는 1층의 노르스름한 불빛만으로 밝혀지고 있었다.

「무슨 소리를 그렇게 질러 대니? 걱정이 돼서 죽는 줄 알았다……. 앙투안, 대체 무슨 일이니?」

앙투안은 침을 꿀꺽 삼켰다. 그는 고개를 가로저었다.

「응? 무슨 일이 있니?」

지금 모든 것을 고백해야 할까? 만일 그가 완전히 정신이 들어 있었더라면, 아마도 그에게는 너무 무거운 짐을 벗어던지고 싶은 유혹에 굴복했을 것이다. 어머니에게 모든 것을 털어놓았을 것이다. 모든 것을. 하지만 그는 지금 무슨 일이 일어나고 있는지 제대로 분간할 수 없었다.

「옷을 입은 채로 자고 있어. 양말까지……. 평소의 너답지 않다……. 어딘가 아픈 거라면, 왜 말하지 않는 거니?」

어머니는 그의 팔 위에 손을 얹었다. 그는 홱 몸을 뺏다. 그녀와의 신체적 접촉이 별로 좋지 않았다. 그러나 그녀는 기분이 상하지 않았다. 사춘기 소년들이란 원래 그렇지 뭐. 그녀는 이 문제에 관한 기사들을 읽은 적이 있었다. 이런 일들을 너무 개인적 차원에서 받아들일 필요는 없었다. 나이 탓이니까. 다 지나갈 거니까.

「어디 몸이 안 좋니?」

「아니, 괜찮아.」 앙투안이 대답했다.

쿠르탱 부인은 앙투안의 이마에 손을 얹었다. 전부터 늘 해온 똑같은 동작이다.

「물론 너도 이 일 때문에 심란하겠지. 그리고 군경들이 너에게 그렇게 온갖 질문을 해댄 것도 항상 있는 일은 아니고…….」

그녀는 부드럽게 미소 지으며 그의 얼굴을 그윽하게 쳐다보았다. 평소 같으면 그녀의 이런 태도에 앙투안은 짜증이 났을 것이다. 엄마, 날 그런 식으로 보지 마. 난 아기가 아니란 말이야. 하지만 이번에는 위로받고 싶은 유혹에 굴복했다. 그는 눈을 감았다.

「자,」 이윽고 어머니가 말했다. 「옷을 벗고 다시 누워 자거라.」

그녀는 불을 껐고, 방문을 활짝 열어 놓았다.

앙투안이 다시 잠이 든 것은 새벽녘이 되어서였다.

# 6

  민방위대 소속 헬리콥터는 다음 날 아침 새벽부터 수색을 재개했다. 그것은 규칙적인 간격을 두고 지나갔고, 그럴라치면 사람들은 고개를 들고는 날아가는 그것을 눈으로 쫓았다. 도(道)의 다른 군경들이 보발의 동료들을 지원하러 왔다. 인근 도로들의 수색을 위해 떠나는 승합차며 파란색 승용차들이 시내 중심가를 계속 지나갔다.

  조금 있으면 어린 레미가 실종된 지 24시간이 될 터였다. 소식들을 교환하는 상인들 사이에서는 비관론이 팽배했다. 그리고 때로는 군경대에 대한, 때로는 시청에 대한 약간 막연한 분노도 쏟아져 나왔다. 왜냐하면 군경들은 이 실종 사건에 관심을 기울이기 전에 조금 꾸물댔잖아, 안 그래? 곧바로 그 애를 찾아 나서야 했어. 군경들이 꾸물댄 시간에 대해서는 의견이 엇갈렸다. 어떤 이들은 세 시간이라 말하고(여섯 살배기 아이가 사라졌는데 세 시간은 엄청난 거 아냐?), 어떤 이들은 다섯 시간이 넘는다고 주장했다. 사실은 똑같이 계산하는 사람은 하나도 없었으니, 아무도 동일한 시점에서 출발하지 않았기 때문이다. 그 꼬마가 없어졌다는 사실을 알게 된 게 몇 시야? 정오 무렵이야? 아니, 적어도 오후 2시야. 그때 데스메트 부인이 가게에서 불안해하는 걸 사람들이 봤대. 아, 전혀 그렇지 않아. 레미는 1시 45분에 공장에 돌아가는 자기 아버지를 따라갔어. 좋아 — 케른벨 부인이 말했다 — 시간은 확실치 않다고 쳐. 하지만 시청은 뭔가 조치를 취해야 했어. 이 점에 대해서는 거의 모든 사람이 동의했다. 바이제르 씨는 군경대에 연락도 하지 않으려고 했어! 꼬마는 곧 돌아올 거고, 별것도 아닌 일을 가지고 신고하면 멍청하게 보일 거라고 말했지!

앙투안은 그의 방에 처박혀 있었다. 그는 트랜스포머 피규어들에 집중해 보려 애쓰며 이웃집 정원을 살폈지만 거기선 별다른 일이 일어나지 않았다. 데스메트 씨는 새벽부터 레미를 찾으러 집을 나섰고, 그 뒤로는 모습이 보이지 않았다.

앙투안의 어머니는 규칙적으로 집에 돌아오곤 했는데, 그때마다 이전의 것들과 모순되는 새로운 정보들을 가지고 왔다.

오전이 끝나 갈 즈음, 지방 TV 방송국 차량 한 대가 시내에 들어왔고, 한 여기자가 행인들을 붙들고 질문을 했다. 그녀의 팀은 데스메트 씨 집을 촬영하고는 다시 떠났다.

쿠르탱 부인은 정오경에 집에 돌아와서는 한 중학교 교사가 오전 초부터 군경들에게 심문받고 있다고 알려 주었지만, 그 이름은 정확히 기억하지 못했다.

그러고 나서는 민방위대 소속 잠수부들이 오후 2시경에 연못에 도착할 거라는 소식이 돌았다.

쿠르탱 부인은 베르나데트의 집에 찾아가 거기에 가지 말라고 충고했지만(이렇게 충고한 사람은 그녀만이 아니었다) 아무 소용없는 짓이었다. 1시 30분경, 그녀를 돕겠다고, 그녀를 부축해 주겠다고 데스메트 씨 집 정원에 모여든 사람이 열두 명이나 되었다. 그들이 출발했을 때, 무슨 장례식을 하러 가는 사람들 같았다. 행동에 아무런 자신감이 느껴지지 않았다.

앙투안은 무리가 떠나가는 광경을 지켜보았다. 나도 거기 가봐야 할까? 그를 결정하게 만든 것은 사람들이 거기서 아무것도 찾아내지 못하리라는 확신이었다.

가는 길은 사람들이 그야말로 인산인해를 이뤘다. 멀리서 보면 이게 어떤 행렬인지, 아니면 어떤 관광 행사가 열린 것인지 분간하기 힘들 정도였다.

안토네티 부인은 보도에 내놓은 등나무 의자에 앉아서는 떼 지어 지나가는 보발 주민들을 노골적으로 경멸을 드러내는 시선으로, 너무나 오래전부터 그래 왔기 때문에 이제는 아무도 주목하지 않는 그 경멸적인 시선으로 지켜보았다.

군경들은 주민들이 연못가로 접근하는 것을 막기 위해 차단 방책들을 세워 놓았다. 작업하는 잠수부들을 방해해서는 안 되기 때문이었다. 베르나데트가 쿠르탱 부인과 클로딘의 부축을 받으며 도착했을 때, 담당 공무원은 대체 어떻게 해야 할지 알 수 없었다. 여보쇼, 애 엄마가 가서 보겠다는데 막으면 안 되잖아! 주위에 있는 사람들이 분개하며 소리쳤다. 공무원은 내키지 않았지만, 방책들이 흔들거리기 시작하고, 여기저기서 고함 소리가 들렸고, 어디선가 욕설도 터져 나왔다. 이 사건이 시작됐을 때부터 따라다닌 그 약간 흥분된 상태가 재연되고 있었다. 결국 공무원은 자기는 옆으로 비켜서는 게 좋겠다고 판단했다. 문제는 누구를 베르나데트와 함께 수색 구역 안으로 들여보내느냐였다.

다행스럽게도 군경대 대위가 도착했다. 그는 다짜고짜 베르나데트의 팔을 척 잡더니 승합차까지 인도해 가서는 자기 보온병을 꺼내어 차를 한 잔 따라 주었다. 그녀가 있는 곳에서는 연못에서 벌어지고 있는 일들을 전혀 볼 수 없었지만, 그래도 그녀는 거기에 머물렀다.

앙투안은 멀찌감치 떨어져 있었다. 에밀리가 그의 곁으로 왔다. 그녀는 뭔가 대화를 시작해 보려 했지만, 미처 그럴 시간이 없었다. 테오가 벌써 도착했고, 그다음에는 케빈이, 그리고 다른 남자애들과 여자애들이 금방 도착한 것이다. 그들은 모두가 그들 부모들과 같은 얼굴을 하고서, 마치 그들처럼 말하고 있었다. 어떤 애들은 레미를 멀리서만 알고 있었지만, 그는 벌써 모든 어른들의 아들처럼 되어 버린 것처럼 모든 아이들의 동생이 된 것 같은 분위기였다.

「너희들, 군경에게 체포된 사람이 누군지 알아? 게노 선생님이래!」 테오가 불쑥 말했다.

이 말에 모두가 충격을 받았다. 게노 선생님은 과학 담당으로, 좋지 못한 소문들이 떠도는 아주 뚱뚱한 남자였다. 그가 생틸레르에서 어떤 수상쩍은 장소들에서 나오는 것을 봤다는 사람들도 있었다…….

에밀리는 깜짝 놀라 테오 쪽으로 몸을 돌렸다.

「게노 선생님은 군경대에 잡혀가지 않았어. 오늘 아침에 사람들이 그를 봤다고!」

하지만 테오는 단호했다.

「오늘 아침에 봤다면, 그건 그때 그가 아직 체포되지 않았기 때문이야. 하지만 내가 분명히 말하는데, 그는 지금 군경대 본부에 잡혀 있고, 그리고……. 뭐, 더 이상은 아무것도 말해 줄 수 없어.」

오직 상대를 애태우기 위해 이렇게 혼자만 정보를 움켜쥐는 것은 참 짜증 나는 일이었으나, 그는 항상 이런 식이었다. 이런 식으로 자기가 뭔가 대단한 존재처럼 보이고 싶어 했다. 하지만 아이들은 꼭 알고 싶었고, 말해 달라고 졸라 댔다. 테오는 마치 어떻게 해야 할지 망설이는 것처럼 입술을 꽉 오므린 채로 자기 신발을 뚫어지게 내려다보았다.

「좋아…….」 마침내 그가 입을 열었다. 「하지만 이건 너희들만 알고 있어야 해, 알았지?」

약속하는 소리들이 조그맣게 솟아올랐다. 테오가 목소리를 낮추었다. 거의 들리지도 않을 정도여서 그의 말을 듣기 위해서는 고개를 바짝 숙여야만 했다.

「게노는…… 호모야. 벌써 학생들한테 이상한 짓들을 많이 했대…… 몇 번 항의도 들어왔지만 다 묵살됐어. 물론 중학교 교장이 그랬지! 이 게노는 아주 나이가 어린 애들을 좋아하는 모양이야. 아주 어린 아이들……. 내가 무슨 말하는지 너희들도 이해할 거야. 데스메트 씨 집 쪽에서도 여러 번 목격되었어. 지금 사람들 생각은 심지어는 교장 자신도…….」

이 새로운 얘기들에 아이들은 입을 딱 벌렸다.

앙투안은 더 이상 뭐가 뭔지 알 수 없었다. 어제 군경들은 데스메트 씨를 조사하는 것 같다가, 결국 그를 풀어 주었다. 오늘 아침에는 게노 선생님 차례였다. 그리고 어쩌면 중학교 교장도 조사하고 있는지도 몰랐다. 사람들은 거기서 아무것도 찾아낼 수 없다는 것을 앙투안은 알고 있는 연못 쪽을 뒤지고 있었다. 그는 24시간 만에 처음으로 꽉 조이던 가슴이 조금 풀리는 것을 느꼈다. 이제 위험에서 벗어난 것일까? 그는 도망갈 수는 없었다. 하지만 〈만일 사람들이 레미를 영원히 찾아내지 못한다면?〉이라는 생각이 계속 떠올랐다.

아무도 아무것도 볼 수 없고, 그 어디와도 통하지 않는 연못 근처의 이 장소는 온종일 보발의 한 별관과도 같았다. 아무도 파악할 수 없는 경로를 통해 정보들이 여기에 이르러서는, 갖가지 논평들로 덧붙여져서, 다시 말해서 거의 완전히 새로운 정보가 되어서 다시 흘러 나가곤 했다.

오후 중반이 되자, 저쪽 연못에서의 잠수부들의 수색 작업과 어떤 남자 ─ 그 정체에 대해서는 테오의 강력한 주장에도 불구하고 의견이 엇갈리는 ─ 의 체포 사이에 아주 밀접한 관계가 상정되었다. 가장 유력한 용의자로는 게노 선생님이 꼽혔지만, 전전날에 데스메트 씨의 개를 친 운전사도 만만치 않은 후보였다. 사람들은 이렇게 떠들어 댔다. 개는 즉사해 버린 거야. 가엾은 로제는 그의 개를 쓰레기 자루에다 집어넣는 수밖에 없었지. 그런데 그자가 차를 세우고 내려서 사과라도 했는 줄 알아? 천만에! 그런데 바로 이 차를 누군가가 보발 외곽에서 봤다는 거야. 피아트였을 거야. 아니면 시트로엥. 색은 반짝이는 청색이고. 등록 번호는 론 도(道)의 번호인 69인데, 알다시피 그쪽 사람들은 다 난폭 운전 하잖아……. 하지만 그건 같은 날 아니야? 그 개는 아이가 실종되기 전날에 죽지 않았어……? 이봐, 내가 말했잖아! 그러니까 내가 지금 말하는 거 아냐! 그 피아트가 다시 돌아왔다고!

사람들은 이 용의자 리스트에 한두 명을 더 올려 보기도 했다. 예를 들어 시리뒤퐁 제재소 사장 다네지 씨 같은 경우였다. 하지만 이 정보는 그리 신뢰성을 갖지 못했으니, 왜냐하면 이것은 몇 주 전 진상이 명확히 밝혀지지 않은 어떤 절도 사건 때문에 다네지 씨와 한바탕 싸운 어느 직원에게서 나온 것이었기 때문이다. 원래 풍문이란 미묘한 것이어서, 받아들여지기도 하고, 받아들여지지 않기도 하는 법이다. 이것은 받아들여지지 않았다.

한편 데스메트 씨에 대해 말하자면, 그는 이곳에서 별로 믿을 만하지 않은 아웃사이더로 여겨지는 인물이었다. 퉁명스럽고, 걸핏하면 거친 모습을 보이는 데다가, 주먹 다툼까지 일삼는 그를 사람들은 별로 좋아하지 않았다. 하지만 그는 보발 출신이라는 확실한 이점이 있었고, 리옹에서 온 게노 선생, 그리고 어디서 왔는지 알 수 없는 뺑소니 운전사보다는 원칙적으로 범인일 가능성이 적었다. 그가 자신의 아들을 납치했다거나 살해했을지도 모른다고 진지하게 생각하는 사람은 아무도 없었다. 그가 대체 왜 그런 짓을 했겠는가? 그리고 군경들은 그가 공장에 가면서 레미와 함께 걸었을지도 모를 길을 샅샅이 수색해 보았지만, 거기서 아무것도 찾아내지 못했다. 사실 로제 데스메트를 싫어하는 사람들조차 그를 의심하는 것은 어려운 일이라고 느꼈다.

누군가가 추잡한 욕정에 사로잡혀 레미를 — 그 동그란 얼굴과 반짝이는 눈을 가진 그 조그만 아이를! — 죽일 수 있었다는 생각에 이따금 대화는 얼어붙었고, 감히 상상하기조차 힘든 그 끔찍한 장면이 암시될라치면 긴 침묵이 내려앉곤 했다. 심지어는 앙투안 자신도 그 장면이 떠오르지 않았으니, 오후 시간이 지나감에 따라 사건에 대한 그 자신의 의식이 변해 버렸기 때문이다. 그는 살아 있는 레미를 마지막에서 두 번째로 목격한 사람이었다. 이 점에 대해 이따금 열띤 토론이 벌어지곤 했다. 앙투안이 레미를 본 게 꼬마가 그의 아버지와 함께 길을 다 걷고 나서였는가, 아니면 그 전이었는가? 이것은 심각한 질문이었다. 이것은 분 단위로 따져야 하는 문제라서 쉽게 단정 짓기가 힘들었다. 사람들은 앙투안 주위에 둘러앉아, 그가 집을 나오던 순간의 이야기를 무수히 들었으며,

아버지가 부숴 버린 토끼장 근처에 우두커니 서 있던 어린 레미의 모습을 그와 함께 다시 보았고, 그중 하나에 개의 사체가 들어 있던 쓰레기 자루들을 머릿속에 떠올려 보았다. 결국 앙투안 자신도 이 허구를 믿어 버리게 되었다. 이것을 이야기하고 있으면 그 장면이 눈앞에 보였고, 그는 바로 거기에 있었다. 그의 머릿속에서, 그리고 듣는 이들의 머릿속에서 이이야기는 점차로 현실에 버금가는 밀도를 지니게 되었다.

스타 자리를 뺏겨 버린 테오 바이제르는 뒷전으로 물러나 있었다. 앙투안은 그를 곁눈으로 주시했다. 여전히 초등학교 친구들, 혹은 중학교 친구들에 둘러싸인 테오는 그를 힐끔거리며 뭐라고 속닥거리고 있었다…….

이유는 알 수 없지만 테오와 그는 한 번도 서로를 좋아한 적이 없었다. 그와 에밀리와 테오, 이렇게 세 사람은 일종의 비공식적이고도 기묘한 트리오를 이루고 있었다. 앙투안은 거의 모든 과목에서 우수한 성적을 거두고 막 6학년 1학기를 마친 모범생이었다. 에밀리는 중간 정도의 학생, 3학년 때 벌써 그해에 가장 유행하는 계열들로 진로를 정해 주려 하는 그런 학생 중의 하나였다. 테오는 열등생이었지만, 유급은 단한 번만 했을 정도로 약삭빠른 아이였다. 그는 다른 아이들에 비해 한 살이 많았고, 앙투안과 에밀리와는 같은 반이 아니었다. 케빈과 폴과 같은 반이었다.

이렇게 보발에서 둘만 같은 반이고, 서로를 오래전부터 알아 왔으며, 또 매일같이 마주치는 상황은 앙투안과 에밀리의 사이를 가깝게 만들었어야 옳았지만……. 지난번에도 생퇴스타슈 숲 오두막 아래서 그녀에게 일종의 데이트 신청을 했지만 그것은 참담한 실패로 끝나고 말았다. 일반적으로 그는 여자애들을 어떻게 다뤄야 할지 몰랐다. 에밀리와는 더 힘들었다. 이 모든 일들이 일어나기 전에 그녀는 그의 모든 꿈들과 환상들에 등장하는 주인공이었는데 말이다…….

잠수부들은 오후 5시가 조금 못 되어 작업을 중단했고, 아직 남아 있던 구경꾼들은 보발로 돌아가기 시작했다.

앙투안은 걸음을 재촉해서는 몇몇 소녀들과 걷고 있던 에밀리 곁으로 갔다. 그런데 아이들이 자신을 꺼려한다는 게 곧바로 느껴졌다. 그들은 자신을 똑바로 쳐다보지도 않았고, 말도 걸지 않았다. 아까 얘기를 들려 달라고 해서 계속 떠들어 댄 게 지나친 일이었을까? 관심깨나 얻으려고 그렇게 떠들어 댔다고 욕을 하는 것일까? 그는 더 이상 견디지 못하고 에밀리의 팔을 꽉 붙잡아서는 몇 걸음 저쪽으로 데리고 갔다.

「테오가 그랬어.」 그녀가 결국 털어놓았다.

조금도 놀랄 일이 아니었다.

「걔는 시샘을 하는 것일 뿐이라고!」

「오, 아니야!」 그녀가 소리쳤다. 「그런 게 아니야…….」

그녀는 눈을 아래로 내리깔았지만, 사실 그녀는 앙투안에게 진실을 말해 주고 싶어 죽을 지경이어서, 앙투안은 여러 번 다그칠 필요조차 없었다.

「걔가 뭐라고 했냐면, 레미를 마지막으로 본 사람은 바로 너래. 그리고…….」

「그리고 뭔데?」

에밀리의 목소리는 낮아졌고, 약간의 흥분기마저 느껴졌다.

「그리고 레미는 종종 너를 보러 숲에 들어오곤 했대…….」

앙투안의 몸이 마치 얼어붙은 듯이, 혹은 갑자기 감기에 걸린 듯이 부르르 경련했다.

「그리고 또 뭐라고 했냐면……. 연못 바닥을 박박 긁고 있는 것보다는 생퇴스타슈 숲 쪽을 뒤지는 편이 나을 거라고…….」

하늘이 무너지는 기분이었다.

에밀리는 무엇이 참이고 무엇이 거짓인지 알아내고 싶은 듯 고개를 옆으로 살짝 기울인 채로 그를 오랫동안 지켜보고 있었다. 앙투안은 잠시 충격에서 벗어나지 못했다. 이 테오는 정말이지 보기 드물게 심술궂은 녀석이고 비열한 질투의 화신이긴 했지만, 이렇게 자신도 모르는 사이에 진실을 말해 버리라고는 앙투안은 꿈에도 생각지 못했다.

질문을 하는 듯한 에밀리의 시선이 그를 욱하게 만들었다.

그는 현재의 상황도, 자신의 행동에 따른 결과도 생각하지 않고, 앞에 가는 아이들을 뒤쫓아 달려가기 시작했다. 그렇게 맹렬히 달려가면서 두 팔을 쭉 뻗어 테오의 등을 거세게 밀어 2미터 앞으로 날아가게 했다. 여자애들이 비명을 지르기 시작했다. 앙투안은 넘어진 테오 위에 재빨리 올라타서는 두 주먹으로 얼굴을 짓이기기 시작했다. 그 누구도 들어 보지 못한 둔탁한, 유기질적인 소리가 울려 퍼졌다……. 테오는 앙투안보다 몸집이 더 크고 힘도 셌지만, 너무도 뜻밖의 급습이어서 속절없이 당하고 있었다. 겨우 상대를 뒤집어엎는 데 성공했을 때, 그의 얼굴은 벌써 피투성이였다. 모로 누운 앙투안은 테오가 일어나려 하는 것을 보았고, 그보다 한 발 더 빨리 움직였다. 벌떡 일어나서는 돌멩이가 있는지 주위를 둘러보다가 큼직한 몽둥이 하나를 발견하고 한 걸음 내딛어 그걸 쥐어 들었다. 그러고는 비틀거리며 자기에게 다가오는 테오를 보고는 두 손으로 몽둥이를 쳐들어 얼굴 옆쪽을 후려 갈겼다.

그것은 길이가 약 40센티미터가량이고 상당히 굵직한 몽둥이였지만, 완전히 썩어 있었다.

그것은 테오의 두개골에 부딪히자 퍼석 하는 소리와 함께 산산조각이 나 버렸다. 앙투안은 어떤 버섯의 색깔을 띤, 부러진 나뭇조각 하나를 두 손에 들고 있는 자신을 발견했다.

아이들은 이 사건에 너무도 놀란 나머지 이 상황의 우스꽝스러움 같은 것은 신경 쓰지도 못했다. 비록 공격이 한심하게 끝나긴 했지만, 앙투안은 지금까지 아무도 이의를 제기하지 못했던 권위에 공격을 감행한 것이다.

어른들이 와서 싸우는 두 아이를 떼어 놓았다. 고함 소리가 터졌고, 급히 손수건들을 꺼내 피를 닦아 주었는데, 다행히도 별것은 아니었고, 단지 입술이 약간 찢어졌을 뿐이다.

다시 보발을 향해 걷기 시작했다.

아이들은 자연스럽게 두 그룹으로 나뉘었다. 앙투안 쪽이 테오 쪽보다 수가 더 많았다.

앙투안은 당황하고 얼이 빠져서 손가락들로 불안스레 머리칼 속을 쓸어 댔다. 이상한 유사성 때문이었다. 그는 이틀 사이에 두 번이나 어떤 아이를 몽둥이로 때린 것이다. 첫 번째 아이는 아무 잘못도 하지 않았는데, 자기는 그를 죽여 버렸다.

이제 자기는 학교 운동장에서 흔히 볼 수 있는, 아무나 닥치는 대로 때리고 다니는 그런 깡패 같은 애가 될 것인가?

그는 에밀리가 자기 옆에서 걷고 있다는 것을 알아챘다. 이유는 알 수 없지만, 그다지 기분이 좋지는 않았다. 정말이지 계집애들은 싸움 잘하는 애들한테는 사족을 못 쓰는군…….

5시가 조금 못 되었을 때, 군경 승합차가 베르나데트 데스메트를 그녀의 집으로 데려다주었다. 고뇌에 짓눌린 그녀의 모습은 보는 이의 가슴을 아프게 했다.

어머니가 돌아오기를 기다리며 앙투안은 TV를 켜고 어린 레미 데스메트의 우려스러운 실종 소식을 전하는 뉴스를 시청했다. 화면에서는 보발시의 몇몇 장소들이 이어졌다. 먼저는 성당과 시청이었고, 그다음에는 중앙로였다. 이 사건에 극적인 성격을 부여하려고 애를 쓰면서(하지만 기자가 보여 줄 것이나 얘기할 것이 전혀 없었으므로 약간 애처롭게 느껴지는 시도였다) 리포트는 시내 중심부에서 출발하여 어린 레미의 집에 이르는 도정을 따라가며 보여 주었다.

이렇게 중앙로, 광장, 식료품점, 그리고 학교 등의 모습이 화면에 이어지자 앙투안은 가슴이 꽉 조여 왔다.

카메라는 레미의 집이 아닌 그의 집으로 다가왔다.

카메라가 찾고 있는 것은 아이가 아니라, 바로 그였다.

마침내 화면은 그들이 사는 거리를 보여 주었다. 초록색 덧창들이 달린 무쇼트 씨 집, 그러고 나서 데스메트 씨 집 정원이었다. 카메라는 아이의 부재가 남긴 공백 상태를 물질화하고 또 강조하고자, 쓸쓸하게 버려진 그네며, 아이가 집을 나서며 밀었을 정원의 문에서 꾸물대기도 하면서 정원 주변을 비춰 주었다.

쿠르탱 집안의 정원 한쪽이 와이드 숏으로 잡혔을 때, 앙투안은 카메라가 그의 집에 초점을 맞추고, 전면을 한 번 훑은 다음, 그의 모습을 찾다가, 마침내 창문 뒤에 있는 그를 찾아내어 다가와서는 그의 얼굴을 클로즈업시키면서 그 움직임을 마치리라 생각했다. 〈그리고 여기에 레미 데스메트를 살해하고, 그 시신을 생퇴스타슈 숲속에 매장한 소년이 있습니다. 군경은 내일 아침 이른 시간에 시신을 발굴할 예정입니다.〉

앙투안은 자신도 모르게 한 발 움찔 뒷걸음을 치고는, 그대로 자기 방으로 달려가 몸을 숨겼다.

쿠르탱 부인은 시내에서 평소보다 세 배나 시간을 들여 장을 보고는 마침내 집에 돌아왔다. 주방에서 달그락거리는 소리가 들리는가 싶더니, 그녀가 올라왔다. 그녀는 얼굴이 잔뜩 굳어 있었다.

「체포된 사람은 중학교 선생이 아니야.」

앙투안은 트랜스포머 피규어를 내려놓고 어머니를 올려다
보았다.

「코발스키 씨야.」

# 7

이 체포 소식은 쿠르탱 부인뿐 아니라 그녀의 아들의 마음까지 흔들어 놓았다. 앙투안은 이런 생각을 하는 자신을 자책했으나, 자신도 어쩔 수가 없었다. 만일 코발스키 씨가 유죄 판결을 받는다면(이게 어떻게 가능할 것인지에 대해서는 자문해 보지 않았다), 다른 사람이 받는 것보다는 차라리 이게 나아. 엄마는 그와 함께 일하는 것을 늘 한탄해 왔고, 그는 평판이 나쁘고, 생긴 것도 끔찍하잖아. 수색은 아무 소득 없이 끝났고, 연못을 바닥까지 긁어서 뒤졌지만 헛수고였고, 이제 프랑켄슈타인이 체포됐어⋯⋯. 앙투안은 어쩌면 이 악몽이 이렇게 끝날지도 모르겠다고, 자기는 무사할 수도 있겠다고 믿기 시작했다. 하지만 저 테오란 녀석이 있었고, 녀석의 가시 돋친 암시가 사람들의 눈을 자기에게로 돌릴지도 모를 일이었다. 녀석은 어디까지 나갈까? 만일 아까 그 이야기를 자기 아버지에게 해버린다면? 혹은 군경들에게 해버린다면?

앙투안은 아까 화를 참지 못하고 그와 싸운 것이 후회되었다. 그냥 놔뒀어야 했는데. 아, 참 바보 같은 짓이었다.

「코발스키 씨가…….」 쿠르탱 부인이 혼자서 중얼거리듯 말했다. 「설마 그럴 줄은 몰랐는데…….」

그녀는 이 소식에 충격을 받은 기색이 역력했다.

「엄마는 그 사람을 전혀 좋아하지 않았잖아?」 앙투안이 말했다. 「그런데 무슨 문제야?」

「아, 그야 물론이지! 그렇긴 하지만……. 개인적으로 알고 있는 사람은 또 달라.」

그녀는 한동안 말이 없었다. 앙투안은 어머니가 이 체포가 그녀의 삶에, 아마도 그녀가 하는 일에 미칠 영향에 대해 상상하고 있는 거라고, 그녀가 걱정하고 있는 거라고 생각했다.

「다른 데서 일자리를 구하면 되잖아. 엄마는 항상 불평했잖아. 항상 일하러 가기 싫어했잖아.」

「아 그래? 넌 일자리를 구하는 게 그렇게 쉬운 일인지 아니?」

그녀는 이제 화가 나 있었다.

「바이제르 씨가 1월 1일에 해고하려 하는 직원들에게 가서 한번 그렇게 얘기해 봐라!」

이 신년의 해고는 몇 주 전부터 보발에 떠도는 얘기였다. 사람들이 물어보면 바이제르 씨는 애매하게 답변하곤 했다. 아직 잘 모르겠다, 이건 여러 가지 일들에 달린 거다, 분기 결산을 기다려 봐야 한다……. 직원들은 지난 2개월 동안 주문이 계속 늘고 있다고 항의했지만, 매년 성탄절이 다가올 때마다 항상 이랬다. 바이제르 씨는 석 달 전에 해고된 직원들을 주당 몇 시간씩 일하게 하려고 다시 고용해야 했다. 심지어는 무쇼트 씨까지 다시 불러와 몇 주 동안 근무시켰을 정도였다. 하지만 이것이 주문 장부가 텅텅 빈 가을의 불경기를 상쇄해 줄 수 있을까? 여기에 대해 아는 사람은 아무도 없었다. 도대체 뭐가 뭔지 알 수 없었다.

앙투안은 어머니가 정말로 일할 필요가 있는지 자문해 보곤 했다. 그녀는 15년 전부터 코발스키 씨를 저주해 왔는데, 대체 얼마를 벌겠다고 저러는 건가? 앙투안은 정확히는 알 수 없었지만 분명히 몇 푼 되지 않을 거였고, 그렇다면 우리가 이렇게나 가난하단 말인가? 쿠르탱 부인은 그녀의 남편이 보내 주는 생활비에 대해 불평해 본 적이 없었다. 〈적어도 이 점에 있어서는 정직한 인간이야……〉라고 그녀는 이따금 말하곤 했는데, 앙투안으로서는 그녀가 아버지를 비난한다면 그게 대체 어떤 영역들에서인지 궁금할 따름이었다.

「자, 이러고 있을 때가 아니야.」 마침내 그녀가 다시 입을 열었다. 「자, 너도 이제 준비해라.」

인근 마을들과 번갈아 가며 열리는 성탄절 자정 미사는 이해에는 보발에서 열렸다. 시간은 저녁 7시 반에 예정되어 있었는데, 그 이유는 사제가 도내의 이곳저곳을 뛰어다니며 여섯 개의 미사를 연달아 집전해야 했기 때문이다.

쿠르탱 부인은 종교와 조심스러우면서도 실용주의적인 관계를 유지하고 있었다. 그녀는 신중을 기하기 위해 앙투안을 주일 학교에 보냈지만, 그가 더 이상 나가고 싶어 하지 않자 억지로 시키지는 않았다. 그녀는 도움이 필요해지면 성당에 나가곤 했다. 하느님은 그리 가깝지는 않지만 마주치면 즐거이 인사하고, 이따금 거리낌 없이 자잘한 부탁을 할 수 있는 어떤 이웃과도 같은 존재였다. 그녀는 어떤 나이 든 숙모님을 방문하듯 성탄절 미사에 참석했다. 그녀의 이러한 종교에의 실용적인 접근에는 순응주의가 큰 몫을 차지하고 있었다. 쿠르탱 부인은 이곳에서 태어났고, 모두가 모두를 관찰하며, 타인의 의견이 엄청난 무게로 작용하는 이 협소한 도시에서 성장하고 또 살아왔다. 그녀는 매사에 당연히 해야 할 일을 했으니, 그 이유는 간단히 주위의 모든 사람이 그렇게 하고 있었기 때문이다. 그녀는 자기 집에 집착하듯이 자신의 평판에 집착했다. 어쩌면 자기 생명만큼이나 집착했을지도 모르는데, 왜냐하면 그녀는 체면을 잃게 된다면 그대로 죽어 버릴 종류의 여자였기 때문이다. 앙투안에게 성탄절 자정 미사는 그의 어머니가 스스로의 눈에 괜찮은 여자로 남을 수 있기 위해 그가 1년 내내 치러야 하는 여러 가지 의무들 중의 하나였다.

어디에서든 마찬가지지만, 보발에서 신도들은 예전만큼 수가 많지 않았다. 연중의 일요일 미사 때마다 꽤 많은 신도들이 참석하기는 했지만, 그것은 마르몽, 몽주, 퓌즐리에르, 바렌, 그리고 보발 등지에서 한데 모여들기 때문이었다.

종교 활동은 계절을 많이 탔다. 대부분의 신도들은 농사가 어려움에 처했을 때, 소 값이 떨어지기 시작했을 때, 혹은 지

역의 공장들이 해고 계획을 세우고 있을 때 미사에 돌아오곤
했다. 교회는 서비스를 제공했고, 신도들은 소비자들처럼 행
동했다. 심지어는 성탄절, 부활절, 혹은 성모 승천절 같은 중
요한 연례행사들도 이런 실용주의적 원칙을 벗어나지 못했
다. 회원들로서는 이런 식으로 1년 동안 필요할 때 서비스를
제공받을 수 있게끔 연회비를 지불하는 것이라 할 수 있었다.
이런 이유로 성탄절 미사는 언제나 성황리에 치러졌다.

7시밖에 되지 않았는데도 보발 주민들이 시내 중심가로 모
여들었다. 그들은 그들의 성당이 이렇게 사람들로 가득 찬 것
에 흐뭇함을 느낄 수도 있었으나, 이 기쁨은 이들 중 많은 수
가 외지 사람이라는 사실로 망쳐져 버렸다.

여자들은 오자마자 성당 안으로 들어갔다. 남자들은 성당
앞 계단에서 몇 분 동안 꾸물거렸다. 그들은 담배를 피우고, 악
수를 나누고, 서로 어떻게 지내는지를 묻고, 오랫동안 보지 못
했던 고객들이나 예전에 같이 잤었던 여자들, 혹은 시간이 흐
름에 따라 사이가 느슨해진 몇몇 친구들과 마주치기도 했다.

어린 레미 데스메트의 실종은 사람들의 호기심을 자극하
여 이 성탄절 행사의 성공에 일조했다. 모두가 TV 뉴스에서
보발에 대한 보도를 보았고, 이곳에 살지 않는 이들은 여기로
오면서 두 개의 아주 다른 이미지, 즉 아무것도 일어나지 않
는 이 따분하기 이를 데 없는 소읍과 시간이 흐름에 따라 점
점 더 비극적인 양상을 띠어 가는 이 끔찍한 사건에 대한 얘
기들을 서로 연결시키려 해보았다.

사건이 발생한 지 서른 시간이 지난 지금, 레미의 실종은 극히 우려스러운 일로 여겨지고 있었다.

모두가 그 결말을 예상해 보고 있었다.

언제 아이를 찾아낼 것인가? 그리고 어떤 상태로 찾아낼 것인가?

성당 앞 계단에서 사람들은 온통 이 얘기뿐이었고, 코발스키 씨가 체포된 일은 말 그대로 화제의 초점을 이루었다. 무쇼트 부인은 군경들이 들이닥쳤을 때 기적적으로 문제의 가게 안에 있었다는 클로딘이 하는 얘기를 그 커다란 눈을 동그랗게 뜨고서 듣고 있었다.

「채 5분도 안 걸렸어요! 정말이에요! 그 코발스키 씨는 잔뜩 주눅이 들어 있었고…….」

이때 쿠르탱 부인이 물었다.

「하지만…… 그 사람이 정확히 무슨 잘못을 했다는 거야?」

이건 알리바이의 문제란다. 누군가가 들은 바에 의하면, 그의 용달차가 보발 근처의 어느 숲가에 세워져 있는 게 목격되었단다.

「그럼 그 짐승이 그때 어디 있었는데?」 누군가가 물었다.

「아, 그건 증거가 될 수 없어!」 쿠르탱 부인이 고개를 저었다. 「난 지금 그 사람을 변호할 생각은 추호도 없지만 말이야, 하지만 아무리 그래도! 세상에 차를 몰고 다니는 사람들이 모두 아동 유괴범으로 체포되어야 한다면, 그렇다면 난…….」

「그게 문제가 아니야!」 안토네티 부인이 끼어들었다.

그녀는 아주 날카로운 목소리로, 각 음절을 마치 그게 마지막 음절인 양 딱딱 끊어서 발음했기 때문에 그녀가 하는 말은 딱 부러지면서도 단호한 느낌을 주었고, 상당수는 이런 어조에 위압되곤 했다. 그녀가 개입하자 모두가 그쪽으로 고개를 돌렸다.

「그것은 무엇보다도 이 코발스키가(그 인간 가게엔 난 발도 들여놓지 않아! 아, 말도 안 되는 일이지!) 아이가 사라진 시간에 자기가 무얼 했는지 밝히지 못하기 때문이야! 그 인간 차는 거기서 목격되었는데, 그는 자기가 무얼 했는지 기억이 안 난다는 거야…….」

그녀는 너무나도 권위 있는 어조로 말했기 때문에, 아무도 대체 그녀가 이 정보를 어디서 얻었는지 물을 생각조차 못했다. 더욱이 그녀는 언제나 보발에서 가장 먼저, 그리고 가장 많은 정보를 얻는 여자들 중의 하나였기 때문에 지금도 더 이상 이론의 여지가 없다는 듯이 결론짓고 있었다.

「이건 이상하잖아? 안 그래?」

쿠르탱 부인은 고개를 끄덕였다. 그래, 좀 이상하네, 심지어는 좀 수상하기조차 하네……. 하지만 그녀는 완전히 설득된 표정은 아니었다.

앙투안은 어머니를 내버려 두고 깨끗한 옷을 차려입고 미사에 끌려 나온 학교 친구들 몇 명이 있는 곳으로 달려갔다. 에밀리는 커튼 천을 잘라서 만든 것 같은 꽃무늬 원피스 차림이었고, 평소보다도 머리가 더 고불고불하고, 금발은 더 빛이

나고, 더 생기 넘치는 모습이었는데, 그 모습이 얼마나 예뻤던지 거기 있는 사내아이들 모두가 짐짓 무관심한 척하고 있었다. 그녀의 부모는 골수 신자여서 한 번도 미사를 빼먹는 법이 없었고, 에밀리를 아주 어린 나이 때부터 주일 학교에 보냈다. 무쇼트 부인은 하루에 성당에 세 번 나가는 것도 마다하지 않았고, 그녀의 남편은 성가대의 유일한 남성 대원으로 우렁찬 목소리의 소유자였는데, 그 우렁찬 목소리를 부끄럼도 없이 다른 모든 이들보다 한참 높게 올리며 그의 열렬한 신앙을 표현하곤 했다. 에밀리는 신을 믿지 않았지만, 어머니에 대한 애착이 너무 강했기 때문에 만일 그녀가 요구했다면 수녀라도 되었을 것이다.

앙투안이 오자 아이들 가운데 깊은 침묵이 흘렀다. 테오는 담배 냄새를 풍기면서 보란 듯이 자기 발만 내려다보고 있었다. 그의 입술은 부풀었고 적갈색이었으며 조그만 딱지 하나로 덮여 있었다. 그는 자신도 모르게 원한이 가득한 눈으로 앙투안을 힐끗 쳐다보았다. 하지만 약삭빠른 그는 지금 아이들은 자신과 앙투안과의 싸움보다는 프랑켄슈타인의 갑작스러운 체포에 더 관심이 있다는 사실을 알고 있었다. 더욱이 케빈이 이렇게 말하기도 했고.

「자, 네가 말하지 않았어? 게노 선생님이 잡힌 것을 봤다고? 이거 순 거짓말이었잖아!」

테오의 여러 가지 결점 중 하나는 절대로 자신의 잘못을 인정하지 않는다는 점이었다. 이 점에 있어서는 자기 아버지와 똑같았다. 일테면 바이제르 가문의 상표라고 할 수 있었는데, 그들은 도무지 틀리는 법이 없었다. 이런 상황에서 그에게는 다시 우위를 점하는 것이 무엇보다도 중요했다.

「천만에!」 그가 대꾸했다. 「그들은 먼저 게노를 체포했다가 풀어 줬어. 하지만 이건 날 믿어도 되는데, 그들은 그를 계속 지켜보고 있어. 그는 호모야. 이건 분명한 사실이야. 아주 이상한 사람이라고…….」

「하지만!」 모처럼 시장의 아들을 쩔쩔매게 한 데에 신이 난 케빈이 말했다.

「하지만 뭐? 하지만 뭐냐고?」 테오가 버럭 열을 냈다.

「어…… 하지만 그들은 프랑켄슈타인을 체포했잖아!」

아이들이 수런대며 고개를 끄덕였다. 이 체포는 케빈이 다음과 같은 하나의 문장으로 훌륭하게 요약해 낸 일반적인 의견을 완벽하게 굳혀 주었던 것이다.

「그 사람 생긴 것을 한번 보라고…….」

주도권을 빼앗겼지만 결코 시합을 포기할 생각이 없는 테오는 대담한 우회 공격을 감행했다. 그는 이렇게 선언했다.

「난 이 일에 대해선 너희 모두보다 훨씬 많이 알고 있다고! 꼬마는…… 죽었어!」

죽었어…….

현기증을 일게 하는 단어였다.

「뭐라고? 걔가 죽었다고?」 에밀리가 놀라며 반문했다.

이때 대화가 중단되었다. 발네르 씨가 도착했고, 이 변호사가 자기 딸을 태운 휠체어를 밀고 가는 광경에 주위는 일순 조용해지지 않을 수 없었다. 올해 열다섯 살인 발네르 양은 꼬챙이처럼 바짝 말랐고, 두 손목은 냅킨 고리에 들어갈 정도로 가늘었다. 그녀의 유일한 취미는 자신의 휠체어를 장식하는 일이었다. 그녀가 그 일을 하는 것을 본 사람은 아무도 없었지만, 그녀가 스프레이로 칠을 하기 위해 특별한 마스크를 하나 주문했다는 소문이 떠돌았다. 이 휠체어는 끊임없이 모습이 바뀌는 호기심거리였는데, 최근에는 그녀가 커다란 자동차용 안테나를 두 개 달아 놓아서 마치 알록달록한 색깔의 어떤 거대한 곤충 같아 보였다. 어떤 아이들은 이 휠체어를 매드 맥스라고 부르기도 했다. 그녀의 작품의 명랑한 분위기는 항상 집중해 있고 주위 사람들에 무관심한 그녀의 얼굴과 극명한 대조를 이뤘다. 사람들은 그녀가 엄청나게 똑똑하지만 젊은 나이로 죽을 거라고 말했는데, 사실 그녀가 가까운 어느 날에 한 줄기 광풍에 실려가 버리지 않을 거라고 상상하기는 어려운 일이었다. 그녀는 보발의 많은 아이들과 같은 나이였지만, 아무도 가까이하지 않았다. 아니, 어쩌면 아무도 그녀와 가까이하지 않으려 했는지도 모른다. 그녀는 병이 난 초기부터 여자 가정 교사 한 사람과 함께 지냈다.

이 괴상망측한 휠체어가 성당 안으로 들어가는 장면은 일종의 도발처럼 느껴졌다. 하느님께서 복장 불량을 책망하시지나 않을까 하는 생각이 들 정도였다. 그녀와 그녀의 아버지의 뒤를 이어 안토네티 부인이, 아주 오래전부터, 그리고 뼛속 깊이 증오하고 경멸하는 이 보발 사람들을 관찰할 수 있는 기회는 결코 놓치는 법이 없는 그 뱀 같은 여자가 따라 들어왔다.

「분명해? 걔가 죽은 게?」 모두가 지나갔을 때 케빈이 낮은 목소리로 다시 말을 이었다.

시신이 발견되지 않은 지금 상황에서는 바보 같은 질문이었으나, 어쨌든 이 말은 레미가 살해되었을지도 모른다는 생각이 아이들에게 준 충격을 잘 반영하고 있었다. 〈살인〉이라는 생각만 해도 숨이 멎는 것 같았다. 앙투안은 테오가 이렇게 말하는 것이 스타 자리를 유지하기 위함인지, 아니면 정말로 정보를 갖고 있기 때문인지 궁금했다.

「그리고 넌 그걸 어떻게 알았는데?」 케빈이 집요하게 파고들었다.

「우리 아버지가……」 테오는 설명하기 시작했다.

하지만 그는 말끝을 흐렸고, 아래를 내려다보며 엄숙히 고개를 저었다. 마치 진실을 알고 있지만, 발설할 권리가 없는 사람처럼 말이다. 앙투안은 더 이상 견디지 못했다.

「너희 아버지가 뭐?」

오후의 싸움 이후로, 앙투안이 하는 말은 무게가 더 이상 전과 같지 않았다. 이제 테오는 더 세게 나가지 않을 수 없었다. 그는 어깨 뒤로 시선을 던지며 혹시 누가 듣는지 확인했다.

「우리 아버지가 군경대 대위와 얘기했어……. 이제 무슨 일이 일어났는지 알고 있어.」

「그래, 뭘 알고 있는데?」

「그러니까…… (테오는 길게 숨을 들이켰다)…… 증거들이 있어. 이제 시체를 어디서 찾아야 하는지 알아. 이제는 시간 문제일 뿐이야……. 하지만 더 이상은 말할 수 없어.」

그는 앙투안을, 에밀리를, 그리고 다른 아이들을 쳐다보았고, 이렇게 덧붙였다.

「미안해…….」

그러고는 천천히 발꿈치를 돌려 광장을 가로질러 성당 안으로 들어갔다.

물론 이것은 뻥이었지만, 왜 테오는 먼저 그렇게 앙투안부터 빤히 쳐다보았던 것일까? 에밀리는 엄지와 검지 사이로 머리칼 한 가닥을 잡아서는 뭔가를 생각하는 얼굴로 돌돌 말았다. 만일 그녀가 테오와 데이트를 했다면(앙투안으로서는 전혀 알 수 없는 일이었다), 그녀도 뭔가 은밀한 얘기를 들었을까? 방금 전에 그녀는 대화에 참여하지도 않았고, 아무 말도 없었다……. 앙투안은 그녀를 감히 쳐다볼 수 없었다.

「자, 난 갈게…….」 그녀가 마침내 말했다.

그러고는 무리를 떠나 성당 안으로 들어갔다.

앙투안은 어디론가 마구 줄달음쳐 버리고 싶었다. 만일 이때 그의 어머니가 나타나지 않았더라면 아마도 그랬을 것이다.

「자, 가자, 앙투안!」

주위의 남자들은 담뱃불을 눌러 끄고 모자들을 벗어 들었고, 성당의 문이 서서히 닫혔다.

오, 마리아여, 당신의 나라 사람들이 오래전부터 기다려 온 아이를 당신이 품으시렵니까?

앙투안은 어머니 옆, 중앙 통로 근처의 좌석에 앉아 있었다. 바로 앞이나 다름없는 곳에 에밀리의 목덜미가 보였는데, 평소에는 그렇게나 하얗게 빛나던 그것이 이날 저녁에는 그렇지가 않았다. 테오가 한 말들이 머릿속을 맴돌았다. 증거들을 가지고 있다……. 그는 본능적으로 자신의 손목을 어루만졌다. 만일 그게 사실이라면 왜 기다리고 있는가? 왜 당장 그를 잡으러 오지 않는단 말인가?

어쩌면 이 미사 도중에…….

예수님의 탄생을 기념하는 이 기쁜 밤에 여러분 모두를 환영합니다.

신부는 수염이 없고, 체구는 통통하고, 입술은 두툼하고, 눈빛에서는 열기가 느껴지는 청년이었다. 그는 설교하면서 약간 비스듬하게 걸음을 옮기는 것이 마치 수줍어하는 사람처럼, 남에게 방해가 될까 두려워하는 사람처럼 보였지만, 신도들은 그가 이런 외관과는 전혀 딴판인 협소하고도 엄숙하고도 엄격한 신앙의 소유자임을 잘 알고 있었다. 그가 수도원의 어느 골방에서 배불뚝이에 피둥피둥한 자신의 알몸에다 채찍질하는 모습을 상상하기란 어려운 일이 아니었다.

　……우리를 부르시고, 우리에게 기쁨과 평화와 소망을 가져다주신 분께서…….

제단의 왼쪽에는 여자 몇 명이 그들 위로 머리는 물론 어깨까지 불쑥 솟아 있는 무쇼트 씨를 중심으로 모여 있었고, 그들 앞에는 케른벨 부인이 30년 넘게 연주해 온 작은 오르간이 놓여 있었다.

몇 사람의 고개가 규칙적으로 입구 쪽으로 돌아갔다. 사람들은 데스메트 부부가 보이지 않아 실망하고 있었다. 이해는 하지만, 아무리 그래도 성탄절 미사 아냐……? 사람들은 문 쪽으로 고개를 돌리며 수군거렸다.

그러다가 마침내 그들이 도착했다.

그들은 마치 늙은 부부처럼 팔짱을 끼고 있었다. 베르나데트는 그동안 키가 몇 센티미터는 줄어든 것 같았다. 얼굴은 새하얬고, 눈 밑에는 다크서클이 커다랗게 파였다. 데스메트 씨는 자신을 힘겹게 다스리고 있는 남자로서 입을 꽉 다물고 있었다. 그들의 딸, 발랑틴은 이 성당과 이런 상황과는 전혀 어울리지 않는 빨간 바지 차림으로 그들 뒤를 따랐다. 에밀리는 사람들의 일반적인 의견을 요약하며 그녀는 〈이 동네 걸레〉라고 말하곤 했는데, 이 표현은 앙투안에게 충격을 주었지만, 또한 몽상에 잠기게도 했다.

그들이 옆을 지나갈 때 앙투안에게는 데스메트 씨의 거칠
고도 시큼한 체취가 느껴졌다.

그들이 옆을 지나가고 나자, 발랑틴의 탐스럽고도 붉은 엉
덩이가 살랑살랑 흔들리는 게 눈에 들어왔는데, 그 미칠 것
같은 움직임을 보니 입속에 다른 사람의 침 같은 어떤 이상한
맛이 느껴졌다.

사람들의 병을 고치고 구원해 주시려고 아버지께서 보
내신 주 예수님께서는…….

데스메트 가족은 천천히 긴 중앙 통로를 따라 올라갔다.

그들 때문에 미사가 중단되지는 않았지만, 그들이 지나가
자 뭔가 다른 정적이, 술렁거리면서도 배려해 주고 경의를 표
하는, 슬프면서도 엄숙한 정적이 감돌았다.

아버지여, 당신께서는 너무나도 거룩한 이 밤을 참된 빛
의 광채로 빛나게 해주셨습니다. 아버지여, 당신의 은총을
구하건대, 우리로 하여금 이 땅에서 이 비밀의 계시를 깨
달아 하늘에서 영원한 기쁨을 맛보게 하옵소서. 당신의 아
들이시요, 우리의 주이신 예수 그리스도를 통해 이뤄 주옵
소서.

데스메트 일가의 도착은 어떤 고해자들의 입장을 방불케 했다. 베르나데트는 힘겹게 걸어갔다. 데스메트 씨는 익랑(翼廊) 쪽으로 천천히 나아갔지만, 고개를 푹 숙이고 발을 질질 끌면서 어떤 짐승처럼 꾸역꾸역 전진하는 모습은 지금 그가 신부를 만나러 간다는, 혹은 신과 한판 붙으려 한다는 느낌마저 주었다.

끝에 이른 그들은 마침내 멈춰 섰다. 첫 번째 열에는 더 이상 자리가 없었다. 이에 그들은 마치 역방향으로 성당을 가로질러 밖으로 나가려는 것처럼 중앙 홀 쪽으로 다시 몸을 돌렸다. 발랑틴은 이제 어머니 옆에 있었다. 그렇게 세 사람은 나란히 서서 모여 앉아 있는 신도들과 마주했다. 그리고 분노를 억누르고 있는 이 황소와 이 황폐해진 여인, 그리고 벌써부터 섹스와 실패의 냄새를 물씬 풍기는 그들의 미성숙한 딸내미가 이루는 이 그림 가운데는 뭔가 가슴을 찢어 놓는 바가 있었다. 어린 레미가 보란 듯 빠져 있는 이 가족은 지금 자신들의 처참한 모습을 신에게 보여 주고 있는 것은 아닐까?

무슨 일이 일어나게 될지 아무도 알 수 없었다. 앙투안은 비록 멀리 떨어져 있었지만, 데스메트 씨가 머리를 번쩍 쳐들고 좌중을 노려보았을 때 그에게서 발산되는 사나운 기운을 물리적으로 느꼈다. 그는 공장에서 데스메트 씨에게 따귀를 얻어맞은 이후로 레미의 아버지를 죽도록 미워하는 무쇼트 씨 쪽을 힐끗 한번 쳐다보지 않을 수 없었다. 사실 여러 가지 문제를 일으킨 탓에 데스메트 씨는 보발에서 적이 많았다. 어쨌든 데스메트 씨의 살벌한 모습에 맨 앞자리에서는 갑자기 동요가 일었고, 몇 사람은 황급히 일어나 자리를 내주고는 옆쪽 통로를 따라 성당 뒤편으로 갔다. 데스메트 씨 가족은 자리에 앉았다. 미사를 집전하는 신부의 바로 맞은편에.

그렇습니다, 우리 가운데 한 아이가 태어났습니다. 한 아들이 우리에게 주어졌습니다…….

데스메트 씨 가족이 앙투안의 시야에서 사라지자, 에밀리는 그 쪽으로 고개를 돌리고는 기이한 눈빛으로 그를 뚫어지게 응시하는 것이었다.

이것은 나에 대한 어떤 질문일까? 얘는 무얼 알고 있을까?

그는 이 눈빛의 의미에 대해 맹렬히 생각해 보았지만, 그녀는 이미 고개를 돌린 후였다. 이건 어떤 메시지였을까? 얘는 내게 무슨 말을 하고 싶었던 걸까?

그녀는 테오가 〈이제 시체를 어디서 찾아야 하는지 알아〉라고 말했을 때 이상하게도 말이 없었다. 앙투안은 본능적으로 성당 문 쪽을 쳐다보았다.

〈증거들이 있어〉…….

다음 순간, 마치 조명탄이 터진 것 같았다. 앙투안은 에밀리가 그 시선을 통해 자기에게 여기에 남아 있지 말라고 충고했다는 것을 불현듯 깨달았다.

어서 빨리 도망가라고 말이다! 그래, 바로 그것이었다! 저들은 그를 체포하기 위해 미사가 끝나기만을 기다리고 있는 것이었다. 그는 지금 덫에 걸린 것이다. 바깥에는 군경들이 비상 경계선을 쳐놓았으리라……

내일, 이 땅의 죄가 멸해지고, 세상의 구세주께서 우리를 다스리실 것입니다.

앙투안은 발을 동동 구르며 출구 쪽으로 우르르 몰려가는 군중 속에 갇혀 버릴 것이었다. 점차로 사람들은 고개를 돌려 가며, 이렇게 한밤중에, 그것도 성탄절 밤에 경찰을 성당 앞으로 몰고 온 게 무엇인지 눈으로 찾을 것이었다. 그리고 얼마 안 가 앙투안은 통로 가운데를 혼자 걸어가고, 그가 지나가면 모두가 옆으로 비켜설 것이었다……

고함 소리들이 터져 나오기 시작하리라……

그로서는 군경들에게 순순히 몸을 맡기든지, 아니면 뒤에서 데스메트 씨의 묵직한 발소리가 그가 있는 곳까지 이르기를 기다리는 것밖에 다른 선택이 없으리라. 앙투안은 몸을 돌리리라. 레미의 아버지는 엽총을 어깨에 거총하여 총구를 그의 이마에 겨냥하리라.

앙투안은 자신도 모르게 비명을 질렀는데, 이 비명은 또 다른 비명에 덮여 버렸다.

레미!

맨 앞줄의 베르나데트가 벌떡 일어서며 그녀의 아이를 부른 것이다. 그녀는 소매를 잡아끄는 발랑틴에 이끌려 다시 천천히 자리에 앉았다.

케른벨 부인은 이 비명 소리에 깜짝 놀라 오르간 연주를 멈췄고, 성가대의 노래는 어지러이 꺼져 버렸다.

그러자 무쇼트 씨의 쩌렁쩌렁한 목소리가 솟아올랐고, 곧바로 오르간이 그 뒤를 이었으며, 성가대도 모두를 단단히 붙잡아 이 혼란에 맞서게 하겠다는 굳은 결의 속에 중단되었던 노래를 다시 부르기 시작했다.

우리의 구원자 하느님께서는 언제나 우리에게 당신의 선함과 인자하심을 보여 주십니다. 우리를 구원하시는 이는 바로 그분이십니다. 그분께서……

신부는 계속해서 미사를 집전해 갔다. 그리고 데스메트 일가의 등장이나 오르간과 성가대의 실수 등, 불미스러운 일이 일어날 때마다 아주 미세한 미소를 지으면서, 명백히 길을 잃어 가고 있는 회중에게 윤리적 엄격함을 보여 주는 책임을 하느님으로부터 부여받은 자로서의 환희를 표현하곤 했다. 지금 미사가 조금 혼란스럽다는 사실은 이 양 떼들에게는 얼마나 그와 같은 길을 가리켜 주는 형제가, 혹은 아비가 필요한지를 다시 한번 증명해 줄 뿐이었다. 그들의 이해 범위를 벗어나는 상황들에 얼이 빠진 신도들은 사형수들처럼 체념한 얼굴로 멍하니 미사를 따라가고 있었다.

앙투안은 다소 진정이 되었다. 아니었다, 유아 살해범 체포를 뒤로 미룰 수는 없는 법이었다. 그건 불가능했다. 확실한 증거가 있다면 군경대를 보내어 그대로 체포해 버리는 게 정상이었다. 또 테오의 주장들은 단지 체면을 잃지 않으려고 한 말들일 뿐이었다. 심지어는 그가 어제 퍼뜨린 암시적인 말들은 프랑켄슈타인의 체포라는 중요한 정보에 의해 효력을 상실해 버렸다. 앙투안은 마르몽의 돈육 제품 장수는 사실 아무것도 자백할 게 없음을 알고 있었다. 그들은 그를 오래 잡아 놓지 못하리라. 그다음에는 무슨 일이 일어날까?

……한 천사가 목동들에게 와서 말했습니다. 〈나는 온 백성에게 큰 기쁨이 될 소식을 전하러 너희에게 왔다. 오늘 너희에게 구원자가 탄생하셨다. 그분은 메시아시요, 주님이시다.〉

회중을 확실히 장악했다고 믿는 젊은 신부는 자신에게 주어진 신의 뜻을 전달하기 위해 엄숙하고도 책임감 있는 목소리로 설교하기 시작했다.

그는 물론 전날부터 보발에서 어떤 일이 일어나고 있는지 잘 알고 있었다(그는 이 지역에서 가장 확실한 소식통으로 알려진 인물이었다). 그는 일요일마다 어머니를 따라 미사에 오곤 하던 어린 레미를 잘 알았다(그의 아버지를 보는 경우는 보다 드물었다). 이 성탄절 저녁에 그는 아이를 일종의 아기

천사로 여기고 있는 듯했다. 그는 맨 앞줄에 앉은 아이의 부모를, 그리고 그들 주위의 침중하고도 괴로움에 가득한 얼굴들을 응시했다. 마치 가족의 슬픔이 일종의 모세관 현상에 의해 회중 전체에 퍼진 듯한 분위기였다. 그는 흠칫했다. 예수님의 탄생이 가져왔어야 마땅한 기쁨이 이들에게서 전혀 느껴지지 않았던 것이다.

이것은 분명했다. 신도들은 최근의 혼란스러운 사건들로 눈이 멀어 버려, 지금 자신들이 겪고 있는 것의 의미를 깨닫지 못하고 있는 것이다. 그는 오랫동안 침묵을 지켰다.

「삶은 우릴 끊임없이 시험 가운데 몰아넣습니다.」 마침내 그가 다시 말을 이었다.

갑자기 그의 음성이 강하고 낭랑해졌다. 그 목소리는 그가 마지막 음절들을 약간 길게 끔으로써 강화하는 메아리 효과에 의해 성당 안을 울렸다.

「하지만 여러분은 기억하셔야 합니다. 〈성령의 열매는 사랑과 기쁨과 평강과 인내이니라…….〉 그렇습니다, 인내입니다! 기다리십시오, 그러면 보게 될 것입니다!」

양 떼들의 표정으로 판단하건대, 메시지는 아직 전달되지 않은 듯했다. 설명이 필요했다. 이제 젊은 신부는 결의에 찬 목소리로 외쳤다. 정말이지 이 시골 사제에게서는 위대한 선교사의 싹이 엿보이고 있었다.

「너무나도 사랑하는 나의 형제들이여, 난 여러분의 고통을 잘 압니다. 나도 그 고통을 함께 나누겠습니다. 나도 여러분과 함께 고통을 맛보겠습니다.」

이것은 더 명확했다. 신도들의 시선은 이 말이 그들 안에 뭔가 반향을 일으켰다는 것을 보여 주었다. 신부는 힘을 얻었다.

「하지만 고통은 우연히 일어난 사건이 아닙니다…… 대체 고통이란 무엇일까요? 그것은 하느님의 가장 놀라운 도구인 바, 왜냐하면 그분께서는 우리로 하여금 당신과 당신의 완벽함에 이르도록 하기 위해 이 고통을 사용하시기 때문입니다.」

그는 〈놀라운〉이라는 말을 기막힌 음률을 넣어 발음했다. 이렇게 그는 교구의 모든 성당들에서 되풀이할 목적으로 오랫동안 준비한 설교를 내려놓고 자신의 얘기를 시작했다. 이제 그의 안에서 그의 신앙이 말하고 있었다. 하느님이 그를 인도하고 있었다. 그는 여태껏 이토록 드높은 사명감을 느껴 본 적이 없었다.

「그렇습니다! 왜냐하면 고통과 아픔과 슬픔은 우리의 속죄를 위한 고행이기 때문입니다…….」

그는 잠시 침묵이 흐르게 한 뒤, 강대상 위에 두 팔꿈치를 기대고 회중을 향해 몸을 지그시 기울이고는 부드러운 음성으로 말을 이었다.

「그리고 고행의 목적은 무엇입니까?」

이 질문 뒤에 긴 정적이 따랐다. 마치 학교에서처럼 누군가가 손을 들었다 해도 아무도 놀라지 않았을 것이다. 신부는 다시 몸을 벌떡 일으켜 세웠고, 갑자기 하늘을 향해 검지를 휘두르면서 단호한 목소리로 외쳤다.

「우리 모두 안에 존재하는 악에 대해 승리하기 위함입니다! 하느님께서는 우리의 신앙의 깊이를 당신에게 보여 줄 수 있게끔 우리에게 시련을 주시는 것입니다!」

그는 몸을 돌리고 케른벨 부인을 향해 뭐라고 조용히 몇 마디를 했고, 그녀는 힘차게 고개를 끄덕여 화답했다.

곧바로 오르간 소리가 울려 퍼졌고, 그 뒤를 이어 무쇼트 씨의 낭랑한 목소리가 솟았다. 이렇게 시작된 감사의 노래를 성가대도 따라 불렀다.

우리 하느님께서는 언제나 사람에게 선한 일을 하시는도다.
할렐루야, 그분을 찬양하자!
그분은 은혜로 아이들을 낳으셨으니,
할렐루야, 그분을 찬양하자!
이는 그분이 세상을 사랑하신 사랑을 그분께 돌려드리기 위함이라.

신도들은 하나하나 성가대와 함께 노래하기 시작했다. 지금 찬송이 그들에게 진정으로 위로와 치유의 기능을 발휘하고 있는 것인지, 아니면 이것이 단순히 그들의 복종의 외적인 표시에 불과한 것인지 말하기 힘들었지만, 어쨌든 신부는 흐뭇했으니, 그는 해야 할 일을 한 것이다.

끝맺는 의식과 마지막 기도가 있은 후에 신부는 교구 소식을 발표할 때처럼 쪽지 한 장을 펼쳤다.

「사랑하는 우리의 어린 레미를 찾기 위해 내일 아침에 일제 수색이 있을 예정입니다. 이를 위해 군경대는 자원자 여러분의 참여를 호소하고 있습니다. 집결 장소는 시청 앞이고, 시간은 9시입니다.」

앙투안은 이 공고에 머리가 띵했다.

이제 숲을 샅샅이 뒤질 거고, 레미를 찾게 될 것이었다. 이번에는 빠져나갈 구멍이 없었다.

이 소식은 신도들에게 즉각적인 효력을 발해 웅성거림이 일었으나, 젊은 신부는 단호한 손짓으로 잠잠하게 했다.

그러고 나서 곧장 마지막 축도로 들어갔다. 다음 장소인 몽주로 달려가야 했기 때문이다. 벌써 조금 늦어 버렸다.

# 8

성당에서 나온 남자들은 데스메트 씨의 어깨에 손을 얹고, 어색하게 몇 마디씩 위로의 말을 건넸다. 베르나데트는 아무에게도 눈길을 주지 않고 똑바로 앞만 보고 걸었다. 한편 그들의 딸 발랑틴은 맞은편 보도에 서 있었는데, 그렇게 누구를 기다리고 있는지 알 수 없었다. 점퍼 호주머니에 두 손을 찔러 넣은 그녀는 성당을 떠나는 군중의 모습을 짐짓 무관심한 눈으로 지켜보고 있었다.

앙투안은 가슴이 꽉 막혀 왔다. 무서웠다. 말할 사람이 아무도 없었고, 끔찍하게 외롭게 느껴졌다. 그는 조금도 꾸물대지 않고 집을 향해 걷기 시작했다. 삼삼오오 걸어가는 사람들 사이를 요리조리 빠지면서.

언제나 그렇듯 똘마니들에 둘러싸인 테오는 또 무슨 이상한 얘기들을 흘리면서 아이들의 눈을 둥그렇게 만들고 있었다. 앙투안은 잰걸음으로 앞만 보고 걸었다. 테오와 그 사이의 적의는 그들을 둘러싼 공기에서도 느껴질 정도였다. 앙투안이 마침내 패배하면, 테오는 학교와 온 동네의 왕이 되고, 그의 권위에 아무도 토를 달지 못할 것이었다.

앙투안은 박살 난 것 같은, 짓뭉개진 것 같은, 그야말로 짓밟혀 오징어가 된 것 같은 기분이었다.

정원 문 앞에서 고개를 돌려 보니, 저기 멀리에 그의 어머니가 베르나데트의 팔을 부축하고 오는 게 보였다. 그들은 천천히 걷고 있었다.

이 두 고통스러운 실루엣을 보니 가슴이 부서지는 듯했다. 살해된 아들 때문에 눈물 짓는 데스메트 부인과 살해범의 어머니 쿠르탱 부인이 나란히 걷고 있는 모습이라니……

앙투안은 정원 문을 밀었다.

집 안은 어머니가 아까 나가면서 오븐에 넣어 둔 닭고기 익는 냄새가 가득했다. 크리스마스트리의 발치에는 그녀가 언제나 그가 모르게끔 요령 있게 놓아두는 선물 상자 몇 개가 보였다. 그는 불을 켜지 않았다. 집 안은 트리의 깜빡이 전구들로만 밝혀져 있었다. 마음이 무겁기 이를 데 없었다.

미사를 그렇게 힘들게 치른 후에, 이제는 어머니와 함께 크리스마스이브를 보내야 한다고 생각하니 온몸에 힘이 쭉 빠졌다.

쿠르탱 부인은 일상생활의 모든 사건들을 일종의 의식(儀式)으로 만들려 하는 강박적 성향이 있었고, 크리스마스이브는 매년 똑같은 방식으로 진행되었다. 오랫동안 앙투안에게 진정하고도 천진한 기쁨이었던 것이 시간이 지나면서 하나의 형식적 행사가, 그리고 지루한 의무가 되어 버렸다. 솔직히 그것은 끔찍이도 길었다. 먼저 TV에서 크리스마스 특집 쇼를 보고, 10시 반에는 저녁 식사, 자정에는 선물 개봉…… 쿠르탱 부인은 크리스마스이브와 새해 전야를 구별하는 법이 없었고, 이 시간들을 항상 선물만 빼놓고는 똑같은 방식으로 준비하곤 했다.

앙투안은 어머니를 위해 사놓은 선물을 찾으러 자기 방에 올라갔다. 매년 그녀 선물로 뭔가 다른 것을 찾아내야 하는 것도 정말이지 고역이었다. 그는 자신의 옷장에서 꾸러미 하나를 꺼냈다. 그 속에 무엇이 들었는지는 좀처럼 생각이 나지 않았다. 한쪽 귀퉁이에 붙은 금빛 상표에는 〈담배, 로토, 선물 ─ 조제프메를랭가 11번지〉라고 써져 있는데, 이는 르메르시에 씨의 가게로, 들어가면 왼쪽에 나이프, 알람 시계, 그릇 깔개, 수첩 등속이 진열된 쇼윈도가 있었다. 하지만 자기가 올해에 거기서 무엇을 샀는지 도무지 기억이 나지 않았다.

어머니가 정원 문을 열고 들어오는 소리가 들렸다. 그는 층계를 구르듯이 뛰어 내려와 선물 꾸러미를 다른 것들 사이에 놓았다.

쿠르탱 부인은 외투를 걸어 놓고 있었다.

「세상에, 이게 도대체 무슨 일이라니……!」

베르나데트의 팔을 부축하고 돌아온 그녀는 잔뜩 격앙되어 있었다. 어린 레미가 사라지고 나서 벌써 두 번째로 맞는 이 밤, 이 미사, 최악의 상황에 대비하라고 말하는 이 신부 ─

그는 이렇게 분명히 표현하지는 않았지만 그런 뜻이었다 ─,
그리고 그녀가 아는 누군가가 체포되었다는 사실……. 이 모
든 것들은 블랑슈 쿠르탱으로 하여금 그녀의 이해 범위를 벗
어나는 무언가에 계속 부딪히게 하고 있었다.

그녀는 모자를 벗고, 외투를 걸어 놓은 다음, 실내화를 신
으며 고개를 절레절레 저었다.

「애, 내가 솔직히 하나 물어보자…….」

「뭘?」

그녀는 주방용 앞치마를 허리에 둘렀다.

「그런 어린아이를 그런 식으로 유괴한다는 게…….」

「아, 엄마, 그만해!」

하지만 쿠르탱 부인은 이미 발동이 걸렸다. 그녀는 이해하
기 위해서는 머릿속에 구체적인 이미지들을 그려 보는 것이
필요했다.

「자, 너 상상이 되니? 여섯 살 먹은 꼬마 아이를 납치한다
는 게? 아니, 그리고, 대체 무얼 하려고……?」

어떤 영상 하나가 머리에 떠오른 그녀는 몸을 부르르 떨었
다. 그녀는 자기 주먹을 꽉 깨물었다. 그러고는 울음을 터뜨
렸다.

앙투안은 몇 년 만에 처음으로 그녀 곁으로 가서 안아 주고
싶은 마음이 들었다. 안심시켜 주고, 용서를 빌고 싶었다. 하
지만 슬픔으로 일그러진 어머니의 얼굴을 보니 심장이 뒤집
어질 것 같았고, 꼼짝도 할 수 없었다.

「분명히 그 아이는 죽은 채로 발견될 거야. 하지만 그 모습이 얼마나 처참할까……」

그녀는 앞치마 자락을 들어 눈가를 훔쳤다. 앙투안은 가슴이 무너지는 걸 느끼며 살롱을 나와 자기 방으로 달려 올라가서는 침대에 몸을 던졌다. 이번에는 그가 울음을 터뜨렸다.

그는 어머니가 다가오는 소리를 듣지 못했다. 단지 그녀의 손이 목에 닿는 것을 느꼈다. 그는 그 손을 뿌리치지 않았다. 지금이 바로 고백해야 할 순간일까? 베개에 얼굴을 묻은 앙투안은 그 어느 때보다도 털어놓고 싶은 충동을 느꼈다. 벌써 머릿속으로는 해야 할 말을 찾고 있었다. 하지만 해방의 순간은 아직 오지 않았다.

쿠르탱 부인이 말했다.

「에그, 불쌍한 녀석아. 그래, 너도 이 일 때문에 힘든 모양이구나……. 정말 그 아이는 너무 착했었는데……」

이제 그녀는 레미를 과거형으로 말하고 있었다. 이처럼 그녀가 이 잔인한 비극을 오랫동안 곱씹어 보고 있는 가운데, 앙투안은 관자놀이의 혈관이 쿵쿵 뛰는 소리를 듣고 있었다. 머리가 빠개질 정도로 둔중한 소리였다.

처음으로 연말의 의식(儀式)이 흐트러졌다.

쿠르탱 부인은 TV를 켰지만, 보지는 않았다. 수탉 구이는 지난해만큼이나 큼직했고(그것은 무슨 일이 있어도 만화 영화에 나오는 거대한 미국 칠면조를 닮아야 했고, 덕분에 한 주 내내 오로지 그것만 먹어야 했다), 모자는 시간에 상관없이 식탁에 앉았다.

앙투안은 아무것도 입에 대지 않았다. 어머니는 TV 화면에 시선을 둔 채 고기 한 점을 우물거렸다. 유행가 곡조가 웃음소리, 탄성 등과 함께 주방을 가득 채웠다. 행복이 넘쳐흐르는 사회자들은 마이크를 마치 아이스크림콘처럼 들고서, 이런 때 흔히 하는 상투적인 문구들을 고래고래 외쳐 댔다.

그의 어머니는 정신이 딴 데 있는 표정으로 한마디 말도 없이 자기 접시를 비웠는데, 전혀 그녀답지 않은 모습이었다. 그녀는 앙투안이 늘 끔찍하게 여기던 케이크인 뷔슈 드 노엘을 가져와서는, 아주 따뜻하고도 활기찬 목소리로 이렇게 말했다.

「그리고 우리, 선물을 한번 뜯어볼까?」

적어도 이번만큼은 아버지는 착각하지 않았다. 소포 안에는 그가 부탁한 플레이스테이션이 들어 있었지만, 앙투안은 어떤 추상적인 기쁨밖에는 느껴지지 않았다. 자신이 혼자라고 느껴졌기 때문이다. 이것을 대체 누구랑 가지고 논단 말인가? 그는 내일이 존재할 수 있다고 믿어지지 않았다. 만일 체포된다면 이것을 가지고 갈 권한이 있을까?

「나중에 네 아빠에게 전화 한 통 드리는 거 잊지 마렴.」 쿠르탱 부인은 자신의 꾸러미를 뜯으면서 상기시켰다.

그녀는 조바심을 과장되게 표현했다. 아, 이게 대체 뭘까……? 앙투안은 자기가 지붕이 열리면서 음악 소리를 내는 조그만 나무 오두막을 샀었다는 사실을 마침내 기억해 냈다.

「오, 기막히네!」 어머니가 탄성을 발했다. 「그런데 이런 걸 대체 어디서 찾아냈니? 정말 멋지구나!」

그녀는 태엽을 다시 감은 후에 미소를 지으며, 그리고 기억을 더듬으며 곡조를 들었다. 그것은 모두가 제목에는 신경 쓰지 않고 수백 번은 들었을 종류의 음악이었다.

「아, 나 이 노래 알아.」 쿠르탱 부인이 제품 설명서를 찾아보며 중얼거렸다.

그녀는 설명서를 읽었다.

「에델바이스(R. 로저스). 아, 맞아, 그럴 거야…….」

그녀는 일어나서 플레이스테이션을 기기에 연결하기 시작한 앙투안에게 키스를 했다. 아버지가 보낸 것이니, 이게 제대로 된 것일 리 없었다. 그가 원했던 것은 〈크래시 팀 레이싱〉이었는데, 이것은 작년 버전인 〈그란 투리스모〉였다.

쿠르탱 부인은 상을 치우고 설거지를 했다. 그런 다음 식사 중에 따라 놓았지만 입을 대지 않았던 와인 잔을 들고 거실로 돌아왔다. 그녀는 앙투안이 게임기의 조이스틱을 손에 쥐고 있지만, 멍한 시선으로 벽 저편의 어딘가를 응시하고 있는 것을 보았다. 그녀가 물어보려고 입을 여는 순간, 현관의 초인종이 울렸다.

앙투안은 화들짝 놀라며 소스라쳤다.

대체 누구일까? 크리스마스이브에? 그것도 이런 시간에?

별로 겁이 많지 않은 쿠르탱 부인마저도 주저하며 복도로 나아갔다. 그녀는 밖을 내다보는 구멍을 막은 덮개를 들어 올리고는 이마를 문에 대는가 싶더니, 황급히 문을 열었다.

「발랑틴!」

소녀는 이렇게 실례를 범한 이유를 설명했다.

「죄송해요. 우리 엄마 때문이에요. 지금 엄마는 자기 방에 처박혀서 아무에게도 문을 열어 주지 않아요. 불러도 대답도 하지 않고요……. 그래서 아빠가 아줌마한테…….」

「내가 금방 갈게!」

쿠르탱 부인은 현관과 주방 사이를 몇 번 왔다 갔다 했다. 앞치마를 끄르고, 자신의 외투를 찾고…….

「자, 발랑틴, 그렇게 서 있지 말고 어서 들어와!」

가까이서 보니 소녀는 아까 저녁 시간에 앙투안이 봤던 모습 — 그 거만한 표정과 경멸적인 눈빛 — 과는 조금 달랐다. 진한 색조의 립스틱과 대비되어 얼굴은 더욱 희게 빛났다. 어두운 청색의 아이라이너로 강조된 두 눈은 촉촉이 젖어 있었고. 그녀는 거실 쪽으로 한 걸음 내딛으며 엉거주춤 일어서는 앙투안을 쳐다보았다. 그녀는 고개를 살짝 한 번 끄떡하기만 했고, 그는 손을 조금 흔들어 응답했다. 그는 이제 마치 혼자 있는 것처럼, 아무도 자기를 쳐다보는 사람이 없는 것처럼 보다 무심한 표정이 되어 있는 그녀를 뚫어지게 쳐다보았다.

그녀는 아까 미사에서 입었던 그 빨간색 진 바지와 흰색 인조가죽 점퍼 차림이었다. 그녀는 마치 실내가 지나치게 덥다는 것을 갑자기 의식한 듯이 후우 한숨을 내쉬면서 이 점퍼의 지퍼를 내리며 그녀의 풍만한 젖가슴에 딱 달라붙는 분홍색

모헤어 모직 스웨터를 드러냈다. 이렇게 둥그런 젖가슴을 본 적이 없는 앙투안은 어떻게 젖가슴이 저런 모양을 이룰 수 있을까, 하고 속으로 중얼거렸다. 심지어는 모직 아래로 젖꼭지가 솟은 것까지 은은히 분간되었다. 그녀가 사용한 향수에서는 알 듯도 하지만 정확히는 생각나지 않는 어떤 꽃향기가 느껴졌다.

「아니, 앙투안,」 벌써 외투를 등에 걸친 쿠르탱 부인이 물었다. 「넌 준비 안 하니?」

「나도 가요?」 앙투안이 반문했다.

「그야 물론이지! 상황이 이런데…….」

그녀는 약간 거북한 표정으로 발랑틴을 쳐다보았다.

앙투안은 왜 이 〈상황〉이 자신의 존재를 필요로 하는지 이해할 수 없었다. 단지 엄마는 발랑틴이 옆에 있기 때문에 이렇게 말하는 것일까?

「자, 앙투안, 난 먼저 갈 테니까, 너도 뒤따라와. 알았지?」

이웃의 집 안까지 들어가야 한다는, 데스메트 씨와 정면으로 마주해야 한다는 생각에 배 속이 끊어질 듯 아파 왔다.

현관문이 쾅 닫혔다.

그는 어디 도망갈 구멍이 없는지, 눈으로 정신없이 찾았다.

「이게 뭐니?」

그는 홱 몸을 돌렸다. 발랑틴은 쿠르탱 부인을 따라가지 않았고, 바로 그의 앞에 있었다. 그녀는 두 개의 핸들이 천장을 향해 불쑥 치솟은 플레이스테이션의 조이스틱을 손에 들고 있었다. 그녀는 핸들 중 하나를 마치 망치 자루를 쥐듯이, 그리고 아주 깊은 호기심을 느끼는 척하면서 움켜쥐었다. 그러고는 그 작고 섬세한 손으로 핸들을 어루만지기 시작했다. 마치 그것을 처음 발견하는 것처럼, 그것의 윤기와 질감을 느껴 보고 싶은 것처럼 쭉 뻗은 검지로 그것을 위아래로 쓰다듬고 있었는데, 이렇게 하면서 앙투안의 눈에 자신의 시선을 못 박고 있었다.

「이게 뭐니?」 그녀가 다시 물었다.

「이건…… 게임하는 데 쓰는 거야…….」 앙투안이 떠듬떠듬 대답했다.

「아…… 게임하는 데…….」

앙투안은 애매하게 고개를 끄덕였고, 후다닥 계단을 뛰어 올라가 자기 방으로 들어가서는 크게 한숨을 몰아쉬는데, 심장이 미친 듯 쿵쾅거렸다. 그는 자기가 무얼 하러 여기 왔는지 생각해 보았다. 아, 맞아, 신발을 신으러 왔지. 그는 침대에 걸터앉았다. 다시 한번 맥이 쭉 빠지는 게 느껴졌다. 그는 그대로 침대에 벌렁 드러누워 눈을 감아 버리고 싶은 유혹에 저항할 수 없었다.

발랑틴의 손이 다시 보였고, 자석처럼 끌어당기던 그녀의 존재가 아직 느껴졌다. 그는 너무나도 강렬하고도 고통스러운 불안감에 사로잡힌 나머지 다시금 마음이 급해졌다.

빨리 붙잡히고 싶었다. 빨리 체포되고 싶었다.

빨리 모든 것을 털어놓고 싶었다. 빨리 다 털어 버리고 싶었다. 그리고 자고 싶었다. 그냥 계속 잠만 자고 싶었다.

그의 자백에 뒤따르게 될 무서운 결과들은 더 이상 이런 식으로는 살 수 없다는, 이런 공포 속에서, 이런 영상들을 품고는 더 이상 살 수 없다는 사실 앞에서 점차로 흐릿해져 갔다. 눈을 감자마자 레미가 마치 지금 앞에 있는 것처럼 나타났다.

항상 똑같은 영상이었다.

어두운 구덩이에 드러누워 그에게 두 손을 내뻗고 있는 어린아이…….

앙투안!

혹은 뭔가를 붙잡으려 애쓰는 손 하나와 점점 멀어지듯이 희미해지는 레미의 목소리만 남았다.

앙투안!

「벌써 자니?」

앙투안은 전기에 감전된 듯이 벌떡 일어났다.

발랑틴이 문틀 가운데 서 있었다. 그녀는 점퍼를 벗어 아무렇게나 어깨 뒤로 넘겨서는 살짝 구부린 검지로 붙들고 있었다.

그녀는 전혀 진정한 호기심으로 느껴지지 않는 호기심을 내비치며 방 안을 둘러보고는, 앙투안으로서는 처음 보는 유연하고도 춤추는 듯한 걸음걸이로 몇 걸음 나아왔다. 조금 전에 느꼈던 향수 냄새가 온 공간을 채웠다.

발랑틴은 그를 쳐다보지도 않았다. 그녀는 미술관을 별 생각도 관심도 없이 어슬렁대는 관람객처럼 천천히 방 안을 돌아다녔다.

앙투안은 몹시 더웠고, 침착한 모습을 보이려고 애썼다. 그는 허리를 굽혀 신발을 붙잡고는, 이마를 아래로 숙이고 시선을 바닥에 고정한 채로 신발 끈을 매기 시작했다.

그는 발랑틴이 다가오고, 최대한으로 좁혀진 시야 안으로 들어오는 것을 느꼈다. 그녀는 두 발을 약간 벌린 채로 그의 앞에 우뚝 섰다. 그에게는 그녀의 흰색 테니스화, 그리고 약간 물에 젖은 빨간색 바지의 아랫단밖에 보이지 않았다. 만일 고개를 들어 올린다면 그녀의 허리띠께가 바로 눈앞에 보이리라.

그는 하던 일을 계속하려 했지만 손이 떨리며 더 이상 말을 듣지 않았고, 대신 그 부분이 거의 고통스러울 정도로 발기되었다. 발랑틴은 움직이지 않았다. 그녀는 그가 마침내 신발 끈 매는 일을 끝내기를 참을성 있게 기다리는 것 같았다. 앙투안은 몸을 튕기듯 단번에 벌떡 일어나서는 그녀의 몸에 닿지 않으려고 빙 둘러서 가려고 했지만, 공간이 그리 넓지 않아 그만 균형을 잃고 침대 위에 넘어지고 말았다. 그는 자신의 바지가 불룩해진 부분을 소녀가 보지 못하게끔 물 밖에 꺼내 놓은 물고기처럼 펄떡 몸을 뒤집었다. 그리고 다시 몸을 일으켰는가 싶더니 벌써 문 앞으로 가 있었다……

발랑틴은 몸을 돌리지 않았다. 그녀의 점퍼는 바닥에 떨어져 있었다. 앙투안 쪽에서는 그녀의 등이 보였다.

침대를 마주하고 두 발로 딱 버티고 선 그녀는 두 팔을 몸 앞에서 교차하여 두 어깨를 감쌌다. 연분홍 매니큐어를 칠한 그녀의 손가락들이 눈에 띄었다. 앙투안은 너무도 둥글고 또 너무도 탄탄해 보이는 그녀의 엉덩이에, 그녀의 좁다란 골반에, 그리고 등짝 한복판 스웨터 밑으로 살짝 올라온 그녀의 브래지어 끈에 시선이 못 박히는 것을 자신도 어쩔 수가 없었다.

갑자기 현기증이 일었다. 그는 자기가 균형을 잃기 시작하고 있는 것인지, 아니면 발랑틴이 비틀거리는 것인지, 아니면 그녀가 움직이지 않고서 어떤 조용하고도 음란한 춤을 추듯 미세하게 골반을 흔들고 있는 것인지 알 수 없었다.

앙투안은 문틀에 몸을 기댔다. 신선한 공기가 필요했다. 밖으로 나가야 했다. 지금 당장.

그는 한 걸음에 네 계단씩 층계를 뛰어 내려갔다. 주방 싱크대 쪽으로 달려가서는 수도를 최대한으로 틀어 놓고 두 손에 물을 받아 얼굴을 담갔다. 그러고는 머리를 부르르 흔들었다. 그리고 행주를 잡아 물기를 닦았다.

행주를 다시 내려놓았을 때, 발랑틴의 실루엣이 복도를 가로질러 문 쪽으로 향하는 것이 언뜻 보였다. 바깥 공기가 집 안으로 몰려들어 왔다. 앙투안은 뛰기 시작했다. 발랑틴은 벌써 거리에 있었고, 서두르지 않고 뚜벅뚜벅 걸어갔다. 그녀는 무관심한 표정으로 자기 집 정원을 가로질렀고, 집 안으로 들어가서는 앙투안이 분명히 뒤따라 달려온다는 것을 알고 있었기에 문 닫을 생각도 하지 않았다.

앙투안은 얼떨결에 데스메트 씨 집 안에 들어와 있었다.

이 집 특유의 냄새가 얼굴에 훅 끼쳐 왔다. 양배추와 땀과

왁스가 뒤섞인 이 냄새를 앙투안은 한 번도 좋아해 본 적이 없었다.

앙투안은 한 걸음을 내딛다가 딱 멈춰 섰다.

바로 그의 맞은편, 거실의 기다란 식탁의 끝부분에 데스메트 씨가 앉아 그를 뚫어져라 노려보고 있었다.

앙투안은 사실 발랑틴이 찾아온 유일한 목적은 자기를 이곳으로, 그녀의 아버지 앞으로 데려오기 위해서였다는 확신이 불현듯 일었다.

소녀는 TV 프로그램 책자를 펼치기도 하고, 검지로 서랍장의 귀퉁이를 무심히 쓸어 보기도 하면서 거실 안을 어슬렁거리는 척하고 있었다. 그러더니 앙투안의 얼굴을 빤히 쳐다보았다. 그것은 더 이상 같은 사람이 아니었다. 이제 경박한 소녀는 마치 어떤 위협처럼 방 안을 떠다니는 그녀의 동생의 그림자에 붙잡혀 있었다. 그녀는 갑자기 몸을 홱 돌리더니 층계를 올라갔고, 그 어떤 몸짓도, 그 어떤 시선도 없이 그대로 사라져 버렸다.

「모두 위에 있어.」 데스메트 씨가 마치 동굴에서 흘러나오는 것처럼 낮고도 음산한 목소리로 말했다.

그는 고개를 까딱 움직여 속삭이는 소리들이 어렴풋하게 들려오는 2층을 가리켰다. 거실은 주방의 전등과 전나무 트리를 두른 깜빡이들로만 밝혀져 있었다. 이 깜빡이들은 앙투안네 것과 똑같은 것으로, 아마도 같은 상점에서 산 모양이었다.

앙투안은 마비된 것처럼 꼼짝할 수가 없었다. 데스메트 씨는 빈 잔과 포도주 한 병을 앞에 두고 있었다. 그는 눈을 내리깔고 생각에 잠긴 표정이었다. 한동안 이렇게 있다가, 자기가 혼자가 아니라는 사실을 문득 기억한 모양이었다. 그는 자기 옆에 있는 의자를 가리켰다. 앙투안은 그가 벌떡 일어나 문 앞에 있는 자신을 끌고 가서 강제로 앉힐까 겁이 났다. 그는 쭈뼛쭈뼛 나아갔다. 앞으로 나아갈수록, 더 가까이서 볼수록, 이 육중하고도 거친 사내는 더욱 무섭게 느껴졌다.

「자, 앉으라고…….」

앙투안이 의자를 잡아당기자 칠판에 분필이 긁히는 소리가 났다. 데스메트 씨는 한참 동안 그를 쳐다보았다.

「너, 레미를 잘 알지? 엉……?」

앙투안은 입술을 약간 오므리며 조그맣게 대답했다. 예, 잘 알아요, 아니, 조금요…….

「넌 그 녀석이 가출했다고 생각하냐? 여섯 살배기 꼬마가?」

앙투안은 고개를 저었다.

「넌 그 녀석이 어디론가 멀리 가버렸다고 생각해? 그리고 여기서 태어난 녀석이 돌아오는 길도 못 찾았다고?」

앙투안은 지금 데스메트 씨가 하는 말은 질문이 아니라, 그가 몇 시간 전부터 계속 곱씹어 오던 생각들이라는 사실을 깨달았다. 그는 대답하지 않았다.

「그리고 왜 밤이라고 애를 찾지 않는 거야, 엉? 군경대에는 손전등도 없나?」

앙투안은 설명할 수가 없어서 두 손을 슬쩍 펼쳐 보였다.

데스메트 씨에게서는 아주 불쾌한 체취가 느껴졌고, 아마도 과음한 모양으로 포도주의 냄새까지 더해졌다.

「전 가볼게요…….」 앙투안이 조그맣게 말했다.

데스메트 씨가 꼼짝도 하지 않았으므로 그는 조심스럽게 일어났다. 마치 그를 깨우기 싫은 것처럼 말이다.

이때 데스메트 씨가 그에게로 몸을 홱 돌리더니 양손으로 그의 엉덩이를 꽉 잡아서는 자기 쪽으로 끌어당겼다. 그는 두 팔로 소년의 허리를 둘러 안으면서 고개를 그의 가슴팍에 파묻고는 흐느끼기 시작했다.

앙투안은 사내의 체중에 밀려 하마터면 넘어질 뻔했지만 가까스로 버텨 냈다. 흐느끼는 레미의 아버지의 두툼고도 흰 목덜미가 격하게 흔들리는 모습이 보였고, 숨 쉴 때마다 그의 강한 체취가 느껴졌다.

사내의 강한 두 팔에 꼼짝없이 붙잡힌 앙투안은 그냥 죽어 버리고 싶었다.

서랍장 위에는 다양한 액자들에 끼어진 가족사진들이 보였다. 그 액자들 중 하나는 비어 있었는데, 바로 군경대에 넘겨지고 TV 뉴스에서 공개된, 그 노란 티셔츠를 입고 그 머리칼을 한 레미의 모습을 찍은 사진이었다…….

가족들은 이 빈 공간을 채우기 위해 다른 액자들의 간격을 벌려 놓지 않았다. 레미의 사진이 제자리에 놓이고, 모든 게 다시 정상으로 돌아오기만을 기다리고 있는 것이다.

# 9

해도 영원히 떠오르고 싶지 않은 걸까? 도시 위로는 어딜 보나 희뿌옇기만 한 하늘이 걸려 있었다. 처음 도착한 이들은 현관 등불 아래서 베이지색 파카에 묵직한 장화 차림으로 호주머니 속의 두 주먹을 꽉 쥐고서 정원을 바라보고 있는 데스메트 씨의 모습을 발견했다. 얼굴은 일진이 고약한 날들에 짓는 그 험상궂은 표정이었다.

여자들보다는 남자들이 훨씬 많았고, 소년들도 몇 명 있었는데, 열여섯이나 열여덟 살 정도로 앙투안보다 덩치가 훨씬 큰, 그가 막연히 아는 소년들이었다.

앙투안은 뜬눈으로 밤을 새워 몸에 힘이 한 방울도 남아 있지 않았다.

데스메트 씨 앞에 선 사람들이 무리 지어 시청을 향해 떠날 채비를 하고 있는 모습을 보았지만, 앙투안은 같이 갈 용기가 나지 않았다.

「뭐야, 넌 안 가니?」

쿠르탱 부인은 화가 났다. 만일 네가 안 가면 사람들이 뭐라고 하겠니? 너를, 그리고 나를, 그리고 우리를 어떻게 생각하겠냐고? 베르나데트를 생각해서라도……. 이것은 온 마을이 참여하는 수색이야, 이건 하나의 의무라고!

「무쇼트 씨네도 안 가잖아!」 앙투안이 항변했다.

사실 이것은 말도 안 되는 얘기였고, 앙투안 자신도 그걸 잘 알고 있었다. 세상에 데스메트 집안만큼 무쇼트 집안을 미워하는 사람들이 없었다. 심지어 사람들은 이 두 집 사이에 쿠르탱 모자의 집이 끼어 있는 게 천만다행이라고 말하기까지 했다. 그렇지 않았다면 그 두 남자는 벌써 오래전에 끝장을 봤을 거라고…….

「그러니까 말이야,」 쿠르탱 부인이 말을 이었다. 「너도 알다시피…….」

더 이상 잔소리를 듣고 싶지 않아 앙투안은 굴복하고 아래로 내려갔다.

그는 몇 사람과 악수를 나눈 다음, 데스메트 일가로부터 가급적 멀리 떨어진 곳에 있었다. 어차피 그들은 너무 많은 사람들에게 둘러싸여 있어서 가까이 가기 힘들기도 했다. 발랑틴은 아직도 그 빨간색 진 바지를 입고 있었지만, 이 음울한 아침 빛 때문에 색깔이 바래 보였고, 소녀 자신도 사람들 가운데 묻혀 있어 그런지 더 나이 들고, 어색하고, 시시해 보였다.

사람들은 행렬을 이루어 집결지를 향해 출발했다. 데스메트 부부 주변에서는 그들을 배려하는 차원에서 침묵을 지키고 있었다면, 저쪽에서는 사람들이 웅성거리며 논평들을 나눴다. 먼저, 그 연못 말이야……. 아니, 그곳에 접근하지 못하게 막아야 한다고 얘기한 지가 벌써 몇 년째야? 그런데 시청은 아무것도 안 하고 있었잖아?

그리고 이 수색도 말이야, 이걸 발의한 게 시청이야, 아니면 도청이야?

이 이례적인 상황은 이틀 전부터 새어 나오고 있던 마을 사람들의 분노에 새로운 배출구를 제공했고, 그들은 시청에 대해, 다시 말해서 시장에 대해, 다시 말해서 바이제르사 사장에 대해 불평을 늘어놓았다. 이 막연한 불만 속에는 사회적 위기로 인해 오래전부터 공동체를 짓눌러 온, 그리고 공개적으로는 표현되지 못하다가 이 사건에서 출구를 발견한 모든 적의와 원한이 녹아 있었다.

민방위대는 시청 앞에 커다란 흰색 천막 두 개를 세워 놓았고, 그 가운데 소방관들과 군경들이 보였다. 어, 그런데 개들은 어디 있지? 누군가가 물었다. 쿠르탱 부인은 식료품점 여자와 얘기를 나누고 있었다. 앙투안은 무슨 말을 하는지 들어 보려 했으나 들리지가 않았다. 머릿속이 뭔가가 진동하는 것처럼 계속 윙윙거려 말하는 소리가 흐릿하게 들렸기 때문이다. 이쪽에서는 음절 하나가, 또 저쪽에서는 문장 한 조각이 들리는 정도였다. 어이, 앙투안! 그는 고개를 돌렸다. 테오였다.

「넌 거기 있으면 안 돼!」

앙투안은 물어보려 했다. 아니 왜…… 시장의 아들은 이 나쁜 소식을 전하게 되어 너무나도 기쁘다는 얼굴로 가슴을 쭉 내밀었다.

「수색에 참여하려면 성인이어야 해!」 그는 마치 자신은 이제 한 규정에 해당되지 않는 듯이 설명했다.

쿠르탱 부인이 그들 쪽으로 몸을 획 돌렸다.

「정말이냐, 그게?」

군경이 왔다. 어제 앙투안을 심문했던 바로 그 사람이었다.

「최소한 열여섯 살이어야 합니다……」

그는 살짝 미소 지은 얼굴로 두 소년을 쳐다보며 말을 이었다.

「음, 참여하겠다는 뜻은 기특하다만…….」

참가자들은 새로 도착하는 사람들로 계속 수가 늘어났다. 사람들은 악수를 나누고, 저마다 겸허하지만 결연한 표정을 짓고 있었다. 시장은 민방위대와 군경대 사람들과 대화를 나누고 있었다. 그들은 군용 지도를 펼쳤다. 트럭 한 대가 줄을 끊어 버릴 듯이 날뛰는 개 네 마리를 싣고 도착했다. 아, 오긴 왔네! 누군가가 말했다.

자원자들을 군경 1인, 혹은 소방관 1인이 지휘하는 그룹들로 나누는 데 상당한 시간이 걸렸다. 지시 사항들이 분명하고도 엄한 어조로 전달되었다. 야구 모자나 후드를 쓴 사내들은 고개를 끄덕였다.

앙투안이 세어 보니 여덟 명씩으로 이뤄진 그룹이 열 개쯤은 되어 보였다.

TV 촬영팀이 도착하자 사람들이 술렁거렸다. 한 카메라맨이 규율 있고, 협조적이고, 책임감 있는 모습을 보이려고 신경 쓰는 군중의 모습을 카메라로 쭉 훑었다. 여기자는 인터뷰할 사람이 너무 많아 곤란할 정도였으니, 모두가 뭔가 할 말들이 있었기 때문이다. 앙투안이 한 번도 본 적이 없는 어떤 여자는 자신이 얼마나 큰 충격을 받았는지 모른다고 말하며 가슴 위의 두 주먹을 꼭 쥐는데, 마치 자신이 실종된 꼬마의 엄마나 되는 것 같았다. 그녀가 이렇게 격한 감정을 토로하고 있을 때, 여기자는 계속 까치발을 하고는 눈으로 부모들을 필사적으로 찾았다. 마침내 그들을 찾아낸 그녀는 여자가 문장을 끝맺을 시간도 주지 않고서, 카메라맨을 대동하고 팔꿈치로 군중들을 헤치며 나아갔다. 마침내 그들은 흰색 천막 근처에 이르렀다.

그들을 본 데스메트 부인은 울기 시작했다. 카메라맨은 재빨리 카메라를 어깨에 걸쳤다.

이 순간에 촬영된 영상들은 두 시간 안에 프랑스 전국을 돌게 될 터였다.

데스메트 부인의 처절한 모습과 그녀가 하는 말은 보는 이의 마음을 짠하게 했다. 그 애를 내게 돌려주세요. 거의 들리지도 않는 세 마디였다.

그 애를 내게 돌려주세요.

잔뜩 쉬어 버린, 그리고 파르르 떨리는 목소리로 내뱉은 세 마디였다.

그 모습에 주위의 사람들이 너무나도 충격을 받은 나머지 침묵이 점차로 군중 전체로 퍼져 나갔고, 자신도 모르게 일종의 묵념까지 하게 되어 이게 어떤 불길한 징조가 아닐지 걱정이 될 정도였다.

완장을 찬 공무원들이 사람들에게 인쇄물을 나눠 주는 가운데, 젊은 군경 대위가 확성기를 들고 시청 앞 계단 위로 뚜벅뚜벅 걸어 올랐다.

「먼저, 이렇게 나와 주신 여러분께 감사를 드립니다. 특히나 일기도 불순한 오늘 같은 날에 말입니다…….」

사람들은 자신이 얼마나 봉사 정신이 투철하고 관대한 사람인가를 느끼며 저마다 가슴을 한껏 부풀렸다.

「여러분에게 나눠 드린 인쇄물에 적힌 주의 사항을 아주 철저하게 읽어 주시기 바랍니다. 서둘러서 걷지 말고, 여러분 앞에 보이는 것들에 정신을 집중하십시오. 우리가 지나가게 될 매 평방미터들은 이후 영원히 수색 대상에서 제외된다는 점을 명심하셔야 합니다. 자, 무슨 말인지 분명히 이해하셨습니까?」

사람들은 와글대며 고개를 끄덕였다.

군경이 이렇게 말하고 있을 때, 앙투안은 나란히 도착한 신부와 안토네티 부인에게 정신이 팔려 있었다.

「모두 아홉 개의 수색조가 편성되었습니다. 4개 조는 탐지견들과 함께 연못 쪽으로 떠나고, 다른 3개 조는 국유림 서쪽 주변 쪽으로, 그리고 마지막 2개 조는 생퇴스타슈 쪽으로 갑니다.」

앙투안은 몸이 굳었다. 끝났다. 그는 모종의 해방감을 느꼈다.

이제 그는 무슨 일이 일어날지, 자기가 무엇을 하게 될지 알고 있었다. 어떤 의미에서는 상황은 훨씬 단순해졌다.

「점심 식사를 위해 잠시 휴식을 취한 후에 우리는 오전의 진척 상황에 따라 각 조의 방향을 변경할 것입니다. 만약 오늘의 수색에 소득이 없다면, 내일도 여러분의 도움이 필요합니다!」

바로 이 순간, 코발스키 씨가 도착했다.

그는 머뭇머뭇하면서 천천히 걸었다. 그가 지나감에 따라 정적이 내려앉으며 모두가 옆으로 비켜섰는데, 이는 그에게 경의를 표하기 위해서가 아니라, 이 사내에게서는 뭔가 사악한 기운이 느껴졌기 때문이었다. 저 인간이 석방되었어……. 모두의 입술에 이 말이 써지는 것 같았다. 사람들은 조심스럽게 서로의 얼굴을 쳐다보았다. 그는 임시로 석방된 것일까? 아무도 여기에 대해 아는 바가 없었다.

코발스키 씨가 시청에 다가감에 따라, 그가 지나친 사람들은 나지막한 목소리로 저마다 생각하는 바를 말했다. 그래, 석방된 것 같기는 한데, 아마 증거 불충분 때문일 거야……. 왜냐면 군경이 아무나 마구 체포하는 것은 아니거든. 멀게든 가깝게든 뭔가 사건과 관련이 있는 사람만 체포하는 거야. 아니 땐 굴뚝에 연기 날 리 없지. 코발스키, 저 사람······. 사람들은 지금 그는 가게가 아주 장사가 안 되기 때문에, 뭔가 수지를 맞춰 보려고 이 마을 저 마을 돌아다니며 장돌뱅이 짓을 하는 거라고 말했다.

코발스키의 얼굴에는 감정이 전혀 드러나 있지 않았다. 여전히 볼이 움푹하고 눈썹이 무성한, 그 길고 깡마른 얼굴이었다.

그는 앙투안과 그의 어머니를 가까이 지나쳤다. 쿠르탱 부인은 보란 듯이 외면해 버렸다. 그는 군경 대위 앞에 이르러 걸음을 멈추고 두 팔을 슬쩍 벌려 보였다. 자, 나 여기 왔소, 대체 내게 뭘 원하는 건지 말해 보시오, 하듯이.

군경은 수색조들을 죽 둘러보았는데, 즉시 그들의 부정적인 반응을 느낄 수 있었다. 그대로 등을 돌려 버리거나 외면해 버렸고, 심지어 출발 신호도 기다리지 않고 걷기 시작하는 사람들도 있었다.

「흐음, 그렇군······.」 군경은 약간 지친 기색이 느껴지는 목소리로 말했다. 「좋소, 우리와 같이 갑시다.」

군중은 걷기 시작했고, 다시 대화들을 나누기 시작했다. 땅바닥에는 벌써 민방위대가 나눠 준 인쇄물들이 여기저기 날리고 있었다.

집에 돌아온 앙투안은 자기 방 창문에 팔꿈치를 대고 한참 동안 먼 곳을 쳐다보았다. 사람들이 시체를 발견하면 연락을 할 거고, 그러면 저쪽 도로에 생퇴스타슈 숲 쪽으로 올라가는 경광등들이 보이리라.

결국 그는 창문을 닫고 욕실로 들어갔다.

그리고 약장에 있는 알약들을 모조리 한곳에 쏟았다. 대부분의 프랑스인들처럼 쿠르탱 부인도 못 말리는 의약품 애용자였다. 없는 약이 없었고, 그것도 많이씩 있었다. 쏟아 놓고 보니 알약이 그야말로 한 무더기였다.

앙투안은 욕지기를 참아 가며 손으로 한 움큼씩 집어삼켰다. 엉, 엉, 울어 가면서.

# 10

위장 밑바닥에서 생겨난 해일이 맹렬한 경련과 함께 몸 전체를 뚫고 나오면서 허리를 끊어질 듯 아프게 했고, 목구멍에서 폭발하면서 그의 몸을 말 그대로 침대 위로 번쩍 들어 올렸다. 그는 내장으로부터 올라오는, 그리고 목구멍을 찢어 버릴 듯한 비명을 내지르며 머리를 바닥 쪽으로 처박았고, 숨이 막혀 다시 균형을 잡으려 버둥거릴 때 입가로 담즙이 길게 흘러내렸다.

그는 탈진 상태였고, 등짝이 빠개질 듯 아팠다. 해일의 물결이 한바탕 몰아칠 때마다, 몸 전체가 그대로 껍데기에서 빠져나가고 싶어 했다. 배배 꼬이고 빙빙 돌아 흐물흐물 액체가 되어 가지고 말이다.

이런 상태가 족히 두 시간은 계속되었다.

그의 어머니는 규칙적으로 올라와 그의 옆 카펫 위에 놓은 대야를 바꾸고, 입가를 훔쳐 주고, 차가운 천으로 이마의 땀을 닦아 준 다음 다시 내려가곤 했다.

경련이 잦아들었을 때, 앙투안은 다시 잠이 들었다.

꿈속에서 레미는 탈진해 있었다. 녀석도 이제 아무 힘이 없었다. 커다랗게 벌어진 시커먼 아가리 안에 드러누운 녀석은 더 이상 팔을 뻗지 않았고, 마지막으로 애를 써보듯이 그 고사리 같은 손들만 까딱할 뿐이었다. 죽음이 찾아오고 있었다. 아니 바로 거기에 있었다. 죽음은 아이의 두 발을 붙잡아 자기에게로 끌어당겼고, 레미는 구멍 속으로 빨려들며 점점 사라져 갔다……

앙투안!

잠에서 깨어났을 때, 주위는 어두워져 있었다. 지금이 대체 몇 시인지 알 수 없었으나, 한밤중이 아닌 것은 분명했으니, 아래에서 TV 소리가 들려왔기 때문이다. 그는 바람이 제대로 불면 그의 방까지 도달하곤 하는 성당 종소리에 귀를 기울였다. 그리고 지금 그 바람이 블라인드 틈으로 흘러들어 오고 있었다. 그는 여섯 번을 세었는데, 확실치는 않았다. 아마 5시에서 7시 사이이리라.

그는 침대 옆의 머리맡 탁자를 보았다. 그 위에 물병 하나와 컵 하나가 놓여 있었다. 또 그가 알지 못하는 어떤 약병도 보였다.

현관 초인종이 울렸고, TV가 꺼졌다.

어떤 남자의 목소리, 그리고 속닥이는 소리가 들렸다.

그러고 나서 층계를 올라오는 발자국 소리가 들리더니, 큼직한 가죽 왕진 가방을 든 디윌라푸아 박사가 혼자 나타나서는 가방을 침대 근처에 내려놓았다. 그는 앙투안에게로 몸을 숙이고 그의 펄펄 끓는 이마에 잠시 손을 대본 다음, 여전히 아무 말 없이 외투를 벗고, 청진기를 꺼내고, 이불을 아래로 내리고, 앙투안의 잠옷 상의를 들어 올리고는(그걸 언제 입었었지? 그는 기억이 나지 않았다) 시선을 어떤 흔들거리는 가공(架空)의 점에 집중한 채로 조용히 진찰을 시작했다.

아래층에서는 TV가 다시 켜졌지만, 볼륨은 줄어 있었다. 의사는 앙투안의 맥박을 재보았다. 그런 다음 청진기를 제자리에 집어넣고는 두 다리를 조금 벌리고 팔짱을 끼고서 신중하게 뭔가를 생각하는 모습으로 앉아 있었다.

디윌라푸아 박사의 나이는 쉰 살 정도였다. 사람들은 그의 부친이 항해를 많이 한 브르타뉴 출신의 선원이었다는 점에는 이견이 없었지만, 그의 어머니의 출신에 대해서는 추측이 난무했다. 베트남 하녀였다, 중국 창녀였다, 아니 태국의 노는 여자였……. 보다시피 사실은 누구도 아는 바가 전혀 없는 이 여자에 대해 소문들은 별다른 정보를 제공해 주지 못했다.

그는 25년 전부터 이곳에 정착해 살고 있었고, 그가 미소 짓는 모습을 봤노라고 자랑할 수 있는 사람은 아무도 없었다. 그는 1년 내내 지역 내 도로들을 누비고 다녔고, 아주 늦은 시간까지 환자들을 받았고, 모두가 그를 알았고 한 번쯤은 그를 부른 적이 있었다. 또 그는 결혼식, 성찬식, 영세식에도 수십 번 초대되었고, 셀 수도 없는 노인네들의 장례식에도 참석했지만, 아무도 그에 대해 아는 바가 없었다. 아내도 없고, 자식도 없는 그의 아파트 청소는 식료품점 딸내미가 해줬으며, 진찰실 청소는 그 자신이 직접 했다. 일요일이면 날씨가 어떻든 간에 창문들을 활짝 열어 놓고서 낡아 빠진 덧옷을 걸친 그가 진공청소기를 돌리고, 가구를 문지르고, 비질을 하는 모습을 볼 수 있었고, 만일 어떤 환자가 이 기회를 이용하여 찾아갈라치면 디윌라푸아 박사는 문을 열어 들어오게 한 다음 손을 씻고서는, 스프레이 왁스통과 먼지 닦는 천을 책상 한쪽 구석에 올려놓은 채로 진찰을 시작하곤 했다.

앙투안은 베개들 위로 몸을 일으켰다. 수없이 뒤집혀진 위장이 끔찍하게 아팠고, 입안에 느껴지는 토사물의 맛은 욕지기를 일으켰다.

의사는 꼼짝 하지 않고서 무언가를 골똘히 생각하고 있었다. 아무런 표정도 없는 혼혈인의 넓적한 얼굴, 그리고 미동도 없이 앉아 있는 모습은 앙투안을 불편하게 만들었으나, 점차로 그는 마치 여기에 없는 것처럼, 마치 방 안에 새로 들여놓은 어떤 가구처럼 느껴졌다. 앙투안은 자신의 상념에 빠져들었다. 그의 시도는 실패였다. 그는 죽으려 했지만, 죽지 못했다. 이제 그는 자신의 행동을 정당화하고, 설명해야 할 터였다. 수색대가 출발했던 일, 수색조들이 생퇴스타슈 쪽으로 떠났던 일들이 갑자기 머리에 떠올랐다. 그렇다면 더 이상 자신의 행동을 정당화해야 할 필요도 없었다. 이제 모두가 알고 있는 사실을 인정하기만 하면 될 것이었다. 그가 대면해야 할 것의 무게가 너무나 무거워 미리부터 짓눌려 버린 그는 눈을 감아 버렸고, 머리는 다시 베개들 속으로 가라앉았다.

「앙투안, 나한테 얘기하고 싶은 거라도 있니?」

의사는 아주 부드러운 목소리로 물었다. 그는 단 1밀리미터도 움직이지 않았다.

앙투안은 이 질문에 대답할 기력이 없었다. 레미의 죽음은 아주 생생한 동시에 아주 멀게 느껴졌고, 너무 많은 것들이 머릿속에 뒤섞이고 있었다. 사람들은 레미의 시체를 어디에다 뒀을까? 그는 베르나데트 아줌마가 아이의 쭉 뻗은 시체 옆에 앉아 그의 차디찬 작은 손을 자신의 두 손으로 덥히려 하는 모습을 상상했다.

사람들은 그를 체포하기 위해 디윌라푸아 박사가 의학적으로 문제없다고 선언하기만을 기다리고 있는 걸까? 어머니는 군경들에게 아래층에 붙들려 있는 걸까? 어쩌면 그가 아직 미성년이기 때문에 어떤 의사가 그에게서 자백을 받아 내야 하는 것인지도 모른다⋯⋯. 그는 자신이 방금 전에 어떤 질문을 받았는지 기억나지 않았다.

방의 어둑함은 그를 레미에게로 가까이 데려다주었다. 그들이 그를 끄집어낸 곳도 아주 어두운 장소였다.

그는 커다란 너도밤나무 쪽으로 몸을 굽히고 있는 남자들을 상상했다. 데스메트 씨는 검은 구덩이 속으로 들어가 아이를 찾아오는 일을 아무에게도 맡기지 않았다. 심지어는 소방관들마저 배려의 차원에서 어느 정도 거리를 두고 서 있었다. 단지 들것 하나와 시체를 덮을 커다란 모포 한 장만을 구덩이 옆에 가져다 놓았다. 데스메트 씨가 아이를 자기에게로 끌어당기는 순간, 모두의 가슴이 먹먹해졌다. 그는 팔 하나를 붙잡고 있었는데, 레미는 먼저 머리부터 나타났고, 곧이어 그의 밤색 머리칼이 보였으며, 그리고 나서는 두 어깨가 나왔다. 그의 몸은 너무도 흐느적거렸기 때문에 마치 분해된 사지가 아무 순서도 없이 지면으로 올라오는 것 같았다.

앙투안은 펑펑 눈물을 쏟았다.

그런데 어떤 뜻밖의 안도감이 느껴졌다. 이것은 이전의 눈물, 즉 그가 자유로웠을 때 흘렸던 눈물과는 달랐다. 그것은 마음을 달래 주는 어떤 깊은 물결이었다. 씻어 주는 눈물이었다.

디윌라푸아 박사는 짧게 고개를 끄덕였다. 말해지지 않은, 하지만 그가 들은 듯한 어떤 얘기에 대해 고개를 끄덕이는 것처럼.

흘러나오는 눈물의 물결은 도무지 그칠 줄을 몰랐다. 이유를 설명할 수는 없지만 앙투안은 이 순간 어떤 행복을 느꼈다. 그것은 그가 전혀 기대하지 못했던 어떤 안도감에서 오는 행복감이었다. 이제는 다 끝났고, 이 눈물은 그가 어린 시절에 흘리던 눈물, 뭔가 보호해 주는 것 같은, 어디를 가든지 그를 따라다니며 그를 달래 줄 것 같은 느낌을 주는 눈물이었다.

의사는 한참 동안 그렇게 앙투안이 우는 것을 지켜보았다. 그러고 나서 일어나 가방을 닫고는, 그를 쳐다보지 않고서 다시 외투를 걸쳤다.

그러고는 한마디 말도 없이 방을 나갔다.

앙투안은 진정이 되었고, 코를 풀었고, 베개들을 짚고 다시 몸을 일으켰다. 이제 사람들을 맞이하기 위해 옷을 입어야 하지 않을까⋯⋯? 그는 어떻게 해야 하는 건지 알 수 없었으니, 체포되는 것은 이번이 처음이었기 때문이다.

먼저 복도를 울린 것은 어머니의 발소리였다. 그렇다면 그녀와 함께 옷을 입고 아래로 내려가야 하리라. 그는 차라리 다른 사람이면 좋을 것 같았다. 군경들이 붙잡아 끌고 가면 어머니는 그에게 거머리처럼 매달리리라.

쿠르탱 부인은 방에 들어오면서 코를 잔뜩 찡그렸다. 아, 이 토사물 냄새⋯⋯.

그녀는 대야를 들어 복도로 가져가 바닥에 내려놓은 다음, 다시 돌아와서는 바깥에 바람이 세게 불고 있었지만 환기를 위해 덧창 하나를 열어 놓았다. 차가운 공기가 방 안에 밀려들었다. 그는 어머니의 이마에 조그만 주름 하나가 잡혀 있는 것을 보았다. 지금 그녀가 걱정이 많다는 표시였다.

그녀는 아들에게로 몸을 돌렸다.

「자, 조금 나아 보이는데, 그러니?」

그녀는 대답을 기다리지도 않고 머리맡 탁자에서 약병을 집어 들어서는 티스푼 하나 분량의 물약을 따랐다.

「아, 그 수탉 고기⋯⋯. 내가 다 버렸다. 어떻게 그따위 고기를 팔 생각을 할 수 있지?」

앙투안은 반응하지 않았다.

「자, 먹어!」 그녀가 말했다. 「소화 불량에 먹는 거다. 이거

먹으면 좀 괜찮아질 거야.」

이 모든 일들을 간단한 소화 불량 탓으로 돌리는 어머니의 말에 그는 어리둥절해졌고, 또 생각이 복잡해졌다. 그는 찌푸린 얼굴로 물약을 삼켰다. 지금 무슨 일이 일어나고 있는지 정확히 이해할 수 없었다. 쿠르탱 부인은 약병의 뚜껑을 닫았다.

「내가 수프를 좀 끓여 놨어. 한 그릇 가져올게.」

지금 그녀는 수탉 고기에 대해 말했는데, 그는 자신이 그것을 거의 입에 대지도 않았다는 사실을 떠올렸다. 또 그리고, 만일 그가 소화 불량 때문에 탈이 난 거라면, 어머니도 이수탉 고기를 함께 먹지 않았던가? 그런데 왜 그녀는 탈이 나지 않았단 말인가?

앙투안은 일들이 어떻게 일어났었는지 기억해 보려고 했지만, 머릿속에 흐릿한 부분이 너무 많았다. 현실과 자기가 꿈꿨을 것들을 명확히 구분할 수 없었다. 그는 일어났다. 다리에 힘이 없어 균형을 잃고 휘청거려 침대 모서리에 몸을 기대야 했다. 발랑틴이 다시 생각났다. 그녀는 꿈속에 나타났던가, 아니면 현실이었던가? 그가 신발 끈을 매려 하고 있을 때 그녀의 모습이 다시 보였다. 그때 자신은 벌떡 몸을 일으켰었고, 또 침대 위에 벌렁 넘어졌었다. 바로 지금처럼 말이다……

그다음에는 크리스마스이브 저녁이 있었고, 그의 허리를 꽉 부둥켜안은 데스메트 씨가 있었다. 그리고 수색대가 국유림과 생퇴스타슈 숲을 향해 출발했었고…….

그는 눈을 감고 현기증이 사라질 때까지 기다린 다음, 다시 기억하려 해보았다. 벽들과 가구들에 기대 가며 복도까지 나아가 욕실의 문을 열었고, 세면대를 꽉 붙잡은 채로 약장 문을 열었다.

텅 비어 있었다.

그는 분명히 기억하고 있었다. 그가 잠이 들던 순간, 머리 맡 탁자 위에는 알약들이 흩어져 있었고, 심지어는 바닥에 떨어진 것들도 있었다……. 그것들은 다 어디로 갔단 말인가?

그는 아까만큼이나 힘겹게 자기 방으로 돌아왔다.

다시 몸을 눕히니 살 것 같았다.

「자, 여기 있다…….」

쿠르탱 부인은 무럭무럭 김이 나는 수프 그릇이 담긴 쟁반을 가지고 올라와서는 아주 조심스럽게 침대 위에 올려놓았다.

「별로 먹고 싶지 않아요.」 앙투안이 힘없이 말했다.

「아, 그렇겠지. 소화 불량이란 원래 그런 거야. 오랫동안 몸이 좋지 않고, 아무것도 입에 대기 싫어지지.」

거실에서 들리는 TV 소리에 앙투안은 마음이 불안해졌다. 이렇게 대낮부터 TV를 켜놓는 것은 쿠르탱 부인의 습관이 아니었고, 심지어는 그녀의 가치관에도 위배되는 일이라 할 수 있었다. 텔레비전은 사람을 바보로 만들어…….

「디월라푸아 박사님께서 저녁에 다시 들르셔서, 괜찮은지 보시겠단다. 난 네가 아무 문제 없으니까 그럴 필요 없다고 말씀드렸지. 배탈 좀 났다고 해서 온 세상이 그렇게 떠들썩하게 난리를 칠 필요는 없잖니? 하지만 너도 알다시피 그 양반

**155**

이 여간 성실한 사람이 아니어서 말이지……. 어쨌든 그분이 다시 들르기로 했다…….」

쿠르탱 부인은 방 안을 이리저리 정신없이 쑤시고 다녔다. 책상으로 갔다가 창문으로 가기도 하고, 이미 닫혀 있는 문을 닫기도 하면서 쓸데없이 부산을 떨었다. 그렇게 짐짓 침착한 모습을 보이려 하고 있었지만, 그녀에게서 명확히 느껴지는 모종의 불안감은 그녀가 다음처럼 말할 때의 단호하고도 자신 있는 목소리와는 뭔가 아귀가 맞지 않았다.

「아, 상한 수탉을 팔다니! 너 그거 알아챘었니? 아, 정말 세상에 어이가 없어서!」

앙투안은 그녀가 코발스키라는 이름을 입에 올리는 것을 피하고 있다는 것을 알아챘다. 이것이 바로 그녀의 방식이었다. 뭔가에 대해서 얘기하지 않으면, 그것은 더 이상 그녀에게 존재하지 않는 것이다.

「뭐, 어쨌든,」 쿠르탱 부인이 말을 이었다. 「배탈 한 번 난 게 국가적 위기는 아니니까! 내가 디윌라푸아 박사님께 그렇게 말했다. 그 양반은 병원에 대해 얘기하고, 어쩌고저쩌고 했지만, 결국에는 너한테 달랑 토하는 약 하나 줬고, 그게 끝이야.」

그녀는 그를 자신의 이야기를 뒷받침할 증인으로 삼고 싶은 듯했다.

「무슨 구토제라나, 뭐라나……. 하지만 나 같으면……. 자, 너 이 수프, 먹기 싫단 말이지?」

도대체 무슨 말을 하려는 것인지 앙투안으로서는 명확히 알 수 없는 이 긴 설명을 늘어놓은 후에, 쿠르탱 부인은 갑자기 급히 가봐야 하는 사람처럼 굴었다.

「내가 불을 끌까? 넌 잠 좀 자는 게 좋겠어……. 맞아, 잠이 진짜 약이야……. 휴식이 진짜 약이라고!」

그녀는 단호하게 불을 껐고, 나가면서 문을 당겨 닫았다.

어스름에 잠긴 방 안에서는 점점 더 거세어지는 바람 소리만이 들렸다. 아마도 폭풍우가 몰아칠 모양이었다.

앙투안은 그가 지금까지 듣고 이해한 모든 것들을 조각조각 맞춰 보려 해보았다. 머리맡 탁자에서 사라져 버린 알약들, 의사의 방문, 어머니의 개입……. 이 모든 것들의 의미는 무엇일까?

그는 잠이 들었다.


현관 초인종이 울리며 그를 잠에서 깨어나게 했다.

그는 자신이 잠깐 선잠만 들었던 것인지, 아니면 오랫동안 잠을 잔 것인지 알 수 없었다. 그는 이불을 젖히고 일어나 빠끔히 열린 문에 다가갔고, 의사의 음성을 알아챌 수 있었다.

쿠르탱 부인이 속삭였다.

「그냥 자게 놔두는 게 좋지 않을까요?」

하지만 층계를 올라오는 의사의 발소리가 뒤를 이었다.

앙투안은 다시 침대로 돌아가 모로 눕고는 눈을 감았다.

의사가 들어와 오랫동안 침대 근처에 꼼짝 않고 서 있었다.

**157**

앙투안은 바짝 긴장하여 호흡을 조절하려고 애를 썼다. 잠 잘 때는 숨을 어떻게 쉬더라? 그는 잠자는 사람에게 적합할 것 같은 느리고도 긴 리듬을 채택했다.

의사는 마침내 한 걸음 나아와서는 침대 매트리스 옆쪽에 걸터앉았다. 처음 방문했을 때 앉아 있었던 바로 그 자리였다.

앙투안에게는 자신의 심장이 고동치는 소리와 바깥에 부는 바람 소리가 들렸다.

「앙투안, 네게 혹시 고민이 있다면 말이다…….」

의사는 나직하고도 억제되고도 은근한 목소리로 말했다. 앙투안은 그의 말을 알아듣기 위해 귀를 바짝 기울여야 했다.

「……언제든 나를 부르면 돼. 밤이든, 낮이든, 언제든 괜찮아. 날 찾아와도 좋고, 아니면 날 불러도 좋고, 네가 원하는 대로 해……. 넌 앞으로 하루 이틀 정도 몸에 힘이 없다가 다시 정상으로 돌아오게 될 건데, 어쩌면 그때 누군가에게 말하고 싶어질 수도 있어……. 꼭 그래야 한다는 것은 아니지만, 단지…….」

말들이 천천히 들려왔고, 의사가 내뱉는 문장들은 명확하게 완성되지 않고 끝부분이 어떤 가느다란 김처럼 방 안에서 증발해 버리곤 했다.

「만일 내가 널 입원시켰다면…… 일은 다른 식으로 진행됐을 거야, 무슨 말인지 알겠니……? 하지만, 지금 이렇게 된 상황에서는, 내가 어떻게 해야 할지……. 그리고 바로 그것 때문에 내가 온 거야. 앞으로 어떤 일이 일어나든…… 그러니까, 만일 무슨 일이 일어난다면 넌 날 찾으면 된다고, 날 부르면 된다고 네게 말해 주려고 말이야…… 언제든지 부르면 돼…… 자, 그거야. 불러서 내게 얘기하면 돼…… 언제든지.」

앙투안도 그리고 이 마을의 그 누구도, 디윌라푸아 박사가 이렇게 길게 얘기하는 것을 들어 본 적이 없었다.

그는 만일 앙투안이 자기 말을 듣고 있다면, 이 말의 메시지를 충분히 받아들일 시간을 주기 위해 오랫동안 조용히 앉아 있었다. 그런 다음 일어나서 아까 들어왔던 것처럼 방을 나갔다. 마치 어떤 초자연적 존재처럼.

앙투안은 지금 일어난 일이 실감이 나지 않았다. 디윌라푸아 박사는 그에게 어떤 말을 한 게 아니라 어떤 자장가를 속삭이고 간 것이다.

앙투안은 누운 자세를 바꾸지 않았다. 그는 밀려오는 잠에 몸을 맡기고, 울부짖는 바람이 그의 방 안에까지 싣고 오는 메아리들에 맞서 싸웠다. 수없이 반복되는 그 찢어지는 듯한 비명 말이다…….

앙투안!

잠에서 깨어났을 때, 이유는 알 수 없지만 이번에는 아주 늦은 시간이라는 확신이 들었다. 하지만 아래층의 TV는 아직 켜져 있었다.

전날에 있었던 일들이 아주 명료하게 떠올랐다. 수색대의 출발, 알약들, 의사의 방문…….

그는 도망쳤어야 했다.

이에 대한 기억 역시 되살아났다. 그는 떠나려고 했었다.

그는 몸을 일으켰다. 기력이 없었지만 어쨌든 일어섰다. 그러고는 재빨리 무릎을 굽혀 침대 밑을 찾아보았다. 아무것도 없었다.

하지만 거기에 옷들로 채워진 그의 배낭을 던져 넣었던 것은 분명한 사실이었다. 너무나도 분명한 사실이었다. 티셔츠도 둘둘 말아 던져 넣었었다.

그는 다시 일어나 서랍장으로 가서 서랍들을 열어 보았다. 모든 게 제자리로 돌아가 있었다. 또 그의 스파이더맨 피규어는 지구의 옆에 놓여 있었다. 그는 책상 서랍들을 열어 보았다. 거기다 넣어 둔 신분증들이 보이지 않았다.

분명히 확인해 볼 필요가 있었다.

그는 자기 방 방문을 살짝 열고는 살금살금 계단을 내려갔다. 1층에서는 속삭이는 것 같은 TV 소리가 들렸다. 그는 현관의 서랍장으로 살그머니 다가가서는 얼굴을 약간 찌푸리며 첫 번째 서랍을 서서히 당겼다. 그의 여권과 미성년을 위한 여행 허가증이 거기에, 원래 있던 바로 그 자리에 가지런히 정리되어 있었다…….

그의 어머니는 머리맡 탁자 위의 알약들을 사라지게 했고, 가출하려고 싸놓은 게 뻔한 배낭을 다시 풀었으며, 여권과 통장을 제자리에 가져다 놓았다. 이것은 확실한 사실이었다…….

앙투안이 도망치려 하는 것을 보고 그녀는 무슨 생각을 했을까? 그녀는 실제로 무얼 알고 있을까? 아마도 아무것도 모를 것이다. 그리고 동시에, 어쩌면 핵심은 파악하고 있을지도 모른다. 그녀는 앙투안이 레미의 실종에 관련되었을 수 있다고 생각하고 있을까?

그는 서랍을 닫고, 다시 한 발을, 그리고 또 한 발을 내딛었다. 그때서야 그는 어머니가 TV 앞에 앉아 있다는 것을 알게 되었다. 마치 눈이 보이지 않는 여자처럼 아주 가까이에 앉아 있었다. 그녀는 지방 채널의 자정 뉴스를 시청 중이었다. 소리는 거의 들리지도 않았다.

〈……금요일 이른 오후에 실종된 어린이에 대한 소식입니다. 어제 국유림에서 벌인 수색은 애석하게도 아무런 소득을 얻지 못했습니다. 이날, 이 어린이가 길을 잃었을 수도 있는 지역 전체를 수색하지 못했고, 특히 생퇴스타슈 숲이 그렇습니다. 군경대는 내일 아침 제2차 수색을 시행하기로 결정했습니다.〉

뉴스 리포트는 나란히 한 줄로 늘어서서 천천히 나아가는 사람들을 보여 주었다.

〈민방위대 잠수부들의 수색은 먼저 보발 연못에 초점이 맞춰졌고, 이 연못의 수색은 내일 아침에도 이어질 예정입니다.〉

불안한 얼굴로 텔레비전을 향해 몸을 기울이고 있는 어머니의 모습은 앙투안의 가슴을 옥죄었고, 죽고 싶은 생각이 들게 했다.

〈이 사건에 대해 신고할 내용이 있으신 분들은 화면 하단에 보이는 무료 통화 번호를 이용해 주시기 바랍니다. 이 여

섯 살 먹은 레미 데스메트 어린이가 실종됐을 당시 입었던 옷은…….〉

앙투안은 자기 방으로 올라갔다.

숲 전체를 하루에 다 뒤질 수는 없었기 때문에 두 번째 수색이 예정되었단다. 내일 아침에.

사람들은 다시 거기로 갈 것이었다.

앙투안에게 행운이 두 번 찾아오지는 않을 것이었다.

그는 이틀 전부터 그림자를 드리워 온 이 폭풍이 마침내 몰아치기만을 간절히 바랐다.

바깥에서는 점점 더 거세어지는 바람이 덧창을 덜컹덜컹 흔들어 댔다.

## 11

바람은 밤새도록 쉬지 않고 불어 댔고, 그 기세가 너무나도 맹렬해진 나머지 심지어는 아침 이른 시간까지 억수같이 쏟아지던 비마저 쫓겨나고, 기진하여 항복해야 했을 정도였다.

폭풍은 이미 프랑스 전역을 휩쓸고 지나오면서 참혹한 흔적을 남긴 터였다. 그리고 그것은 사람들이 기대했던 것처럼 힘이 약해지는 대신에 자신만만한 침략자처럼 이 지역에 다가왔다.

도시 전체가 잠에서 깨어나 있었다.

앙투안은 지난 이틀 동안 쌓여 온 피로의 무게를 느꼈다. 특히나 간밤을 뜬눈으로 지새웠기에 더욱 그랬다.

그는 이제는 피할 수 없게 된 파국이 취하게 될 형태를 상상하며 밤을 보냈다. 그는 폭풍이 몰아치는 소리를 들으며 침대에 누워 있었다. 덧창 뒤로 창들이 드르르 진동했고, 바람이 파고드는 벽난로는 나직이 으르렁댔다. 그는 폭풍 속에 흔들리는 집의 상황과 자신의 삶 사이에서 어렴풋한 상관관계를 느꼈다. 또 어머니에 대해서도 많은 생각을 했다.

레미의 실종과 거기서 앙투안이 맡은 역할에 대해 그녀는 정확히 아는 게 아무것도 없었다. 이런 상황이면 누구라도 섬 뜩한 이미지들과 소름 끼치는 공포에 시달렸을 것이지만, 쿠 르탱 부인에게는 이런 것들을 처리하는 그녀만의 방식이 있 었다. 그녀는 그녀를 괴롭히는 사실들과 그녀의 상상 사이에 다 어떤 막연한 불안감만 투과시키는 높고도 견고한 벽을 세 워 놓고는, 이 막연한 불안감마저 엄청난 양의 일상적 습관들 과 신성불가침의 의식들로 그 힘을 약화시키곤 했다. 삶은 결 국 승리해야 한다……. 이것은 그녀가 너무나 좋아하는 표현 이었다. 이것은 삶이 있는 그대로가 아니라, 그녀가 바라는 상태로 계속 흘러가야 한다는 것을 의미했다. 현실이란 것은 각자의 의지에 달린 문제일 뿐이고, 쓸데없는 걱정들에 사로 잡혀 봤자 아무 소용 없으며, 그것들을 쫓아내기 위한 가장 확실한 길은 그것들을 무시해 버리는 것이었다. 이거야말로 틀림없는 방법이었고, 그녀의 삶 전체는 이 방법이 기막히게 통한다는 것을 보여 주고 있었다.

그녀의 아들은 약장 속에 든 것을 삼켜서 목숨을 끊으려 했 는데, 뭐, 그렇다고 볼 수도 있다. 하지만 이 사실은 코발스키 씨의 수탉 때문에 생긴 배탈과 연결되어 그다지 중요하지 않 은 상황으로, 곧 지나가게 될 — 수프를 이틀 먹으면 모든 게 괜찮아질 거야 — 어떤 불쾌한 순간 정도로 축소되었다.

앙투안의 생각들은 사방을 뒤덮은 이 어두운 분위기와, 금방이라도 집을 무너뜨릴 듯한 바람 소리, 맹렬히 돌아가는 모터처럼 윙윙대는 이 바람 소리와 분리되기 힘들었다.

앙투안은 아래층에 내려가기로 마음먹었다. 그는 어머니가 간밤에 잠자리에 들었을까, 하는 의문이 들었는데, 전날 입었던 옷을 그대로 입고 있었기 때문이다. TV는 아직 켜져 있었고, 볼륨은 최대한으로 낮춰져 있었다.

그녀가 차려 놓은 아침상, 식탁에 올려놓은 식기들은 여느 날의 그것들과 별 차이가 없었지만, 그녀가 덧창을 열어 놓지 않아 마치 한밤중에 아침 식사를 하는 기분이었고, 집 안을 가로지르는 웃풍 탓에 주방 조명등이 흔들거렸다.

「난 못 열겠어…….」

그녀는 겁먹은 표정으로 아들을 쳐다보았다. 그녀는 아침 인사도 건네지 않았고, 그의 건강을 염려하는 말도 하지 않았다……. 그녀가 덧창을 열지 못했다는 사실에 그는 경악하지 않을 수 없었다. 그녀의 목소리에서는 아주 짙은 불안감이 배어 나왔다. 큰 피해를 예고하고 있는 이 날씨는 따끈한 수프 한 그릇으로 진정되지는 않으리라…….

「어쩌면 넌 할 수 있을지도 모르겠다…….」

앙투안은 이 요청 뒤에 여러 가지 다른 것들이 있다는 게 느껴졌지만, 명확히 뭔지는 알 수 없었다.

그는 창문에 다가가 손잡이를 돌렸다. 하지만 그 순간 홱 열린 창문짝에 세차게 밀려 하마터면 그대로 쓰러질 뻔했다. 그는 손잡이를 몸 전체로 떠밀다시피 하여 간신히 그것을 다시 닫았다.

「바람이 좀 잦아들 때까지 기다리는 게 낫겠다…….」

그는 아침 식사를 위해 식탁에 앉았다. 그는 어머니가 아무 질문도 하지 않으리라는 것을 알고 있었다. 그녀는 평소와 똑같은 동작으로 비스코트에 버터를 발랐고, 과일 잼도 식탁의 똑같은 곳에 놓여 있었다. 앙투안은 배가 고프지 않았다. 서로에 대한 몰이해를 적나라하게 드러내는 몇 분간의 조용한 대화가 있은 후, 그는 접시를 치우고 자기 방으로 돌아갔다.

플레이스테이션은 원래의 포장 상자 안에 다시 넣어져 있었다. 앙투안은 그것을 꺼내어 게임을 한번 해보았지만, 정신은 온통 딴 데 가 있었다.

TV 음량이 높아진 것을 들은 그는 복도로 나가 몇 계단을 내려갔다. 뉴스에서 몇 시간 후에 강한 폭풍이 있을 거라고 예고하고 있었다. 강풍이 몰아칠 것이므로, 외출을 삼가라고 권고하고 있었다.

지금 불고 있는 바람은 겨우 시작에 불과하단다.

예고가 현실이 된 것은 그로부터 한 시간도 지나지 않아서였다.

창들은 잎사귀들처럼 진동했고, 틈새마다 바람이 파고들었으며, 집 전체가 음산하게 삐걱거렸다.

불안해진 쿠르탱 부인은 고미 다락방으로 올라갔으나 거기서 채 5분도 견디지 못했다. 강풍에 기와들이 흔들거리고, 여기 저기 물이 새어 벽을 타고 마루로 줄줄 흘러내렸다. 아래충으로 내려오는 그녀의 얼굴은 공포로 창백해져 있었다.

그녀는 뭔가가 세차게 부딪히는 소리가 들리자 소스라치면서 비명을 질렀다……. 그것은 집의 북쪽 끝부분에서 오는 소리였다.

「엄마, 가만히 있어.」 앙투안이 말했다. 「내가 갔다 올게.」

그는 파카를 걸치고 신발을 신었다. 쿠르탱 부인은 어떻게 해서든 그를 붙잡았어야 했다. 하지만 그녀는 말 그대로 공포로 얼어붙어 있던 탓에 아들이 문을 열고 나서야 그가 위험에 노출되었음을 깨달았다. 그녀는 그를 불렀지만, 너무 늦어 버렸다. 그는 벌써 문을 닫고 밖으로 나와 있었다.

보도를 따라 주차된 차들은 불안스레 흔들리고 있었다. 천둥이 마치 이빨을 드러낸 맹견처럼 으르렁댔고, 번갯불은 연발총처럼 번쩍번쩍 터지며 지붕이 쩍쩍 갈라지기 시작하는 집들을 푸르스름한 빛으로 물들이곤 했다.

거리 건너편에는 전봇대 두 개가 서로 포개어져 쓰러져 있는 게 보였다. 바람에 날린 덮개며 양동이며 널빤지 따위가 몸 바로 옆을 획획 지나갔다. 어디론가 달려가고 있는 소방차의 사이렌 소리도 들렸다.

바람은 너무나도 거세어 앙투안을 정원의 반대편 끝으로, 심지어는 그 너머까지 날려 버릴 수 있었다. 뭔가 견고한 것에 몸을 붙여야 할 필요가 있었지만, 지금 자동차들과 지붕들의 꼬락서니를 보면 견고한 것으로 여겨질 만한 것은 전혀 보이지 않았다. 그는 몸을 반으로 접고 엉금엉금 기다시피 하여 집 끝 쪽으로 나아갔다. 그리고 벽 모퉁이 주위를 힐끗 보았을 때, 바람에 날린 양철판 하나가 핑글핑글 돌며 날아왔고, 그가 급히 몸을 숙이자 양철판은 머리에서 불과 몇 센티미터 떨어진 곳을 아슬아슬하게 스치고 지나갔다.

정원에는 전나무가 쓰러져 있었다. 수령이 10년쯤 된 것을 성탄절에 심은 것으로, 앙투안은 이 가족의 의식을 담은 사진들을 가끔씩 들여다보곤 했었는데, 이 무렵에 아버지는 아직 집에서 살았었다.

도시 전체가 휘어지고 구부러지면서 금방이라도 땅에서 뽑혀져 나올 듯이 끊임없이 요동치고 있었다.

앙투안은 다시 몸을 일으켰고 잠시 경계의 끈을 늦췄다. 하지만 그 짧은 방심의 순간에 그는 갑자기 일어난 한 줄기 강풍에 몸이 붕 떠올라 1미터 떨어진 땅바닥에 떨어졌다. 몸을 가누고 도저히 막을 수 없는 어떤 힘에 맞서 보려 했지만, 결국 그는 땅바닥을 데굴데굴 굴러서는 정원의 담벼락에 쿵 하고 부딪혔다. 그는 두 무릎 사이에 머리를 파묻고 몸을 웅크렸다. 숨도 제대로 쉴 수 없었다.

그는 다시 정신을 차렸다. 집 현관문까지 돌아가는 것은 도저히 해낼 수 없는 일로 느껴졌다.

데스메트 씨의 집 전면은 바로 이날 아침에 시작될 예정이었던 제2차 수색을 생각나게 했다. 지금 이 시간은 모두가 생퇴스타슈를 향하고 있어야 옳았으나, 물론 지금 집 밖에는 아무도 없었다. 저쪽 거리 모퉁이까지 걸어가는 것도 불가능해 보였다.

그는 자기네 집 정원과 데스메트 씨네 정원을 나누는 담장까지 기어가서는 재빨리 한 번 훑어보았다. 그네는 땅바닥에 쓰러져 있었다. 그리고 나머지 것들은 모두가 휩쓸려 가서 나지막한 담벼락에 처박혀 있었다. 쓰레기 자루들도 마찬가지 운명이었다. 개의 시체를 담은 자루는 찢어져 있었다. 털로 덮이고, 배가 갈라져 있고, 어두운 윌리스의 유해가 반쯤 삐져나와 있었다. 그걸 본 앙투안은 소름이 끼쳤다. 그는 자기 집 쪽으로 몸을 돌렸다. 지붕 한쪽 모퉁이에 설치된 위성 안테나가 위태롭게 흔들거리고 있었다.

지금쯤 그가 돌아오지 않아 불안해하고 있을 어머니만 아니었더라면 그는 담장에 몸을 딱 붙이고 거기에 계속 있었을 것이다. 집이 산산조각이 되어 날아가는 모습을 끝까지 지켜보기만 했을 것이다.

마침내 그는 바람을 최대한 적게 받기 위해 길게 엎드려서는 기어가기 시작했다. 그런 자세로 정원을 가로지르는 데는 15분이 넘게 걸렸다. 이렇게 집을 한 바퀴 돌아서는 뒤쪽에 있는, 그리고 바람에 조금 덜 노출된 조그만 문을 통해 집 안에 들어가는 데 성공했다.

어머니는 정신없이 달려와 그를 부둥켜안았다. 그녀는 마치 자신이 밖에 나갔다 온 것처럼, 자신이 폭풍과 맞서야 했던 것처럼 숨이 차 있었다.

「아이고 세상에, 내가 미쳤지! 이런 날씨에 널 바깥에 나가게 하다니!」

언제 이 천재지변이 멈출 것인지는 전혀 추측이 불가능했다. 비는 완전히 그쳐 있었다. 뇌우도 이제는 멀어져 가고 있었다. 남은 것은 바람뿐이었는데, 이것은 10분, 10분 시간이 지날수록 갈수록 힘과 속도가 강해졌다.

창문과 덧창이 굳게 닫힌 집 안에 갇힌 그들은 집 전체가 폭풍우 속의 배처럼 삐걱거리는 소리를 들으면서 장님들처럼, 포위된 사람들처럼 살고 있었다. 위성 안테나가 뽑혀져 떨어져 나간 모양으로, 오전 11시경에 TV가 멈췄다. 한 시간 후에는 전기가 끊겼다. 더 이상 전화도 통하지 않았다.

쿠르탱 부인은 차가운 커피 머그잔을 두 손 안에 꽉 움켜쥔 채로 계속 주방에 앉아 있었다. 그런 어머니에 대해 보호 본능에 사로잡힌 앙투안은 그녀를 혼자 두고 싶지 않아 옆으로 가서 앉았다. 그들은 말이 없었다. 어머니는 너무나도 힘든 표정이어서 앙투안은 그녀의 손에 자신의 손을 얹고 싶은 마음이 들었지만 자신을 억제했으니, 이런 상황에서 그런 몸짓이 어떤 끔찍한 문을 열게 될지 알 수 없었기 때문이다.

그는 주방 덧창에서 거리를 내다볼 수 있는 틈이 어디에 있는지 알고 있었다. 그가 본 광경은 그를 오싹하게 했다. 조금 전에 거기 있던 자동차 두 대가 어디론가 사라졌고, 2미터가 넘는 나무 하나가 거리를 따라 맹렬한 속도로 굴러가면서 이곳저곳의 벽들과 정원의 문들에 쿵쿵 부딪혀 대는 것이었다……

이렇게 절정에 이른 폭풍이 거의 세 시간이나 계속되었다.

오후 4시경, 세상이 조용해졌다.

믿겨지지 않는 일이었다.

여기저기 현관문들이 하나하나 조심스럽게 열리기 시작했다.

보발 주민들은 독일 기상학자들이 〈로타르〉라고 명명한 이 태풍이 초래한 것 앞에서 입만 딱 벌릴 뿐 할 말을 잃었다.

하지만 그들은 곧 다시 집 안으로 들어가야 했다.

잠시 태풍에 자리를 내주었던 비가 이제 이 거대한 재앙에 참여할 권리를 주장하고 나선 것이다.

# 12

보발을 덮친 폭우는 너무도 세차고 빗방울이 **빽빽**하여 몇 분도 안 되어 하늘이 새카매졌다. 바람은 완전히 잦아들었기 때문에 장대 같은 빗줄기가 거의 수직으로 떨어져 내렸다. 금방 물에 흠뻑 젖어 버린 거리들은 이내 개울로, 그다음에는 강으로 변하여, 쓰레기통, 우체통, 의복, 상자, 널빤지 등, 몇 시간 전에 강풍에 날려 버린 모든 것들을 싣고 내려갔다. 심지어는 하얀 강아지 한 마리가 허우적대며 떠내려가는 것까지 목격되었는데, 다음 날 녀석은 벽에 부딪혀 죽은 모습으로 발견되었다. 몇 시간 전에 태풍에 날아갔던 자동차들은 지금은 물결에 휩쓸려 빙빙 돌면서 반대 방향으로 떠가고 있었다.

앙투안은 지하실에서 뭔가가 떨어지는 소리를 듣고는 지하실 문을 열고 불을 켜려 해보았는데, 여전히 전기가 복구되지 않은 상태였다.

「앙투안, 내려가지 마!」 쿠르탱 부인이 만류했다.

하지만 그는 벌써 벽에 걸린 손전등을 집어 들고 처음 몇 계단을 내려가고 있었다. 그가 본 광경은 그의 숨을 멎게 했다. 지하실에는 물이 1미터가 넘게 차 있었고, 캠핑 용품, 옷상자, 가방 등, 묶어 놓지 않은 것들은 죄다 물 위에 둥둥 떠 있었다.

그는 황급히 문을 닫았다.

「위로 올라가야 할 것 같아요!」 그가 말했다.

빨리 대책을 마련해야 했으니, 지금의 기세로 물이 1층을 점령해 버린다면, 2층에 피신한다 해도 언제 다시 내려올 수 있을지, 기약이 없었기 때문이다. 회오리바람이 집 안에 난입하려는 것처럼 문을 쾅쾅 두드리는 가운데, 쿠르탱 부인은 서둘러 식품들을 모아서는 층계 계단 위에 올려놓았고, 그녀에게 소중하게 느껴지는 모든 것들 — 핸드백, 사진 앨범들, 서류들이 담긴 신발 상자들, 화분 하나(이것을 왜 골랐는지는 영원히 알 수 없는 일이었다), 그녀의 어머니에게서 물려받은 편물 쿠션 하나 — 도 마찬가지로 했는데, 마치 피난이라도 가는 사람 같았다. 앙투안은 집 안을 돌며 전기 기구들의 코드를 죄다 뽑아 놓았다. 물이 엄청난 속도로 차올랐다. 그것은 먼저 지하실로 통하는 문 아래로 빠져나오더니, 1층의 방들을 하나하나 점령해 갔다. 추려 놓은 것들을 모두 2층으로 올리고 있는 사이에 물이 2, 3센티미터 더 올라왔고, 아무것도 이 도도한 진행을 막을 수 없을 것 같았다.

앙투안은 계단에 앉아 있었다. 첫 번째 계단까지 이른 물은 계속해서 올라오고 있었다. 수면에는 소파 쿠션, TV 안내

책자, 크로스 워드 공책, 빈 상자, 주방에서 쓰는 플라스틱 빗자루 등이 둥둥 떠다녔다.

이런 상황은 그를 불안하게 만들기 시작했다. 지금은 2층으로 피신하면 되지만, 과연 그걸로 충분할까? 그는 가옥의 지붕에까지 차오른 홍수들에 대한 르포르타주들을 떠올려 봤다. 거기서 사람들은 지붕 위로 올라가 굴뚝에 매달려 있었다. 우리도 그렇게 되는 것은 아닐까?

뇌우가 다시 도시에 돌아왔다. 천둥은 마치 방 안에 있는 것처럼 그들의 머리 위로 으르렁댔고, 번갯불은 강렬하고도 눈부신 흰빛으로 창문을 비췄다. 비는 멈추지 않았고, 물은 계속 차올랐다.

앙투안은 어머니가 있는 곳에 가기로 마음먹었다. 이제 바람은 잦아들었고, 쿠르탱 부인은 2층을 방마다 돌며 덧창들을 그럭저럭 열어 놓았다.

그들은 유리창을 통해 시의 풍경이 완전히 바뀐 것을 보았다. 30센티미터쯤 되는 깊이의 물이 마당, 정원, 보도 등 모든 것을 뒤덮었고, 또 갑자기 방류된 강물처럼 누런 흙탕물을 소용돌이치게 하면서 거리를 따라 맹렬히 흘러가고 있었다. 태풍은 지붕들을 뻥 뚫어 놓았고, 어디론가 날아가 버린 기왓장들도 있었다.

그들의 지붕은 어떤 상태일까? 앙투안은 고개를 쳐들었다. 천장은 어두운 색깔이 되었고, 여기저기 물방울이 맺히기 시작하고 있었다. 집 전체가 머리 위로 무너져 내리지 않을까

하는 생각이 들었다. 하지만 밖으로 나가는 것은 불가능했다. 유리창을 통해 보니 동네 슈퍼마켓의 배달용 용달차가 물결에 휩쓸려 가고 있었고, 다른 한 대가 그 뒤를 이었다. 마치 어디선가 제방이 허물어져 버린 듯, 모든 게 붙잡을 곳을 찾지 못하고 떠다니고 있었다. 무쇼트 씨의 푸조 승용차가 마치 커다란 팽이처럼 느릿느릿 돌면서 이쪽에서는 벽에 부딪히고, 저쪽에서는 도로 표지판을 우그러뜨렸다. 몇 분 뒤에는 점점 더 맹렬해지는 물결이 콸콸 굽이치며 흘러가면서 거꾸로 뒤집혀진 시장의 관용차를 싣고 왔고, 그 뒤로는 시청의 울타리가 따라오고 있었다.

쿠르탱 부인은 훌쩍거리기 시작했다. 아마도 앙투안처럼 두렵기도 했겠지만, 무엇보다도 그녀가 늘 알아 왔던 것들이 어이없을 정도로 빠른 속도로 사라지는 게 슬펐기 때문이었다. 지금은 시 주민들 모두가 이 불행을 저마다의 개인적인 시련으로 받아들이고 있을 터였다.

앙투안은 어머니의 어깨를 둘러 안아 주지 않고는 배길 수가 없었지만, 그것은 부질없는 짓이었다. 쿠르탱 부인은 아무것도 사정 봐주지 않고 다 부숴 버리고 파괴하면서 거리를 따라 맹렬히 흘러 내려가는 물결의 광경에 너무도 놀라고 또 매혹된 나머지 아무 정신이 없었던 것이다. 앙투안은 학교 1층의 가구들 전체가 마치 한방에 물에 휩쓸려 나온 것처럼 줄줄이 떠내려가는 놀라운 광경에 충격을 받았다. 홍수가 그의 삶에 다가오고, 그의 삶을 삼켜 버리고 있었다.

이때 불현듯 레미가 생각났다.

물은 차오르고 차올라서 언덕 위, 생퇴스타슈 숲에까지 닿을 거고, 흘러나온 레미의 시체는 물에 둥둥 떠 구덩이를 떠나게 될 것이었다. 그리하여 몇 분 후에 온 보발 사람들이 얼굴을 위로 하고, 팔다리를 활짝 벌리고, 입을 헤 벌리고 유령처럼 이 거리 저 거리를 떠다니는 어린 레미의 시체를 보게 될 것이었다. 그리고 여기서 몇 킬로미터 떨어진 곳에서 다시 발견하게 될 것이었다…….

앙투안은 이제 너무 기진맥진하여 울 힘조차 없었다.

이런 상태가 몇 시간 동안 계속되었다. 앙투안은 규칙적으로 1층으로 내려가 물이 어디까지 차올랐는지 살피곤 했다. 물은 거의 주방 식탁의 상판 높이까지 올라와 있었다.

이윽고 뇌우가 조금씩 멀어져 갔다.

오후 3시경, 보발에는 장대비가 쏟아졌지만, 이것은 오전의 그 무시무시한 폭우와는 전혀 다른 것이었다. 앙투안과 그의 어머니는 각자의 방에서 나올 수가 없었으니, 1층 전체가 깊이가 1미터가 넘는 물에 잠겼기 때문이다. 2층의 상황도 크게 다르지 않았다. 천장에서는 여기저기서 물이 뚝뚝 떨어지고, 침구는 죄다 물에 젖었으며, 습기로부터 벗어날 곳은 아무데도 없었다. 게다가 추워지기까지 했다. 전기도, 전화도 끊긴 집에 갇힌 그들은 구조를 기다리는 생존자들일 뿐이었다.

민방위대 헬리콥터가 보발 상공을 단 한 번 정찰하고 지나갔고, 그 뒤로는 다시 보이지 않았다. 도시는 홀로 내버려진 것이다. 물이 어느 수위에 머물러 있는 이상 아무도 집 밖으로 나올 수 없었다.

창을 통해 보면 일부분밖에 보이지 않는 이 황량한 풍경에 밤의 어둠이 깔렸다.

거리의 조명이 꺼져 컴컴하기는 했지만, 8시경에는 바깥의 수위가 내려가고 있다는 게 느껴졌다. 거리를 콸콸 흐르던 물줄기는 그 기세가 상당히 약화되었다. 1층에 찬 물도 서서히 빠지기 시작했다. 수위가 눈에 띄게 내려가고 있었다. 하지만 공기 중에는 기이한 묵시록의 냄새가 가득했으니, 천둥번개와 폭우에 자리를 내주었던 바람이 이 이야기의 마침표는 자기가 찍겠다는 듯, 또다시 윙윙대고 있었기 때문이다.

물이 빠져 감에 따라 바람은 더 강해졌다. 어떤 거대한 손들이 세차게 밀어 대는 것처럼 집들이 그 토대부터 흔들리고, 문들이 부서질 듯 휘어지는 것이 다시금 느껴졌다……

앙투안과 쿠르탱 부인은 황급히 2층의 덧창들을 다시 모두 걸어 잠가야 했다.

첫 번째 태풍에 뒤이어 두 번째 태풍이 몰려왔다.

몇 시간 전에 왔던 로타르에 뒤이어, 이 두 번째 태풍은 〈마르탱〉으로 명명되었다.

둘 중에서 더 맹렬하고 더 파괴적인 것은 마르탱이었다.

단지 구멍만 뚫렸었던 지붕들은 완전히 떨어져 나갔고, 급류에 꼼짝 못하게 되었던 자동차들은 이제 강풍에 떠밀려 위태롭게 굴러가기 시작했는데, 강풍은 이따금 시속 2백 킬로미터에 달하기도 했다…….

쿠르탱 부인은 그녀의 침실 한쪽 구석 바닥에 머리를 어깨 사이에 묻고 웅크리고 있었다.

그녀는 너무나도 연약해 보였고, 그 모습에 앙투안은 가슴이 찢어지는 것 같았다. 그는 앞으로 그녀를 아프게 할 짓은 절대로 할 수 없다는 것을 다시 한번 느꼈다.

그는 그녀 옆에 앉아 몸을 꼭 붙였다.

그들은 밤새도록 그렇게 있었다.

# 13

새벽이 되자 도시는 쇼크 상태로 잠에서 깨어났다. 집의 현관문들이 하나하나 열렸고, 주민들도 한 명 한 명 고개를 내밀고는 얼빠진, 그리고 겁에 질린 얼굴로 밖으로 나왔다.

쿠르탱 부인도 기진맥진한 몸이었지만 내려와 피해 규모를 살폈다. 1층은 온통 진흙으로 덮여 있었다. 가구들은 물에 흠뻑 젖었고, 물이 찼던 자국은 바닥에서 1미터가 넘는 높이에 긴 직선을 그려 놨으며, 집 전체에서는 물 항아리 냄새가 났지만, 지금 무얼 할 수 있겠는가? 전기도 없고, 전화도 끊어진 이 마당에……. 세상은 다시 평온해졌다. 그것은 시간이 정지한 듯한 어떤 느낌이었다. 더불어 사람들로 하여금 〈이제는 끝났어〉라고 말하게 하는 뭔가가 공기 가운데 느껴졌다. 쿠르탱 부인도 다른 이들과 마찬가지로 그것을 느꼈다. 앙투안은 그녀가 천천히 몸을 일으키는 것을 보았다. 그녀는 크흠 목청을 가다듬고는 좀 더 자신이 생긴 동작으로 한 걸음을 내딛었다. 집 밖으로 나오는 그녀는 쓰러진 전나무를 보았고,

몇 걸음을 더 걸어 몸을 돌려 지붕을 올려다보았다. 그리고 앙투안에게 시청으로 가서, 도움을 받을 수 있는지 알아보라고 시켰다.

앙투안은 외투를 걸치고 신발을 신은 다음, 물이 흥건한 정원을 가로질렀다. 비록 이런 생각이 처음부터 떠오른 것은 아니었지만, 어쨌든 좀 더 자세히 살펴보니 자신과 어머니는 그래도 행복한 축에 속한다는 느낌이 들었다. 그들의 지붕은 기적적으로 무사했다. 기와들이 뒤죽박죽이 되고, 또 바람에 날려가 바닥에 떨어져 깨진 것들도 많았지만, 그래도 지붕이 완전히 망가진 것은 아니었다.

데스메트 씨 집은 좀 더 불운했다. 강풍에 쓰러져 무너져 내린 굴뚝이 지붕을 뚫고 내려가 집 전체를 위에서 아래로 가로질러 지하실까지 이르렀고, 그렇게 떨어지면서 화장실 전체와 주방의 반을 날려 버린 것이다.

베르나데트는 잠옷으로 몸을 둘둘 말고 그 위에 그녀에게는 너무 큰 파카를 걸친 차림으로 바깥에 있었다. 그녀는 멍하니 허공을 바라보고 있었다. 집을 가로지르면서 굴뚝은 레미의 침실 침대를 땅속에 처박아 버렸다. 사람들은 아이가 침대에서 그대로 당했을 수도 있다는, 천장이 아이 위를 덮쳤을 수도 있다는 생각에 몸을 부르르 떨었다……. 지금 그 애는 죽어 있으리라……. 이틀 전부터 그녀에게 몰아치고 있는 어마어마한 비극에 얼이 빠져 버린 그녀는 더 이상 아무것도 느끼지 못하는 듯했다. 그녀의 조그맣고 가냘픈 실루엣은 해변에 실려 온 어떤 표류물처럼 보였다.

데스메트 씨가 레미 방의 창문에 나타났다. 마치 아이를 찾으러 거기 왔는데 아이가 보이지 않아 깜짝 놀란 듯이 입을 딱 벌리고 있었다.

그다음에는 발랑틴이 현관 앞 몇 계단을 내려와 정원에 있는 그녀의 어머니 옆으로 왔다. 전날과 같은 옷차림이었는데, 그녀의 빨간색 진 바지와 조그만 흰색 인조 가죽 점퍼는 마치 밤새도록 누군가와 싸운 것처럼 더럽기 이를 데 없었다. 머리도 온통 헝클어지고 얼굴을 창백해진 그녀는 아마도 그녀의 어머니의 것인 듯한 체크무늬 숄을 둘렀고, 화장은 흘러내려 얼굴 위에 검은 줄들을 그려 놓았다. 앙투안은 도대체 왜 이런 이미지가 떠오르는지 알 수 없었지만, 어쨌든 이 세계의 종말 같은 분위기 속에서 전날의 그 섹시하고도 거만했던 10대 소녀는 길거리로 쫓겨난 어린 창녀 같다는 느낌이 들었다.

반대편에 있는 무쇼트 씨 집으로 눈을 돌려 보니, 덧창들이 떨어져 나갔고, 차양은 무너져 내렸으며, 정원에는 접시만 한 유리 조각들이 땅 위에 삐죽삐죽 솟아 상당한 양의 부서진 기왓장들과 공간을 다투고 있었다.

앙투안은 에밀리가 피로에 전 얼굴을 유리창에 대고 있는 것을 보고 그쪽을 향해 짧게 손짓을 했지만 응답이 없었다. 그녀는 길거리의 어느 알 수 없는 지점을 응시하고 있었다. 그렇게 무표정하게 굳은 얼굴로 창틀에 둘러싸여 있는 그녀의 모습은 옛날에 그려진 어떤 여자아이의 초상화와도 비슷

했다.

그녀의 부모 역시 벌써 부산하게 움직이고 있었다. 무쇼트 씨는 로봇처럼 뻣뻣한 동작으로 정원에 흩어진 모든 것들을 비닐 자루 안에 담고 있었다. 앙투안이 볼 때마다 너무나 아름답다고 느꼈던 그의 아내는 거리를 내다보는 것이 무례한 행동이기라도 하다는 듯이 에밀리의 소매를 잡아당겼다.

앙투안은 시내 중심가 쪽으로 걸으며 마치 폭격당한 도시 같은 풍경을 발견했다.

제자리에 붙어 있는 자동차가 단 한 대도 없었다. 강풍에 휩쓸린 차들은 보발의 어귀까지 밀려가서는 도로 위에 걸쳐 있는 철교의 교각들에 걸렸는데, 층층이 쌓여서 고철의 산을 이루었다. 좀 더 가벼운 오토바이, 스쿠터, 자전거 같은 것들은 사방으로 흩어져 지하실, 자동차 밑, 정원, 강 등, 온갖 곳들에서 발견되었다. 박살 나버린 쇼윈도도 한둘이 아니었고, 상점들 안에 들이친 바람은 물이 뚝뚝 떨어지는 의약품들, 철물점의 부서진 도구들, 르메르시에 씨의 담배 가게에서 파는 팬시 제품 등을 온 도시에 뿌려 놓았다. 기와를 4,50개 잃은 집주인은 이를 다행으로 여겨야 했으니, 다른 이들은 아예 지붕 전체가 없어져 버렸기 때문이다.

인근의 한 공사장의 기중기가 공용 세탁장 위로 풀썩 주저앉아 15세기에 세워진 그 골조는 이제 하나의 추억에 지나지 않게 되었다. 정원들에서, 그리고 엉망으로 부서진 집들의 잔해들 위에서 이따금 아기의 요람 하나, 인형 하나, 신부 화환

하나, 그리고 신이 자신이 얼마나 아이러니를 즐기는 존재인가를 보여 주기 위해 살포시 놓아둔 듯한 물건들이 발견되곤 했다. 젊은 신부[지금 아마도 도(道)의 신도들에게 그들에게 일어난 이 모든 일들은 사실은 좋은 것이라고 설명하느라 정신이 없을 터인데, 이 상황에서는 그렇게 쉽지 않은 작업이리라……]는 이곳에 돌아오게 되었을 때, 신이 지극히 섬세하고 따뜻한 존재이기도 하지만, 동시에 못 말리는 익살꾼이기도 하다는 사실을 느낄 수도 있을 것이었다. 비교적 피해를 덜 입은 성당에서 원화창만이 예외였는데, 이 원화창의 스테인 드글라스들은 박살이 나버렸지만, 종종 난민들의 수호성인으로 여겨지곤 하는 성 니콜라가 있는 부분만은 멀쩡했던 것이다.

강풍에 뿌리가 뽑힌 시청 광장의 플라타너스는 중앙로에 드러누워 승합차 한 대를 짓뭉개 버렸고, 도시 전체를 쑥대밭이 된 두 토막으로 나누어 놓았다. 거센 물결에 휩쓸려 온 캠핑 트레일러 한 대가 시청 건물 벽에 부딪혀 폭발했으며, 보도에는 플라스틱 식기, 침대 매트리스, 벽장 문짝, 침실등, 쿠션, 식품 등이 어수선하게 널려 있었다.

앙투안이 시청에 도착해 보니, 거기에는 그처럼 구조를 요청하러 온 사람들이 여남은 명 모여 있었다. 저마다 자신의 피해 사항들을 열거하는데, 모두가 이 도시에서 가장 피해를 크게 입은 사람같이 보였다. 이쪽에는 급히 대피시켜야 할 나이 어린 아이들, 혹은 연로한 부모가 있으며, 저쪽에는 집이 당장에 무너지려 하고 있단다. 그리고 모두가 다 사실이었다.

바이제르 씨가 서류를 손에 들고 분주한 기색으로 그의 사무실에서 내려왔다. 테오는 그를 졸졸 쫓아다니고 있었다. 시청 내정에 모인 사람들 앞에 이른 시장은 아무도 귀 기울이려 하지 않는 것들을 설명하려 했다. 소방관들은 지금 바빠서 정신이 없을 것이고, 어차피 전화도 되지 않으므로 그들을 부르는 것도 불가능하다. 물론 도청은 전기 공사(公社)와 함께 전기 복구를 위한 계획을 세워 놓은 바 있지만, 이게 몇 시간이 될지 며칠이 될지는 알 수 없는 일이다……. 사람들은 고성을 질러 댔다.

「우리 스스로가 일사불란하게 움직여야 합니다!」 시장은 들고 있던 종잇장들을 흔들어 대면서 외쳤다. 「우선 필요한 것들의 리스트를 작성해야 해요. 시 위원회는 요구 사항들을 취합하여 우선권을 부여할 것들을 뽑아낼 것입니다.」

그는 이러한 상황에서 전문적 능력과 확고한 의지를 표현할 수 있는 행정적 어휘들을 동원하고 있었다.

「체육관은 피해 정도가 그리 심각하지 않습니다. 지금 가장 시급한 일은 체육관을 열어 당장 갈 곳이 없는 사람들을 수용하고, 모두를 위해 수프를 끓이고, 모포를 구하는 일입니다…….」

바이제르 씨는 힘차게 말을 이어 갔다. 이 만연한 혼돈 속에서, 그가 하는 당연한 얘기들은 윤곽이 보이는 일들을 말하고 있기 때문에 사람을 안심시켜 주는 힘이 있었다.

「보발 시내의 교통의 흐름을 회복하기 위해 쓰러진 플라타너스 나무를 잘라서 치워 버려야 합니다.」 그는 말을 이어 나갔다. 「그리고 이를 위해서는 일손이 필요합니다……. 그것도 많이 필요합니다. 여러분 모두가 피해를 당하셨겠지만 그래도 기다릴 여유가 있으신 분들은 가장 어려움에 처한 분들을 도와주셔야 합니다.」

케른벨 부인이 몹시 흥분된 얼굴로 달려와 소리쳤다.

「발네르 변호사님이 자기 집 정원에 쓰러져 있어요! 돌아가셨어요! 나무에 깔려서요.」

「화…… 확실합니까?」

물질적 피해만으로는 충분치 않았던 것인지 이제는 사망자까지 나왔다.

「아, 그럼요! 내가 세게 밀어 봤는데, 꿈쩍도 안 해요. 숨도 안 쉬고…….」

앙투안은 레미의 죽음이 떠올랐다. 자신도 그런 식으로 아이를 깨워 보려 하지 않았던가?

「그를 보러 가야겠소.」 시장이 말했다. 「지금 당장……. 그리고 그 양반을 집 안으로 옮겨 놔야지…….」

그는 잠시 말을 멈췄다. 아마도 구조대의 도착이 지연될 경우, 어떤 조치를 취해야 할지를 생각하는 모양이었다. 사망자를 어떻게 처리해야 할 것인가? 아니, 사망자가 하나가 아니고 여럿이라면? 대체 그들을 어디다 옮겨 놓아야 할 것인가?

「그분 따님은 누가 돌보죠?」 누군가가 물었다.

바이제르 씨는 손바닥으로 자기 머리통을 쓸었다.

그러고 있는 사이에 또 몇 사람이 도착했고, 그중 시의원 두 사람은 시장 뒤에 가서 섰다. 몇 사람이 임시 거처를 제공하겠다고 말했고, 어디 가면 모포를 구할 수 있는지 안다는 사람도 있었으며, 또 어떤 이는 체육관에서 자원봉사를 하겠다고 나섰다. 이렇게 연대 의식이 조금씩 무르익는 가운데, 바이제르 씨는 한 시간 후에 시 위원회실에서 회의가 열릴 터인데, 누구든 참석할 수 있으며, 거기서 제반 사항을 결정할 것이라고 알렸다…….

이때 모여 있는 사람들 위로 누군가의 포효하는 듯한 목소리가 솟아올랐다.

고개들이 일제히 돌아갔다.

「그럼 내 아들은?」 데스메트 씨가 소리쳤다. 「그럼 내 아들 찾는 일은 누가 도울 건데요?」

그는 두 주먹을 꽉 쥐고 늘어뜨린 두 팔을 흔들거리면서 사람들에게서 몇 미터 떨어진 곳에 서 있었다. 놀랍게도 이 고함 소리에는 그에게서 예상될 수 있는 어떤 거센 분노가 실려 있지 않았다. 그것이 표현하고 있는 것은 순수한 비탄 그 자체였다.

「오늘 오전에 수색을 하기로 하지 않았습니까?」

그의 목소리는 한풀 꺾여 있었고, 그가 질문하는 어조는 길을 잃고 방향을 묻는 어떤 행인의 그것에 가까웠다.

거기 있는 모든 이들이 전날 군경대가 주최한 수색 작업에 참여했던 터이고, 거기서 데스메트 씨의 상황에 더 이상 관심을 갖지 않을 이는 아무도 없었지만, 지금 그가 요구하고 있는 것과 모두의 눈앞에 펼쳐진 황폐한 현실 사이에 너무 큰 간극이 있어서 아무도 설명을 해줄 마음이 나지 않았다.

결국 이 설명은 자기 몫이라고 느낀 바이제르 씨가 으흠 하고 목청을 고르고 막 입을 여는데, 누군가의 낭랑하고도 단호한 목소리가 그의 말을 막았다.

「로제, 자네도 지금 이게 어떤 상황인지 잘 알고 있겠지?」

모두가 고개를 돌렸다.

무쇼트 씨가 못 말리는 훈계꾼답게 팔짱을 척 끼고 서 있었다. 에밀리의 아버지는 항상 오만한 자세로 남을 가르치려 드는 사람이었다. 해고되기 전에 그는 너그러움이나 관대함이라고는 찾아볼 수 없는 좀스럽고도 참아 내기 힘든 십장이었다. 그는 자신의 철천지원수 데스메트 씨와 몇 미터 거리를 두고 마주 서 있었다. 그들이 함께 일할 때 레미의 아버지가 그의 따귀를 한 대 후려갈긴 사건은 모두의 기억에 생생했다. 그때 무쇼트 씨는 무려 2미터나 뒷걸음쳐서 대팻밥이 담긴 통에 풀썩 주저앉았고, 사방에서 폭소가 터지면서 그의 굴욕감을 더해 주었다. 바이제르 씨는 사고를 일으킨 사내를 이틀간 정직 처분했지만, 해고하는 것은 거부했다. 어쩌면 그는 실제적인 폭력이었다기보다는 우스꽝스러운 촌극이었던 이 사건을 일종의 인과응보로 여겼는지도 모르겠다.

「지금 통신이 완전히 두절되었어.」 무쇼트 씨가 말을 이었다. 「도시 전체가 피해를 입었고, 온 가족이 거리에 나앉은 경우가 한둘이 아닌데, 그래, 자네는 자신에게 어떤 우선권이 있다고 생각하는 건가?」

그가 말한 것은 사실이긴 하지만 끔찍이도 부당한 얘기였고, 너무나도 비열하여 듣는 이들을 허탈하게까지 만드는 복수심에서 나온 것이었다. 심지어는 앙투안마저도 나서서 뭐라고 대꾸해 주고 싶을 정도였다.

보통 때 같았으면 데스메트 씨는 그에게 달려들었을 것이고, 엉겨 붙은 두 사람을 떼어 놓아야 했을 것이다. 하지만 그럴 필요가 없었으니, 데스메트 씨는 손끝 하나 움직이지 않았다. 이것은 그가 예상했던 대답이었고, 그게 이런 형태로 나왔다고 해서 달라지는 것은 없었던 것이다.

「자, 자……」 시장이 끼어들어 미약하게 입을 열기는 했지만, 그다음 말이 잘 나오지 않았다.

지금 사람들의 목이 메게 하는 것은 단지 데스메트 씨를 도울 수 없다는 사실만이 아니었다. 그것은 아이가 사라진 일은 그게 아무리 비극적인 사건이라 할지라도 이제 2차적인 관심사가 되어 버렸고, 또 모두에게 닥친 재난에 밀려나 공동의 사안의 자리를 영영 회복하지 못하게 되리라는 사실 때문이었다.

이제 아이를 찾는 일을 계속할 수 없게 되었고, 그가 영원히 사라져 버렸다는 사실을 받아들일 수밖에 없게 되었다.

만일 그가 길을 잃었고, 몇 시간 동안 생존해 있었다면, 지금 그는 더 이상 살아 있지 못할 터였다.

따라서 차라리 그가 유괴되었기를 바랄 수밖에 없었다.

뒤이은 침묵은 데스메트 씨에게는 앞으로 그의 것이 될 고독을 예고했다.

그다지 영예롭다고는 할 수 없는 승리를 거둔 게 자못 만족스러운 무쇼트 씨는 시장 앞으로 나아가 자신의 봉사를 제의했다. 만일 자기가 뭔가 도울 게 있다면……

집으로 돌아오면서 앙투안은 손전등이나 건전지 같은, 집 청소를 위한 물품을 좀 구해 보려 했다. 수중에 돈은 없었지만 오늘 같은 날은 외상을 해주지 않겠는가? 하지만 철물점의 완전히 찌그러진 셔터는 아직 내려져 있었다. 이에 그는 성당으로 달려가 양초를 구해 올 생각을 했다.

성당에 들어가면서 그는 안토네티 부인과 마주쳤다. 무거운 시장바구니를 든 그녀는 비웃는 듯한 눈으로 한참 그를 응시했다.

촛대 위에는 양초가 한 개도 남아 있지 않았다.

# 14

 연달아 일어난 이 두 개의 태풍, 이 뇌우, 이 폭우는 너무나
도 큰 충격을 초래하여, 앙투안의 머릿속에서는 앞서 일어난
모든 것들이 흐릿하게 지워져 버렸다. 몇 시간 전에만 해도
그는 레미의 시체가 생퇴스타슈 숲에서 빠져나와 급류에 휩
쓸려 와서는 도시를 가로지르는 모습을 두려움에 떨며 상상
했었다. 그것이 죽은 물고기처럼 배를 위로 하고 둥둥 떠내려
가며 그의 집 앞을, 아이의 부모의 집 앞을 지나가는 광경이
눈에 보였었다…… 하지만 그런 일들은 일어나지 않았다. 요
몇 시간 동안 일어난 일들은 매우 극적인 사건들이긴 했지만
앙투안에게 뜻밖의 휴식을 제공했다. 어쩌면 시체가 보발에
서 수 킬로미터 떨어진 곳에서 발견될 수도 있을 테고, 태풍
에 여러 가지 단서들이 깨끗이 지워져 버렸을 것이다.
 아니면 지금은 유예 기간에 불과할 수도 있고, 며칠 후에
수색이 재개될지도 모른다. 만일 레미의 시체가 아직 제자리
에 있다면, 그것은 제대로 감춰지지 못했기 때문에 두 번째

수색 때는 분명히 눈에 띄게 될 것이었다.

이제 앙투안의 운명은 극히 불확실한 어떤 것에, 그가 매달리기 시작한 어떤 운에 달려 있었다.

쿠르탱 부인은 벌써 집 안을 비질하고 대걸레 몇 개를 사용하여 청소하는 중이었다. 그야말로 끝이 보이지 않는 작업이었다……. 앙투안은 시청이 취한 조치들, 그들의 상황에는 별도움이 되지 않는 조치들을 설명해 줬다.

「각자 알아서 하라는 얘기구먼!」 쿠르탱 부인이 투덜댔다.

「발네르 변호사님이 돌아가셨대…….」

「정말? 아니 어떻게?」

스카프로 머리를 덮은 쿠르탱 부인은 하던 일을 멈추면서, 양동이 위의 대걸레를 꽉 쥔 채로 물었다.

「나무 한 그루가 그분 위로 쓰러진 것 같아…….」

쿠르탱 부인은 조금 더 느려진 동작으로 하던 일을 다시 시작했다. 그녀는 종종 일을 해가면서 생각에 잠기곤 하는, 그런 종류의 사람들 중의 하나였다.

「그러면 그 집 딸내미는 어떻게 되는 거지?」

앙투안도 그 생각을 하자 가슴이 먹먹해졌다. 누가 일요일마다 성당의 중앙 통로에서 그 여윈 소녀를 밀고 갈 것인가? 여름에는 누가 그녀를 시내에서 산책시켜 주며, 그녀가 결코 들어가는 법이 없는 상점들 앞에 휠체어를 세워 주고, 또 누가 그녀에게 아이스크림을 사주어 카페드파리 테라스에서 다른 고객들 사이에 앉아 엄숙한 표정으로 먹을 수 있게 해줄 것인가?

보통 보발에서 변화는 매우 느리고 점진적으로 이루어졌다. 지난 사흘 동안 잇달아 일어난 사건들의 속도와 강도에 주민들은 정신을 차릴 수가 없었고, 풍경은 빨리, 아주 빨리 변하고 있었다.

앙투안은 다시 바이제르 씨를 생각해 봤다. 이곳의 대부분의 사람들과 마찬가지로 그도 바이제르 씨를 전혀 좋아하지 않았지만, 그가 몇 명 안 되는 자원봉사자들을 동원하기 위해 펼친 노력을 생각하지 않을 수 없었다. 사실 그 자신도 결코 좋은 상황이 아니었다. 공장의 지붕이 날아갔고 — 이것은 이날 중에 알게 된 사실이다 — , 기계들을 보호하기 위해 시급히 조치를 취해야 했으며, 재고품을 안전한 곳으로 옮기고, 건질 수 있는 것은 최대한으로 건져야 했다. 그가 대부분의 다른 이들처럼 자신을 먼저 생각한다고 해서 뭐라고 할 사람은 아무도 없었지만, 그는 공동체를 위해 모든 에너지를 쏟아붓는 모습을 보여 주었던 것이다.

그렇다면 우리 집은 어느 정도 멀쩡하게 서 있으니까, 예를 들면, 가서 데스메트 씨네를 도와줘야 하지 않을까?

「얘, 내가 그렇게 할 일이 없어 보이니?」

어머니의 대답은 놀라울 정도로 자동적으로 튀어나왔다.


오후가 시작될 즈음, 시청 앞의 플라타너스 나무는 사람들이 말없이 지켜보는 가운데 여러 조각으로 잘려졌다. 사람들은 이게 몇 살이나 됐을지 궁금했다. 어쨌든 그것은 주민들의 기억이 미치는 때 이전부터 거기 서 있었다. 이제 광장은 벌거벗은 것처럼 휑했다.

상당한 수의 나무들이 보발 주변의 도로들 위에 쓰러져 있어서 기술자들의 접근을 방해했다. 통신도 이틀 동안 거의 막혀 있었다.

그러다 마침내 전기가 복구됐고, 그다음에는 전화가 통했다.

쿠르탱 모자의 집에서는 역겨운 물 항아리 냄새가 났고, 가구 전체를 바꿔야 할 판이었다. 그들은 보험 양식과 도(道)에 보내는 신청 서류를 작성하기 시작했다. 도는 다양한 긴급 구호 자금을 신속히 보내 주겠다고 약속했지만, 실제로는 오래 기다려야 했고, 그 대부분은 영원히 오지 않았다. 블랑슈 쿠르탱은 조용히, 집중하여 마치 개미처럼 일했다. 하지만 별것도 아닌 일에 벌컥 화를 내곤 했고, 반응에 있어서나 동작에 있어서 거칠고도 급작스러웠다.

앙투안은 테오, 케빈, 그리고 다른 몇 명과 함께 공공사업에 참여했다. 이 두 태풍은 앙투안과 테오 사이의 갈등을 지워 버렸고, 아이들은 앞을 다투어, 어떤 아이들은 자기 집 사정이 더 급했음에도 불구하고, 어려움에 처한 가정들을 도우려 했다. 모두가 보이 스카우트 단원들 같았다.

결국 앙투안은 더 이상 견디지 못하고 생퇴스타슈 숲으로 향했다.

국유림의 나무들은 수백 그루씩 무더기로 쓰러져 있었다. 회오리바람이 훑고 지나간 곳들은 나무들이 나란히 쓰러져 인상적인 일직선의 통로들을 이루고 있었다.

생퇴스타슈의 풍경은 더 볼만했다. 그곳에 들어가는 것 자체가 불가능했다. 숲은 말 그대로 깨끗이 쓸려서, 모든 게 땅바닥에 드러누워 있었다. 어떤 기이하고도 이해할 수 없는 이유로 재앙을 견뎌 낸 몇몇 드문 나무들은 이 초토화된 장소에 세워진 망루 같은 느낌을 주었다.

앙투안은 생각에 잠긴 얼굴로 집에 돌아왔다.

쿠르탱 부인은 다락방에서 낡은 트랜지스터라디오 한 대를 꺼내 와서는 거기에다 집의 이런저런 전기 기구들에서 주워 모은 건전지들을 끼웠다. 그녀는 고개를 기울여 칙칙거리는 조그만 라디오 수상기에 귀를 대고 있었는데, 그 모습을 보고 있노라니 마치 2차 대전 때 프랑스가 독일에 점령되었던 시절로 돌아온 듯한 기분이었다…….

「앙투안, 좀 조용히 해! 잘 안 들린단 말이야!」

군경대 대위는 레미 데스메트 어린이의 실종과 관련된 수사는 〈중단 없이 계속될 것〉이라고 단언하면서도, 보발 주변이 너무 큰 피해를 입었기 때문에 새로운 수색 작업은 행해질 수 없다고 덧붙였다. 지금 군경대는 대부분의 병력이 수해 복구 작업에 투입된 관계로…… 등등.

태풍이 지역에 미친 충격은 〈저녁 스페셜 리포트〉에서 주제로 다뤄졌다.

인터뷰에 응한 바이제르 씨는 설명하기를, 지금 보발시 재산인 수백 헥타르의 나무들이 쓰러져 있는데, 자신은 이 나무들이 유실되는 일이 없도록 벌목 회사들이 와서 나무들을 잘라 목재화하도록 그들을 설득하는 데 전력을 기울이고 있단다.

한편 오랫동안 수많은 법적 상속인들 —— 이들 외에도 찾아내지 못한 상속인들이 부지기수였다 —— 간의 끝없는 분쟁의 대상이 되어 온 생퇴스타슈의 임야는 상업적 가치가 별로 없었으므로 현 상태 그대로 남을 것이었다.

앙투안은 가기 방으로 올라갔다. 레미는 죽었고, 영원히 사라져 버렸다.

이제는 끝난 것이다.

레미 데스메트는 하나의 추억이 되었고, 아주 오랫동안 그렇게 남을 것이다. 먼 훗날, 숲이 드디어 재개발될 때 아이의 유해를 발견한다 해도 남은 게 거의 없을 것이다.

또 어차피 앙투안은 멀리 떠나 있을 거고.

왜냐하면 그의 머릿속엔 한 가지 생각밖에 없었으니, 그것은 보발을 뜨는 것이었다.

그리고 다시는 돌아오지 않는 것이었다.

2이1년

# 15

세월은 쿠르탱 부인의 원칙들에 조금도 영향을 미치지 못했다. 앙투안은 이 원칙들에 맞서는 게 엄청나게 힘들고도 불필요한 일이라는 것을 아주 일찍 깨달았다. 네, 알았어요, 르메르시에 씨 집의 파티에 갈게요. 저녁 7시경에 갈게요. 약속할게요……. 그는 거기에 너무 오래 있지 않아도 된다는 허락만 얻어 냈을 뿐이다. 시험 준비를 해야 한다는 핑계는 그의 어머니에게는 언제나 통하는 확실한 알리바이가 되어 주었다.

그는 로라의 전화를 기다리면서 조금 걷기로 했다. 그녀가 옆에 없으면 항상 무료했고, 그녀의 존재가, 그녀의 가늘고도 유연한 두 팔이, 그녀의 부드러운 숨결이 그리웠다. 빨리 그녀와 함께 있고 싶었고…… 그녀와 섹스를 하고 싶어 미칠 것만 같았다. 그녀는 아주 자극적이고, 어떤 금기에도 얽매이지 않으며, 욕구와 쾌락을 공기와 음식만큼이나 필요로 하는 갈색 머리 아가씨였다. 총명하면서도 꽤나 무모한 성격인 그녀는 어떤 관능적인 관계에 정신없이 뛰어들 수도 있지만, 조금

이라도 낌새가 이상하면 언제나 그녀를 위험에서 벗어나게
해주는 날카로운 자기 보전 감각 또한 지니고 있는 여자였다.
뛰어난 외과 의사로서의 장래가 촉망되는 이 아가씨는 또한
보기 드문 활력으로써 앙투안을 유황 냄새 자욱한 짜릿한 모
험들에 끌어들이기도 했다. 앙투안에게 있어서 로라와의 삶
은 그가 행복하고도 열정적으로 빠져드는 어떤 불꽃놀이, 항
상 뭔가를 기대하게 만드는 어떤 것이었다. 로라는 그의 삶의
빛나는 해안이었다. 때로 그는 그녀와의 이별의 순간들이, 너
무나도 슬픈 동시에 너무나도 기대로 충만한 그 순간들이 너
무도 황홀하게 느껴졌다. 또 때로는 오늘처럼 그녀와 떨어져
있으면 마음이 너무 무거웠고, 끔찍이도 외로웠다. 로라와의
관계는 남녀 관계를 열정적이고도 일시적이며 언제나 철회할
수 있는 것으로만 받아들이는 이 젊은 여인 자신만큼이나 처
음부터 폭발적인 것이었다. 그리고 이 관계는 이어지고 또 이
어져, 그들이 사귄 지 벌써 3년이나 되었다. 그들은 아이 없
이 살고 싶다는 바람을 공유하고 있었는데, 젊은 여자에게는
매우 드문 것이라 할 수 있는 이런 성향은 앙투안에게는 그야
말로 안성맞춤이었다. 그는 한 아이의 무게와 그에 따른 책
임, 즉 한 아이의 삶을 자신이 감당할 수 있으리라 상상되지
않았다. 그것은 한마디로 불가능했다. 그것을 생각하는 것만
으로도 공황감에 사로잡혔다. 그리고 항상 최대한 멀리 떠나
고 싶어 안달하는 앙투안은 학업을 마치면 인도주의적 구호
단체에 속해 활동하고 싶은 바람을 내비쳤는데, 로라도 그걸

생각해 왔단다. 풍부하고도 거침없는 성(性)에 기반을 둔 그들의 관계는 이 공동의 계획으로 인해 더욱 단단히 결속되었다. 어느 날 로라가 말했다. 〈인도주의적 구호 단체에서 활동하려면, 행정적으로는 결혼을 하는 게 더 편할 거야…….〉 그녀가 마치 쇼핑 리스트에 살 물건을 하나 추가하듯이 무심한 듯 던진 이 문장은 앙투안으로 하여금 그들의 관계를 다시 생각해 보게 했고, 그의 정신 속에 어떤 새로운 물줄기가 만들어지게 했다.

이제 로라와 결혼한다는 생각은 그를 행복하게 해주었고, 그녀가 이 결혼을 제의했다는 사실은 자기 자신과 어느 정도 화해할 수 있게 해주었다.

노트북 마우스에 넣을 건전지가 필요했던 그는 시내로 가려고 집을 나섰다.

어머니의 집을 나온 그는 전에 데스메트 가족의 집이었던 곳의 정원 쪽으로 힐끗 시선을 던지지 않을 수 없었다. 개축된, 아니 거의 다시 지어졌다고 할 수 있는 그 집에는 이제 쿠르탱 부인이 친절하게 대하긴 하지만 순수하게 이 지역 출신은 아니기 때문에 약간 거리를 두고 지내는 40대 부부와 그들의 쌍둥이 딸들이 살고 있었다.

태풍이 있은 후부터 데스메트 일가는 보발의 변두리 동네인 아베스에서 공영 주택을 얻어 살고 있었다. 데스메트 씨는 2000년 초에 바이제르 공장의 상황상 필요하게 된 해고의 물결을 놀랍게도 피해 갈 수 있었다. 사람들은 그가 살아남은 것은 불행한 일을 당한 그에 대한 동정심 때문이었다고 수군거렸다. 무쇼트 씨는 이런 맥락으로 갖가지 비열한 소문들을 퍼뜨렸으나, 이 소문들은 저절로 멈춰 버렸으니 몇 달 후 데스메트 씨가 잠을 자다가 뇌동맥류 파열로 사망했기 때문이다.

데스메트 부인은 그동안 많이 늙었다. 얼굴은 주름살로 가득하고 거동은 무기력했다. 앙투안은 이따금 그녀와 마주치곤 했는데, 이제 그녀는 살이 쪘고, 마치 평생 동안 청소부로 일한 여자처럼 절뚝거리며 힘겹게 걸었다.

앙투안의 어머니는 더 이상 그녀와 친구 사이가 아니었다. 그녀는 마치 그들이 어떤 불화를 겪은 것처럼, 마치 어떤 은밀하고도 결정적인 일화로 인해 서로 결별한 것처럼 행동했다. 베르나데트가 아베스로 이사 간 이후로, 그들은 서로 만날 기회가 전혀 없었다. 이따금 이런저런 상점에서 마주치기는 했지만, 그때에도 아주 간단한 인사말 한마디만 던지며 휙 지나치곤 했다. 전에 그들을 묶어 주었던 이웃 간의 연대 의식을 태풍이 쓸어 가버린 것이다. 그런데 아무도 이런 사실에 주의를 기울이지 않았고, 심지어는 데스메트 부인 자신조차 그랬다. 그 고통스럽고도 혼란했던 시기에 사람들 간의 우정은 꺼져 버렸고, 새로운 관계들이, 때로는 예기치 못했던 관계들이 형성되었다. 보발시를 덮친 일련의 불행한 사건들이 주민들 간의 관계망에 깊은 변화를 가져온 것이다. 그의 어머니와 데스메트 부인에 대해서 앙투안은, 물론 다른 사람보다 그 내막을 잘 알고 있었다. 하지만 그것은 사람들이 아주 드물게만 얘기하는 시절, 쿠르탱 부인이 〈99년의 태풍〉이라는 말로 간단히 정리해 버리는 ── 마치 그때 보발에서 나무 몇 그루 쓰러지고 지붕 몇 개 날아간 일 외에는 특기할 만한 일이 전혀 일어나지 않았던 것처럼 ── 시절에 속한 일이었다.

그녀는 오랫동안 걱정에 사로잡혀 있었다. 지역 뉴스들을 주의 깊게 시청했고, 매일 아침 신문을 읽었는데, 전에는 전혀 하지 않던 일들이었다. 그녀의 불안감은 점차로 수그러들어, 결국 TV를 꺼버렸으며, 일간지 구독도 갱신하지 않았다.

앙투안은 오른쪽으로 길을 돌아 중심가 쪽으로 향했다. 그가 느끼는 것은 항상 같았다. 그는 이 모든 것들이, 이 집이, 이 거리가 끔찍이도 싫었다. 그는 보발을 증오했다.

그는 고등학교에 진학할 때부터 이곳을 탈출했다. 그의 어머니는 그가 기숙사 생활을 원하는 것에 놀랐다. 이제 그는 그녀를 보러 이곳에 돌아오곤 하지만, 가급적 오지 않으려 했고, 가급적 짧게 머물렀다. 오기 며칠 전부터 마음이 무거웠고, 오게 되면 금방 떠났으며, 항상 새로운 핑계를 찾아냈다.

일상생활에서 그는 잊고 지냈다. 레미 데스메트의 죽음은 옛날에 주위에서 일어난 어떤 사건, 어린 시절의 어떤 괴로운 추억 정도에 불과했고, 그렇게 아무 문제 없이 몇 주고 보낼 수 있었다. 그러다가 갑자기 거리에서 마주친 어떤 조그만 사내아이, 영화의 한 장면, 혹은 어떤 군경의 모습 등은 그의 안에 억누를 수 없는, 제어하기 불가능한 공포를 촉발시켰다. 공황감이 휩싸 오고, 파국이 임박했다는 느낌이 그의 삶을 삼켜 버렸다. 이럴 때면 그는 이 압박감에서 벗어나기 위해 천천히 심호흡을 하면서, 혹은 자기 암시를 하면서 엄청난 노력을 경주해야 했으며, 느닷없이 고동치는 자신의 상상을 갑자기 과열된 모터가 다시 식기만을 초조하게 기다리듯 지켜보곤 했다.

사실 공포는 결코 그를 놓아주지 않았다. 그것은 꾸벅꾸벅 졸기도 하고, 잠이 들기도 하다가, 다시금 돌아오곤 했다. 앙투안은 조만간 그 살인 사건이 자신을 쫓아와 자신의 삶을 요절내 버릴 거라는 확신 속에 살았다. 그는 30년 형을 선고받게 될 것이었다. 이 형량은 범행 당시 미성년자였다는 점이 감안되어 절반으로 줄겠지만, 15년도 삶 전체나 마찬가지였으니, 그 후에는 더 이상 정상적인 삶이 없을 거였기 때문이다. 유아 살해범은 결코 평범한 사람으로 돌아올 수 없는 것이다. 게다가 누가 열두 살짜리 살해범을 평범한 사람으로 간주하겠는가?

공식적인 수사는 결코 종결되지 않았다. 또 앙투안은 공소시효를 기대할 수도 없는 처지였다.

조만간에 예상치 못했던 강력한 태풍이 다시 발생할 거였고, 오랜만에 일어나는 만큼 수십 배로 배가된 위력으로 모든 것을 휩쓸고 지나가면서 그의 삶을, 그의 어머니와 그의 아버지의 삶을 무참히 파괴해 버릴 것이었다. 그것은 단지 몰려와서 그를 죽일 뿐만 아니라, 그를 역사의 한 인물로 만들 것이었다. 그의 이름, 그의 얼굴은 아주 오랫동안 유명한 것으로 남을 것이고, 현재의 그의 모습 중 살아남는 것은 아무것도 없을 것이었다. 그는 〈유아 살해범〉, 〈어린 살해범〉, 〈조숙한 살인마〉, 범죄학 분야에서의 새로운 전례, 아동 정신 의학 분야에서의 보충적인 임상적 케이스가 될 것이었다.

이런 이유로 그는 무엇보다도 떠나고 싶어 했다. 아주 멀리 떠나고 싶어 했다. 그는 보발에서 멀어져 세상의 끝까지 간다 해도 어떤 영상들이 자신을 계속 따라다니리라는 것을 알고 있었지만, 적어도 거기서는 자신의 비밀과 멀게 혹은 가깝게 관계된 사람들과 마주칠 염려는 없을 것이었다.

로라는 이따금 땀에 흠뻑 젖어 있거나, 열에 들떠 있거나, 극도로 흥분해 있는 그의 모습을 발견하곤 했다. 혹은 반대로 우울하고, 기운이 하나도 없고, 낙담한 모습을. 그녀는 예고 없이 찾아오는 그의 이런 공황 상태들을 설명하기 힘들었고, 인도주의적 활동가로서의 그의 자질도 때로는 회의적으로 느껴졌다. 이런 이유에서, 또 그녀는 영원히 비밀을 모르고 지내기로 결심할 수 있는 성격이 아니기 때문에 규칙적으로 이 문제를 다시 언급하곤 했다. 하지만 허사였다. 앙투안은 자기가 살았던 곳에 그녀를 데려가는 법이 없었다. 만일 그리한다면 그녀는 그와 가까운 사람들과 얘기를 나눌 것이고, 뭔가를 이해하게 될 것이고, 그를 도우려 들 것이었다.

그가 시청에 도착했을 때 로라에게서 전화가 걸려 왔다.

「그래, 자기 엄마 어떠셔?」 그녀가 물었다.

쿠르탱 부인은 로라의 존재를 까맣게 몰랐다. 이렇게 비밀을 지키려 드는 앙투안의 신비스럽고도 비합리적인 태도는 얼마 동안 로라를 짜증 나게 했지만, 그녀는 순전히 사회적 성격의 일들에 지나친 중요성을 부여하는 기질이 아니었다. 그녀는 이 점을 가지고 농담을 했고, 앙투안이 당황하여 쩔쩔 매면 맬수록 더욱 재미있어 했다.

「그래, 내가 오지 않아서 화가 나지는 않으셨겠지?」

이번에는 앙투안은 당황해하지 않았다. 지금 그에게는 로라가 필요할 뿐이었다. 그에게 있어서 섹스는 언제나 강력한 신경 안정제였다. 그는 다짜고짜 그녀에게 노골적인 얘기들을 다급하게 속삭였고, 그녀는 이내 조용해졌다. 그는 마치 자기가 그녀의 몸 위에 엎드려 있고, 그녀는 눈을 감고 있는 상황인 것처럼 속삭였다. 그러다가 그는 말을 멈추고는 욕망으로 포화된 침묵의 시간을 오랫동안 흘려보내면서, 수화기 저편에서 그녀가 내는 긴장된 숨소리를 듣고 있었다.

「자기, 거기에 있어?」 마침내 그녀가 물었다.

갑자기 침묵의 성격이 바뀐 것을 느낀 것이다. 앙투안은 더 이상 그녀 위에 있지 않았다. 그의 정신은 딴 데 가 있었고, 그녀는 그것을 느꼈다.

「앙투안?」

「응, 나 여기 있어…….」

그의 어조는 그렇지 않다고 외치고 있었다.

그는 르메르시에 씨 가게 진열창의 오른쪽 귀퉁이에서 해마다 조금씩 빛이 더 바래 가는 레미 데스메트의 사진을 늘

보아 왔다. 아직도 사람들의 대화 중에 실종된 아이의 이야기가 불쑥불쑥 튀어나오곤 했다. 그런 신비한 사건은 쉽게 잊어버릴 수 없는 법이다. 하지만 목격자를 찾는 벽보들은 햇빛에 바랬고, 그것이 떨어져 내리면 다른 것으로 대체하지 않았었다. 이제 그것은 군경대 사무실에서만, 다른 지역들에서 온 십여 장의 다른 실종자 사진들 사이에서만 찾아볼 수 있을 뿐이었다. 그리고 여기, 르메르시에 씨 가게에서도 볼 수 있었다.

「앙투안?」

벽보의 위치가 바뀌어 있었다. 그것은 이전처럼 진열창의 끄트머리에 붙어 있지 않고, 다시 가운데 쪽으로 옮겨져 있었다. 그리고 그것은 더 이상 색이 변한 오래된 인쇄물이 아니라, 최근에 다시 만든 더 크고도 산뜻한 초상화였다.

앞머리를 단정히 빗어 내리고, 조그만 파란 코끼리 그림이 박힌 티셔츠를 입은 아이 옆에, 그와 기이하게도 흡사한 어떤 10대 소년의 얼굴이 보였다. 어떤 모핑 프로그램을 이용하여 열일곱 살이 된 레미 데스메트의 모습을 상상해 본 것이다.

「앙투안!」

벽보는 레미가 당시에 어떤 옷을 입었는지 더 이상 묘사하지 않았고, 그가 실종된 날짜인 1999년 12월 23일을 더 이상 언급하지 않았다. 앙투안은 진열창 유리 위에서 자신의 그림자가 그가 한 번도 본 적이 없는, 그리고 존재하지 않는다는 것을 오직 그만이 알고 있는 이 10대 소년의 얼굴과 기이하게 겹치는 것을 보았다. 보발 사람들 모두가 어린 레미가 아직 살아 있기를, 자신이 누구인지 잊어버린 채로 어디선가 성장했기를 바라고 있을지 모르지만, 그것은 환상이요, 거짓이었다.

그는 데스메트 부인을 생각했다. 그녀의 뷔페 테이블에도 이 벽보 한 장이 놓여 있을까? 그녀는 매일 아침 그녀가 아마도 여전히 사랑하고 있을 이 아이와 그녀가 알지 못하는 이 소년을 들여다볼까? 그녀는 어느 날 아이를 다시 만나기를 바라고 있을까, 아니면 완전히 포기해 버렸을까?

앙투안은 마침내 로라에게 응답했지만, 통화가 끊긴 후였다. 그는 다시 걷기 시작했다. 왠지 초조했고, 성적 흥분감은 어떤 막연한 불안감에 자리를 내준 뒤였다. 응, 나 여기 있어, 라고 그는 로라에게 말했지만, 차에 올라타 그대로 도망가 버리고 싶었다.

「자기 언제 돌아올 거야?」 로라가 물었다.

「아주 빨리. 모레…… 아니. 내일……. 잘 모르겠어.」

사실 그는 〈당장〉이라고 말하고 싶었다.

그는 물건을 사려는 계획을 포기하고 그냥 집으로 돌아왔다. 자기 방으로 올라가 책을 읽고 메모하기 시작했으나, 아까 본 벽보가 계속 그를 불안하게 만들었다. 하지만 아무리 생각해 봐도, 누군가가 시체를 발견하는 일이 일어나지 않는 한, 그 어떤 위험도 있을 수 없었다. 물론 수사는 공식적으로 종결되지 않았지만, 레미 데스메트를 적극적으로 찾고 있는 사람은 아무도 없었다. 이것은 아주 비이성적인 생각이긴 했지만, 위험은 바로 이 도시 자체이며, 자기가 이곳에 접근할 때 비로소 존재하기 시작한다고 그는 느꼈다.

그는 두세 번 불편한 마음을 억누르고 생퇴스타슈 쪽으로 가보았다. 그곳은 12년 전에 태풍이 휩쓸고 간 상태 그대로 방치되어 있었다. 쓰러져 서로 포개어진 나무들은 그대로 썩어 가고 있었으며, 숲 중심부로 들어가는 것은 거의 불가능했다. 그는 10년이 지난 지금, 레미 데스메트의 시체가 지금 어떤 상태가 되었을지, 그 자신 의사였기 때문에 잘 알고 있었다……

그리고 갑자기, 르메르시에 씨 가게의 진열창에 붙은 그 합성 사진으로 인해 죽은 아이는 일종의 생명의 형태를, 그의 악몽들에서만큼이나 세밀하고도 생생한 현실성을 되찾게 되었다. 세월과 함께 변한 것, 그리고 앙투안을 슬프게 하는 것은 이제 여기에 대해 아무에게도 말할 수 없게 되었다는 것이라기보다는, 중요성의 순서가 뒤바뀌었다는 사실, 이제 중요한 것은 더 이상 그가 죽인 어린아이가 아니라는 사실을 확인하는 것이었다. 그의 모든 노력, 그의 모든 정신은 자기 자신에게로, 안전과 무사함에 대한 자신의 열망으로 향해져 있었다. 얼마 전부터 그는 레미의 축 처진 작은 손들이 그의 앞에서 흔들거리는 것을 보면서 소스라쳐 깨어나지 않게 되었고, 살려 달라고 외치는 그의 찢어지는 듯한 비명 소리를 듣지 않게 되었다. 이 비극의 주인공은 더 이상 희생자가 아니라, 살인자였다.

곧 7시 30분이었고, 여기서 더 늦게 도착하면 예의가 아니었으므로 그는 집을 나섰다.

르메르시에 씨의 60회 생일 파티였다. 지금은 6월 하순, 공기는 벌써 아주 훈훈하여 거의 여름 날씨나 다름없었다. 정원의 바비큐 파티, 음악, 꽃줄 장식, 통상적인 용품들, 고기굽는 냄새……. 그리고 백포도주와 적포도주가 담긴 조그만 통들도 보였다. 사람들은 푹 내려앉는 종이 접시에 음식을 담아, 아무것도 잘리지 않는 나이프로 먹었다.

보발에서 삶은 째깍대는 시계처럼 단조롭게 흘러가고 있었다. 과거에 일련의 비극들과 수수께끼 같은 사건들로 뒤흔들렸던 도시는 평화로운, 아니 거의 정지된 듯한 흐름을 되찾았고, 앙투안이 알았던 사람들은 10년이 지난 지금에도 똑같은 모습이었으며, 몇 가지 세부만 제외하면 그들과 거의 비슷한 다음 세대들로 교체되어 가고 있는 중이었다.

「아유, 정말 멋지게 준비했네! 그렇지 않니, 앙투안?」

쿠르탱 부인은 르메르시에 씨의 집에서 매주 몇 시간씩 파출부 일을 했는데, 그녀의 말로 이 르메르시에 씨는 아주 확실한, 아주 괜찮은 사람이란다. 그녀의 언어에서 이 표현은 코발스키 씨(그녀는 그의 가게에서 일하지 않은 지 오래되었고, 그에 대해서는 더 이상 얘기하지 않았다)와는 달리 그는 정확히 제때에 급료를 지불한다는 뜻이었다.

앙투안은 사람들과 악수를 나눴고, 그들이 권하는 와인 한 잔을 마셨고, 또 한 잔을 마셨고, 바비큐를 먹었다. 또 그는 어머니가 시킨 대로 르메르시에 씨에게로 가서 생일을 축하

하고, 또 초대해 준 것에 대해 감사를 표했다.

플라스틱 샴페인 잔을 손에 든 쿠르탱 부인은 무쇼트 부인과 대화 중이었다. 베르나데트 데스메트와 사이가 멀어지게 한 일들은 기이하게도 그녀를 에밀리의 어머니와, 하루의 반은 성당에서, 나머지 반은 집안일을 하며 보내는 이 너무나도 예쁘면서도 근엄한 얼굴의 여자와 가깝게 만들어 주었다. 바이제르 공장의 경기가 회복되자 무쇼트 씨는 다시 채용되었지만, 이 긴 실업 기간은 그의 얼굴에서 읽을 수 있는 원한과 앙심을 남겼고, 그의 가혹한 시선을 피해 갈 수 있는 것은 아무것도 없었다. 그는 정말이지 완전히 글러 먹은 이 세상에 대한 원한의 대부분을 그를 해고하지 않을 수 없었을 때에는 그의 원수였다가, 다시 채용한 날에는 그의 구세주가 되었던 바이제르 씨에게 쏟아부었다. 그는 바이제르 공장에의 복귀를 마치 오랫동안 부당한 처우를 당하다가 마침내 자신의 정당한 권리를 회복한 사람처럼 엄숙하면서도 흡족한 기색으로 받아들였다. 그는 늘 누군가를 증오했으며, 데스메트 씨는 아주 오랫동안 미워했다. 그리고 그가 죽고 난 지금, 바이제르 씨는 그의 혐오 대상자 중에서 제1순위를 차지하게 되었다. 르메르시에 씨 집의 정원이 허용하는 한에서 가장 멀찌감치 떨어져 있는 이 두 남자는 이날 파티 내내 마주칠 때마다 서로 눈길조차 주지 않았다. 바이제르 씨는 공장에서 그에게 어떤 지시를 내려야 할 일이 생기면, 〈십장 양반〉이라는 호칭만을 사용하는 모양이었다.

한편 그의 아내에 대해 말하자면, 앙투안에게 있어서 이 여자는 하나의 수수께끼요, 모순 그 자체였다. 패션모델의 몸매를 지닌 이 독신자(篤信者)는 말도 거의 없고, 미소 짓는 일도 거의 없는 것이 마치 어떤 프리마돈나나 도도한 미녀 흉내를 내는 것 같은 인상을 주었는데, 앙투안은 이런 모습이 히스테리의 한 형태일 수도 있다고 느꼈다.

「안녕, 의사 선생님…….」

「어이, 닥터, 안녕하신가!」

금발을 늘어뜨리고 미소를 머금은 에밀리는 플라스틱 잔을 마치 어떤 과일처럼 살며시 잡고 있었다. 테오는 손바닥을 핥으며 남은 소시지 조각을 끝내고 있는 중이었다. 앙투안은 그들을 오랫동안 보지 못했었다. 그는 에밀리에게 볼 키스를 했고, 테오는 종이 냅킨으로 서툴게 손을 닦은 뒤, 그 손을 앙투안에게 내밀었다. 찢어진 청바지, 상체에 꼭 죄는 재킷, 뾰족한 구두……. 그의 옷차림은 자신은 이 시골 동네에 속하고 싶은 마음이 전혀 없다는 것을, 자신은 다른 종류의 인간이라는 것을 말해 주고 있었다. 그는 샴페인을 〈리필〉해 주려고 두 사람의 잔을 들고 떠났다.

앙투안은 에밀리와 같이 있으니 기분이 어색해졌다. 그녀는 여전히 그 묘한 시선으로 그를 쳐다보았다.

「왜, 내가 쳐다보는 게 이상해?」 그녀는 재미있어 하며 이렇게 물었다.

앙투안은 대답을 시도했다 해도 제대로 설명하기 힘들었

을 것이다. 그녀는 늘 그에게 뭔가를 질문하고 싶어 하는 듯한 표정이었다. 혹은 그가 말하는 것에, 혹은 그라는 사람 자체에 놀란 듯한 표정이었다.

시간이 지남에 따라 에밀리는 점점 더 자기 어머니를 닮아 갔다. 여전히 자기 어머니를 열렬히 숭배했고, 그녀를 세상에서 최고로 여겼다. 에밀리가 그녀를 이렇게나 많이 닮게 된 것은 조금도 놀라운 일이 아니었다. 보발에서는 다 그랬다. 이 도시에서 아이들은 그들의 부모를 닮아 갔고, 또 그들의 자리를 이어받을 날만을 기다리고 있었던 것이다.

앙투안과 에밀리는 파티에 대해 몇 마디 담소를 나눴다. 앙투안은 그녀의 근황을 물었다. 그녀는 마르몽의 크레디 아그리콜 은행에서 일하고 있단다.

「나 약혼했어.」 그녀는 반지 하나를 자랑스레 보여 주면서 말했다.

아, 그렇지! 보발은 아직도 사람들이 약혼을 하는 그런 도시이기도 했다.

「테오하고?」 그가 물었다.

에밀리는 풋, 하고 웃음을 터뜨리면서 곧바로 손으로 입을 가렸다.

「아니야! 세상에 내가 어떻게 테오하고 약혼을 하니?」

「뭐, 그러니까, 난…….」 앙투안은 자신의 질문이 그렇게 우스꽝스럽게 들렸다는 사실에 약간 기분이 상하며 더듬거렸다.

그녀는 반지를 다시 한번 보여 주었다.

「제롬은 육군 중사야. 지금은 뉴칼레도니아에서 근무 중인데, 올 10월에 프랑스로 전근 오게 될 거야. 그때 우린 결혼할 거고…….」

앙투안은 이상하게도 질투심이 느껴졌다. 그것은 그가 그녀의 삶 가운데 존재했던 한 남자였기 때문이 아니라, 그녀의 삶 속에 한 번도 들어가 본 적이 없었기 때문이었다. 전에 학교 다닐 때도 마찬가지였다. 그들은 한 번도 데이트를 해본 적이 없었다. 또 그는 자신에게 기회가 왔을 때마다 놓쳤으며, 그녀가 매력적으로 여기는 부류의 남자가 아니었으며, 단지 아주 어렸을 때부터 서로 아는 사이이기 때문에 어울리곤 하는 소년들 중의 하나였을 뿐이라는 느낌이었다. 자신의 사춘기 초기에 그 소녀 에밀리가 얼마나 자신의 성적 판타지를 가득 채웠던가를 생각하니 새삼 화가 났다. 그때 그녀의 금발을 가지고 별의별 상상을 다하지 않았던가……? 그는 얼굴이 붉어졌다.

「그리고 넌……?」 그녀가 물었다.

「마찬가지야……. 나는 인턴 과정을 마쳐야 해. 그러고 나서는 떠날 거야……. 인도주의적 구호 단체에 들어가서…….」

그녀는 심각한 표정으로 고개를 끄덕였다. 인도주의적 구호 단체, 맞아, 그거 좋은 거지……. 〈인도주의적〉이라는 말이 그녀에겐 의미 없는 개념이긴 하지만, 그것의 윤리적 함의는 존경할 만한 것이라는 사실을 그녀의 얼굴에서 읽을 수 있었다. 대화는 끝났다. 더 이상 무슨 말을 할 수 있겠는가? 그들 사이에는 추억들만큼이나 피차 말하지 못한 것들이 많았다. 그들은 정원과 모여 서서 소리치고 깔깔대는 사람들과 연기를 피워 대는 바비큐 판을 바라보았고, 집 앞에 죽 놓인 스피커들에서 흘러나오는 음악 소리를 들었다. 그 집의 다시 칠한 초벽 아래로는 과거 홍수가 있었을 때 물이 차올랐던 흔적이 희미하게 구별되었다.

테오가 플라스틱 잔들을 들고 돌아왔고, 세 사람은 다시 이런저런 대화를 나누기 시작했다. 그런데 문득 앙투안의 눈앞에, 성탄절 미사가 있었던 저녁, 성당 앞 광장에 있었던 그들의 모습이 떠올랐다. 그리고 테오가 그 고약한 소문들을 퍼뜨렸을 때 둘이 치고받았던 일도⋯⋯.

그는 다른 곳을 보면서 와인 한 모금을 삼켰다.

보발에 있으면 그는 어쩔 수 없이 1999년, 그해로 되돌아가게 되었다. 이 시기에 일어났던 일들은 다른 삶에 속한 이야기였고, 심지어는 보발도 페이지를 넘겨 버렸지만, 레미 실종의 수수께끼는 전혀 규명되지 않았기 때문에 잠들어 있는 불씨는 조그만 숨결에도 언제든 다시 깨어날 수 있었다. 이렇게 사람들에 둘러싸여 있을 때면, 앙투안은 위험을 느꼈다. 모든 게 의미들로 포화되어 있었다. 모든 게 해석의 대상이었고, 불안의 원천이었⋯⋯.

「앙투안⋯⋯!」

그가 발랑틴을 알아보는 데는 몇 초가 필요했다. 그녀는 체중이 적어도 1년에 1킬로그램씩은 분 모양이었다. 그녀는 짜증을 내며 돌아서면서 울부짖는 어떤 사내아이에게 소리쳤다. 그만해, 그만하라고 했잖아! 마치 귀찮게 달려드는 말벌을 쫓아 버리려는 것처럼 손을 휙 뿌리치면서. 팔에는 칩을 한 움큼 들고서 입을 오물거리고 있는 아기 하나가 안겨 있었다. 벌목꾼처럼 체격이 건장한 미남이지만 치아는 형편없이 상한 그녀의 남편이 와서 마치 소유권을 과시하듯 그녀의 어깨에 팔을 척 둘렀다.

앙투안은 여기저기서 내미는 손들과 악수를 하고, 여기저기서 볼 키스를 나누기를 계속했다. 테오는 마치 그에게 뭔가 할 말이 있고, 그 기회를 기다리고 있는 것처럼 그의 곁에 붙어 다녔다. 그렇게 사람들의 어깨들 너머로 시선을 마주치곤 하다가, 마침내 테오가 그에게로 머리를 지그시 기울였다.

「나도 너와 같은 느낌이야. 이 인간들 정말 엿 같아…….」

「아냐, 난 그런 게 아니고…….」

테오는 조그맣게 웃음을 터뜨렸다.

「야, 야, 그러지 마……. 이 인간들, 정말 한심한 머저리들이잖아…….」

앙투안은 이런 태도가 거북스러웠다. 그 역시 이들의 세계가 멀게 느껴졌고, 자신이 이들과는 다른 종(種)처럼, 보다 현대적인 종처럼 느껴졌고, 또 이 도시가 낡고 움직임이 없고 비좁게 느껴지기도 했으며, 또 이 도시를 증오하기도 했지만, 그렇다고 해서 이들을 멸시하지는 않았다. 반면 테오는 늘 이렇게 오만했기 때문에 그가 보발에 대해 오늘처럼 경멸적으로 얘기하는 것을 듣는 것은 조금도 놀라운 일이 아니었다. 그는 앙투안으로서는 정확히 무슨 일을 하는 건지 알 수 없는 어떤 벤처 기업을 설립하려 하고 있단다. 그는 무슨, 무슨 시스템, 무슨, 무슨 네트워크, 하면서 여러 가지 영미 쪽 용어들을 늘어놓았는데, 앙투안으로서는 전혀 이해할 수 없었다. 그는 어떤 외국어를 잘 못하는, 그리고 의미를 이해해 보려고 노력하다가 결국에는 지쳐서 고개만 주억거리고 있는 사람들처럼 그저 관심 있게 듣고 있는 척만 하고 있었다. 그들 곁으로 돌아온 에밀리는 아예 들으려고 하지도 않았다. 남자들 간의 얘기는 그녀의 관심사가 아니었다.

그러고 나서 그들은 헤어졌고, 앙투안은 술을 마셨다. 약간 과음했다는 게 느껴졌다. 게다가 그는 술에 약했기에 더욱 그랬다.

그는 어머니에게 약속했고, 그래서 파티에 나왔다. 또 여기에 오래 있지 않을 거라고 예고했으니, 이제는 갈 시간이었다.

모든 사람에게 작별 인사를 할 수는 없는 노릇이었으므로, 누구의 기분도 상하게 하는 일 없이 슬그머니 사라지기 위해선 기지를 발휘해야 했다. 그는 태연하게 잔에 와인을 따른 다음, 아무렇지도 않은 듯이 울타리 쪽으로 향했다. 아무도 그를 주시하지 않았으므로 한 테이블 위에 잔을 내려놓고 밖으로 나와서는 정원 문을 다시 닫았다. 휴우……

「벌써 가니?」

앙투안은 소스라쳤다.

에밀리가 나지막한 담장에 걸터앉아 담배를 피우고 있었다.

「응. 어……. 아니.」

그녀는 조그맣게 웃음을 터뜨렸다. 앙투안이 조금 전에 들은 바 있는 그 발랄하고도 해맑은 웃음소리였다. 그녀는 늘 이런 식이었다. 걸핏하면 이 웃음을 터뜨렸는데, 과도하게 사용하지만 않는다면 그녀를 아주 매력적으로 보이게 할 수도 있지만, 너무 기계적으로 빈번히 터뜨리기 때문에 사람을 짜증 나게 만드는 웃음이었다. 마치 그녀가 모르는 단어들을 대체하기 위해 이 웃음을 사용하는 것 같았다.

「넌 그렇게 항상 우습냐?」 그가 물었다.

그는 이렇게 물은 것을 곧바로 후회했으나, 에밀리는 그 속에 어떤 가시가 숨어 있다는 것도 알아차리지 못한 듯했다. 그녀는 어떤 의미로도 해석될 수 있는 애매한 몸짓으로 대답을 대신했다.

「자, 난 갈 게.」 앙투안이 말했다.

「나도 집에 가야 해…….」

그들은 걷기 시작했다.

에밀리는 두 번째 담배에 불을 붙였는데, 그 냄새는 신선한 밤공기와 그녀에게서 은은히 감도는 향수 냄새와 섞여 아주 기분 좋게 느껴졌다. 앙투안도 한 대 피워 보고 싶을 정도였다. 그는 담배를 좋아하지는 않았지만, 살아오면서 두세 번 이런 유혹에 굴복한 적이 있었다. 저녁 내내 그를 옥죄었던 긴장감이 사라지고 나자, 이제 엄청난 피로가 몰려들었다. 한 대쯤 피우는 것도 나쁘지 않으리라……

에밀리는 조금 전 파티에서 조금 시작되었던 대화로 되돌아왔다. 그녀는 자신은 앙투안의 계획이 궁금해졌다고 말했다. 인도주의적 구호 단체에서 일하겠다는 얘기 말이다. 왜 그냥…… 평범한 의사가 되려 하지 않는 거지? 이걸 다 설명하려면 너무 힘이 들 터이므로, 앙투안은 최대한 짧게 대답해 버렸다.

「동네 의사는 너무 지루할 것 같아서…….」

에밀리는 고개를 끄덕였다. 뭔가가 납득이 되지 않는 모양이었다.

「만일 그게 지루하게 느껴진다면, 왜 의사가 되려는 거니?」

「아니, 의사 되는 게 지루한 게 아니라, 동네 의사 되는 게 지루하단 말이야…….」

에밀리는 다시 고개를 끄덕였지만, 이 설명 가운데는 뭔가 석연찮은 구석이 있었다. 앙투안은 그녀를 슬그머니 훔쳐봤다. 세상에! 저 봉긋한 광대뼈, 저 입술, 금색 머리카락, 그리고 저기 목덜미의 금색 솜털……. 그녀의 블라우스의 위쪽 단추들이 풀어져 탄탄해 보이는 젖가슴의 윗부분이 드러나 있었고, 앙투안이 약간 뒤로 몸을 빼자 드레스 아래로 엄청난 굴곡의 엉덩이가 일렁이는 게 보였다…….

그녀는 이렇게 말하고 있었다.

「왜냐면 말이야, 음, 그래도 의사는, 음…… 사람들을 치료

하는 것은 굉장히 재밌는 일일 것 같아…….」

이렇게나 달콤하고, 이렇게나 섹시한 젊은 여자가 이렇게
나 이론의 여지 없이 멍청하다는 사실을 확인하는 것은 거의
고통스럽기까지 했다. 그녀는 완전히 만들어지고 완전히 준
비된 상태로 사용할 수 있기 때문에 머리를 거칠 필요조차 없
는 일반적인 얘기들과 개념들의 도움을 받아 생각을 표현하
고 있었다. 그녀의 대화는 아무런 이유도, 아무런 논리적 연
결도 없이 이 주제에서 저 주제로 툭툭 건너뛰었고, 그 주제
들은 모두가 그녀가 알고 있는 전부라 할 수 있는 것, 즉 보발
주민들에 관한 것이었다. 앙투안이 그녀를 아주 가까이서 찬
찬히 뜯어보면서, 어떤 세부들의 완벽성을 음미하고 있는 동
안(눈썹, 귀…… 이 아가씨는 심지어는 귀마저도 기가 막히게
예뻤다), 에밀리의 얘기는 그들의 과거와 어린 시절, 이웃 사
람들, 그들의 추억들로 거슬러 올라가고 있었다…….

「나는 우리가 학교에서 찍은 사진들이 엄청 많아! 그리고
레저 센터에서 찍은 사진들도……. 로만, 세바스티앵, 레아,
케빈도 나오고……. 그리고 폴린도!」

에밀리는 앙투안에게는 잘 기억이 나지 않지만, 그녀는 지
금도 잘 알고 있는 듯이 보이는 사람들에 대해 얘기했다. 마
치 이 도시와 그녀의 삶 전체가 학교 운동장의 연장에 불과한
듯이.

「아, 네가 그 사진들을 보아야 하는데! 정말 되게 웃겨…….」

까르르 터지는 그녀의 웃음소리가 밤공기를 울렸다. 여성

적이고, 감미롭고, 견딜 수 없는 웃음소리였다. 도대체 뭐가 그렇게 그녀를 웃게 만드는지 알 수 없었다.

앙투안에게 이 학교 사진들은 결코 좋은 기억들을 되살려 주지 못했다. 어린 시절 내내 그를 괴롭힌 어린 레미 데스메트의 이미지도 바로 이런 식으로 찍힌 사진이었다. 그것은 일종의 의식(儀式)으로, 이날이 되면 아이들은 머리를 단정하게 빗고, 셔츠를 갈아입고, 마치 일요일이 된 것 같은 들뜬 기분으로 학교로 향하곤 했다.

「원하면 내가 그 사진들을 보내 줄게!」

스스로의 제안에 얼마나 흥분이 되었던지 그녀는 잠시 걸음을 멈췄다. 그는 그녀의 얼굴을 뚫어지게 보았다. 갸름한 예쁜 얼굴, 맑은 두 눈, 벨벳처럼 부드러운 입술……

「어, 그래……. 그렇게 하고 싶으면……」 그가 대답했다.

잠시 어색한 침묵이 감돌았다. 앙투안은 눈을 아래로 깔았고, 둘은 다시 걷기 시작했다.

시내 중심가에서도 저 멀리서 르메르시에 씨 집의 음악 소리가 희미하게 들렸다. 시청 가까이에 이르렀을 때, 화젯거리가 궁색했던 앙투안은 태풍에 쓰러진 그 거대한 플라타너스 얘기를 무심코 꺼냈다.

「아, 맞아! 그 플라타너스!」에밀리가 맞장구쳤다.

그녀는 플라타너스의 어두운 그림자가 그들의 대화를 덮어 오는 몇 초 동안 침묵을 지키다가, 다시 덧붙였다.

「그 플라타너스는 조금은 보발의 역사였다고 할 수 있

지…….」

앙투안은 묵묵히 듣기만 했다. 무슨 말을 할 수 있겠는가……. 그들은 다시 침묵에 잠겼다. 8월의 훈훈한 공기, 밤, 와인, 이 뜻밖의 만남, 이 눈부시게 아름다운 여자, 이 모든 것들은 그로 하여금 속마음을 털어놓고, 전에 그가 궁금했던 것들로 돌아오게 했다.

「아니, 어떤 게 궁금했는데?」 그녀가 물었다.

그녀의 음성에서는 아무런 다른 생각이 없는 순진함이 그대로 묻어났다.

「그러니까, 예를 들자면…… 너와 테오 말이야……. 너희들 사이에서 일어난 일…….」

에밀리의 해맑은 웃음소리는 이번에는 그에게 아무런 느낌도 주지 않았다.

「우린 그때 열세 살이었어!」

그녀는 길 한가운데서 걸음을 멈추고는 놀란 얼굴로 그에게로 몸을 돌렸다.

「설마…… 질투하는 것은 아니겠지? 그런 거야?」

「맞아, 그래.」

그는 자신도 모르게 이렇게 내뱉었다. 그리고 무엇보다도 언짢은 기분에서 튀어나온 이 대답을 곧바로 후회했다. 왜냐면 그가 화가 난 것은 우선은 자기 자신, 그토록 오랫동안 그녀의 아름다움과 매력에 묶여 있었던 자기 자신에 대해서였기 때문이다. 그리고 지금 고작 이런 여자밖에 안 되는 그녀

222

에 대해 화가 나 있었다.

「난 널 몹시 좋아했었어……」

이것은 간단하면서도 서글픈 사실이었다. 에밀리는 조금 휘청거렸다. 그러면서 몸을 가누기 위해 그의 소매를 붙잡았다가 곧바로 놓아 버렸다. 마치 이 상황이 이 동작을 부적절한 것으로 만드는 것처럼. 앙투안은 자신이 뭔가 잘못한 것 같은 느낌이 들었다.

「걱정 마, 사랑의 고백을 하는 것은 아니니까!」

「나도 알아.」

그녀의 집 앞에 이르렀을 때, 그 태풍이 몰아치던 날, 창 뒤에 서 있던 에밀리의 얼굴이 갑자기 보였다.

「넌 아주 피곤해 보였었어……. 아주 예쁘기도 했고. 정말로…… 아주 아름다웠어……」

이 뒤늦은 고백은 그녀를 미소 짓게 만들었다.

그녀는 철책 문을 열고 정원 안쪽까지 들어가서는 약간 삐걱거리는 흔들의자에 앉았다. 앙투안은 그 뒤를 따랐다. 좌석은 생각보다 훨씬 좁았고, 어쩌면 옆으로 조금 기울어졌는지도 모른다. 어쨌든 앙투안은 에밀리의 따뜻하고도 보드라운 허벅지가 몸에 닿는 게 느껴졌다. 그는 몸을 떼어 보려 했지만 잘 되지가 않았다.

에밀리는 발로 땅을 가볍게 밀었고, 두 사람은 흔들리기 시작했다. 흐릿한 노란빛이 거리의 가로등에서부터 흘러들었다. 모든 게 조용했고, 그들은 말이 없었다.

흔들의자의 움직임은 그들의 몸을 한층 가깝게 해주었다. 이때 앙투안은 자기가 해서는 안 된다는 것을 아는 어떤 것을 하고 말았는데, 바로 에밀리의 손을 잡은 것이다. 그러자 그녀도 그에게 몸을 바짝 붙이며 응답했다.

그들은 키스를 했다. 그리고 그것은 곧바로 실패로 끝났다.

그는 그녀가 키스하는 방식이 마음에 들지 않았다. 그녀의 혀의 게걸스러운 움직임은 그녀가 자기 입속을 열심히 탐험하고 있다는 생각이 들게 했다. 하지만 그는 계속했으니, 어차피 그들은 사랑하는 사이가 아니므로 이런 것은 별로 중요한 게 아니었기 때문이다. 덕분에 모든 게 훨씬 간단해졌다.

이것은 미래가 없는 불장난, 편한 사람들끼리의 가벼운 애정, 몸이 닿지 않고 마주쳐 간 세월의 결과일 뿐이었다. 그들이 오늘 이렇게 할 수 있는 것은 꼭 그래야 할 이유가 전혀 없기 때문이었다. 그들은 어린 시절의 친구였다. 그들 사이에는 짧게 요약해야 할 긴 이야기가 있을 뿐이었다. 이제 분명히 확인하기 위해. 더 이상 아무것도 후회하지 않기 위해. 그가 그토록 갈망했던 소녀는 지금 품 안에 안겨 있는 눈부시게 아름다우면서도 멍청한 젊은 여자와는 전혀 상관이 없었다. 그가 이 순간 너무나도 욕구를 느끼는 이 여자와 말이다.

이것은 거짓된 상황이었고, 둘 다 이 사실을 이해하고 있었지만, 동시에 그들은 이렇게 시작된 것은 그 통상적이고도 예측 가능한 결말까지 계속되고 진행되어야 한다는 사실 또한 알고 있었다.

앙투안은 에밀리의 블라우스 속으로 손을 밀어 넣었고, 거기서 미칠 듯이 뜨겁고 탄력이 넘치는 젖무덤 하나를 찾아냈다. 그녀는 그의 두 다리 사이에 손을 올려놓으며 화답했다. 어색하면서도 격렬한 키스가 계속되었다. 침이 턱으로 흘러내렸지만, 그들은 말해야 하는 상황을 피하기 위해 서로에게서 입을 떼지 않았다.

앙투안은 젊은 여자의 축축한 열기가 느껴지자 낮은 신음을 토했다.

그녀는 키스하는 것과 똑같은 방식으로, 즉 단호하고도 어설프고도 거칠게 그의 몸을 꽉 쥐었다.

그들은 아랫도리를 벗어 버리려 몸을 비틀었다.

에밀리는 몸을 돌려 두 손으로 흔들의자를 짚고 서서는 두 다리를 활짝 벌렸다. 앙투안은 즉시 관통해 들어갔다. 그녀는 그가 자기 안에 더 깊이 들어올 수 있게끔 몸을 활처럼 구부려 올리고는, 머리를 그의 쪽으로 돌려 다시 게걸스럽게, 혀 전체를 사용하여 아까만큼이나 탐욕스럽게 키스하기 시작했다⋯⋯.

그녀는 그가 자기 안에서 경직되며 절정에 이르는 것을 느끼면서 짐승 같은 신음을 짧게 토했다⋯⋯. 그녀도 절정을 맛봤는지는 그로서는 전혀 알 수 없었다.

그들은 잠시 그렇게 서로에게 몸을 붙이고 있었다. 이제 어떻게 해야 할지도 모르겠고, 심지어는 눈이 마주칠까 봐 두려워하기까지 하면서 그렇게 있었고, 그러다 어느 순간 웃음을 터뜨렸다. 두 사람은 어린 시절의 찌꺼기가 찌르르 지나가는 게 느껴졌다. 그것은 어른들을, 삶을 신나게 한번 골탕 먹였다는 느낌이었다.

앙투안은 어색하게 바지를 추어올렸고, 에밀리는 엉덩이를 꿈틀거리며 팬티를 입고는 드레스 자락을 내렸다.

그들은 무슨 말을 해야 할지 모르는 채로 엉거주춤 서 있었다. 빨리 헤어져 이 상황을 끝내고 싶을 뿐이었다.

에밀리는 킥킥대면서 마치 갑자기 소변이 마려워진 여자아이처럼 두 무릎을 꼭 붙이고 아랫배를 손으로 눌렀다. 그러고는 눈알을 위로 데룩데룩 굴리면서 그 급한 욕구를 털어 버리려는 듯이 손가락을 펼친 손을 위에서 아래로 흔들어 댔다. 아유, 아유, 아유⋯⋯.

그녀는 앙투안의 입술에 재빨리 입을 맞추고는 달아나 버렸다. 문을 열기 직전에도 손가락 끝으로 그에게 두 번째 키스를 보냈다.

심지어는 이별마저도 볼품없이 끝났다.

만일 앙투안의 삶에서, 그가 죽음이란 걸 알게 되었을 때, 그가 레미를 죽였을 때 어린 시절의 끝이 갑자기 찾아오지 않았더라면, 그는 분명히 그 끝을 이 밤에 위치시켰을 것이다.

그는 집으로 돌아오면서 휴대폰을 확인했다.

로라가 메시지를 남기지 않고서 네 번이나 전화를 걸었다. 그는 그녀의 번호를 눌렀지만, 곧바로 끊어 버렸다. 그녀에게 말한다는 것은, 다시 말해서 그녀에게 거짓말을 한다는 것은 지금 그의 힘을 벗어나는 일이었다. 오늘 저녁에 그는 완전히 무너져 버렸고, 어떻게 일이 이런 식으로 끝나게 됐는지 스스로도 설명할 수 없었다. 그래, 욕망 때문이었을 거야……. 웃기고 있네, 지금 와서 그 애에 대한 욕망이 얼마나 남았다고……. 통화를 하면 로라와 싸우기나 할 것이었다.

그는 로라에게 전화하는 것을 포기했다. 어떤 핑계를 대리라……. 그래, 나중에 생각하자, 나중에 생각해 보자고.

그의 어머니는 그의 방을 ─ 가구와 벽지를 바꾸기는 했지만 ─ 빈 채로 남겨 두었다. 초등학교 때 쓰던 책상과 의자, 옛날에 쓰던 침대, 그리고 이 방에 있었던 대부분의 것들은 지하실에 고이 모셔져 있었지만, 기묘하게도 추방을 면한 것들이 있었으니, 지구의 하나, 축구 선수 지단의 사진 포스터 한 장, 배낭 하나, 연필통 하나, GI 메가트론 트랜스포머 하나, 영국 국기가 새겨진 쿠션 하나 등으로, 앙투안으로서는 그 논리를 도저히 파악할 수 없는 이상한 셀렉션이었다.

그는 그로서는 거리를 두고 싶은 시절로 다시 빠져들게 만드는 이런 배경이 끔찍이 싫었지만, 여기에 거의 들어오는 일이 없었고, 그의 어머니가 고생해서 이렇게 꾸며 놓은 것을 알기 때문에, 볼 때마다 그러고 싶지만 이 모든 것들을 종이 박스에 처넣어 보도에다 내놓을 용기도 힘도 없었다.

휴대폰이 진동했다. 또 로라의 전화였는데, 새벽 1시가 다 된 시간이었다. 그는 오늘 저녁 너무나 힘들었고, 이 방에 있는 게 너무나 힘들었고, 이곳에 있는 게, 이런 삶을 살고 있다는 게 너무나 힘들어 전화를 받을 엄두가 나지 않았다.

　휴대폰이 빙글빙글 돌기를 멈추고 앙투안이 다시 숨을 쉬기 시작했을 때, 거리에서 소리가 들렸다. 그의 어머니가 무쇼트 집안 사람들과 돌아오고 있었다. 만일 그가 에밀리와 함께 마치 10대 애들처럼 흔들의자에 몸을 기대고서 그 짓을 하고 있는 모습이 발각됐다면 정말 어쩔 뻔했는가?

　이제 침대에 누워 자고 있는 척하기도 너무 늦어 버렸다. 그는 마치 공부를 하고 있는 것처럼 책상 앞에 자세를 잡고 앉았다. 이런 웃기는 연극을 한다는 게 스스로가 생각해도 어처구니없고 굴욕적이었지만, 어쩌겠는가.

　쿠르탱 부인은 그의 방에 불이 켜져 있는 것을 보고 2층으로 올라왔다.

　「애, 공부를 너무 늦게까지 하는 거 아니니? 이제 그만 자야지!」

　여러 해 전부터 자구 하나 틀리지 않고 항상 똑같은 이 말에서는 공부 열심히 하는 아들, 성공한 아들을 가졌다는 자부심이 묻어났다. 그녀는 앞으로 나아와 덧창을 닫으려고 창문을 열다가, 문득 떠오른 어떤 생각에 동작을 멈췄다.

　「아, 그런데 말이야, 너 생퇴스타슈 숲을 정비한다는 얘기, 아니?」

　앙투안은 등줄기가 서늘해졌다.

　「정비한다고……? 뭐, 정비한다고요……?」

　쿠르탱 부인은 창문 쪽으로 몸을 돌렸다.

「음 그러니까, 그 상속인들을 찾은 모양이야. 시청이 아이들을 위한 조그만 놀이공원을 세우려고 부지를 매입했대. 그 사람들 말로는, 이 지역 전체에서 아이들이 찾아올 거라는데, 글쎄 내가 보기에는…….」

어떤 새로운 것이, 어떤 새로운 계획이 나오면, 쿠르탱 부인은 항상 극히 회의적인 태도부터 취하곤 했다.

「그 사람들 말로는 자기네가 연구를 많이 했기 때문에 이 지방 가정들이 다 좋아할 거고, 일자리도 많이 생길 거라나? 뭐, 두고 보면 알겠지. 자, 앙투안, 이젠 그만 가서 자.」

「누구한테 들은 말이에요? 아니, 놀이공원을 만들려면…….」

「두 달 전부터 시청에 게시되어 있는 얘기야. 하기야 넌 여기에 없었으니…… 모르는 것도 당연하지.」


다음 날 아침, 앙투안은 아주 이른 시간에 조깅을 하러 집을 나섰다. 간밤에 한 번도 눈을 붙이지 못한 몸으로.

시청 게시판의 유리판 속에서 그는 생퇴스타슈 놀이공원 신축 계획 공고문을 읽을 수 있었고, 그 도면들은 시청 내에서 열람할 수 있었다.

부지 정리 작업은 10월에 시작될 예정이었다.

# 16

여름 방학은 끝없는 악몽이었다. 미칠 듯한 불안감이 그를 괴롭혔다. 그는 시험에 합격했지만, 시험을 치르고 나서는 완전히 탈진해 버렸다. 다시는 보발에 발을 딛고 싶지 않았다. 하지만 그것은 불가능한 얘기였으니, 조만간에 어머니를 한 번 보러 가야 했기 때문이다. 그는 로라와 긴 여름 여행을 떠난다는 핑계를 댔지만, 사실은 돈이 부족해 2주에 그친 여행이 되고 말았다. 레미 데스메트의 합성 사진이 그에게 충격을 주었다면, 생퇴스타슈 숲의 정비 공사 공고는 언제, 어떤 식으로 오게 될지 모를 파국을 예고하고 있었다. 그의 상상은 자꾸만 그를 그의 삶의 최악의 시기 속으로, 그의 어린 시절 전체의 압축이라 할 수 있는 그 시기 속으로 다시 끌어들이곤 했다. 사람들은 시체를 발견하리라. 수사는 재개되리라. 다시 증인들을 심문하리라. 그는 살아 있는 아이를 마지막으로 목격한 사람들 중의 하나였으므로, 당연히 소환되리라. 뜨내기 유괴범에 의한 납치의 가설은 포기되고, 수사는 보발시에,

그 주민들에, 가까운 사람들에, 이웃들에 집중되고, 필연적으로 그에게까지 이를 거고, 그러면 끝장이리라. 12년이 지난 후에, 그 자신의 삶의 이야기로 지쳐 버린 그는 더 이상 거짓말할 힘도 없으리라.

이 여름 내내, 앙투안은 어디론가 도망치는 것을 생각했다. 그는 범죄자를 본국으로 인도하지 않는 나라를 찾아보았다. 하지만 자신은 그렇게 하지 못한다는 것을, 외국에서 도피 생활(이 〈도피 생활〉이라는 단어 자체부터가 그라는 사람과는 양립 불가능했다!)을 유유히 이어 갈 수 있는 능력도 기질도 없다는 것을 마음 깊은 곳에서 알고 있었다. 자신의 삶은 작고 협소한 것이라고 생각되었다. 그는 야심 차고 뻔뻔스럽고 철저한 전문 범죄자가 아니라, 지금까지 운이 좋아 살아남을 수 있었던 평범한 살인범에 불과한 것이다.

그는 그냥 남아서 기다리기로 마음먹었고, 음울하고도 고통스러운 체념 속에 빠져들었다.

그는 이제 성인이기 때문에, 교도소는 더 이상 두렵지 않았다. 두려운 것은 앞으로 몰아칠 일들이었다. 재판, 신문들, TV, 보발에 밀려들어 어머니를 괴롭혀 댈 기자들, 대문짝만 한 기사들, 전문가 인터뷰들, 법률 평론가의 논평들, 사진 기자들, 소감을 말하는 이웃들……. 그는 카메라 앞에서 바보 같은 소리를 늘어놓는 에밀리의 모습이 상상되었다. 그녀는 그와 함께 한 일을 그다지 자랑스러워하지 않으리라. 시장은 자신의 도시를 변호해 보려 해보지만 허사일 것이니, 보발은 불과 몇 미터 떨어져서 살았던 희생자와 살인범을 함께 품었던 곳이기 때문이다. 데스메트 부인은 그녀를 촬영하겠다고 쫓아다니는 기자들 때문에 울음을 터뜨릴 거고, 어린애 셋을 안아 든 발랑틴과 같이 다니리라. 또 그들은 질문을, 그 끝없이 반복되는 질문을 또 던지리라. 도대체 어떻게 열두 살에 살인범이 될 수 있죠? 모두가 이 사건에 열광할 것이니, 그를 보고 있으면 자신은 엄청나게 정상적인 인간으로 느껴질 것이기 때문이다. TV는 역사적으로 유명한 살인범들에 대한 다큐멘터리를 방영하고, 경찰 기록이 허용하는 최대한 오래전까지 거슬러 올라가리라. 보발의 살인 사건은 한 국민 전체의 폭력에 대한 유혹을 쫓아 버리게 되리라. 사람들은 즐거이 한 사람에게 모든 비난을 퍼붓고, 누구나 범할 수 있는 행위의 대가로 누군가가 처벌받는 것을 보면서 무한한 만족감을 느끼리라.

그는 단 몇 분 만에 역사적 살인마들 중에서도 정상의 자리에 오르게 되리라. 그는 더 이상 존재하지 않게 되리라.

앙투안 쿠르탱은 더 이상 한 명의 인간이 아니라, 하나의 브랜드가 되리라.

그의 머릿속은 오싹한 이미지들을 마구 뒤섞으며 소용돌이치기 시작했다. 그러다가 갑자기 정신이 들면서, 자기가 거의 30분 전부터 아무 말도 하지 않았고, 로라가 하는 질문을 듣지도 않았고, 대답도 하지 않았다는 사실을 깨달았다.

그들은 대학에서 멀리 떨어진, 하지만 대학 부속 병원과는 상당히 가까운 동네의 한 조그만 아파트에 살고 있었다.

그들이 이전의 3년 동안 과도할 정도로 성관계에 빠져 들었다면, 앙투안이 지난 6월에 돌아온 이후로는 관계를 맺는 일이 드물어졌다. 로라는 규칙적으로 덤벼 들었지만, 앙투안은 그의 성 기능이 요구되지 않는 가벼운 유희 정도에만 몸을 맡기곤 했다. 로라는 약간의 불안감과 상당한 좌절감을 느끼며 사정이 나아지기만을 기다리고 있었다. 그녀는 앙투안이 아주 행복해하는 모습을 한 번도 본 적이 없었다. 그는 비밀스럽고, 말이 없고, 심각하면서도 뭔가 불안스러운 남자였는데, 그녀가 그에게서 좋아하는 점은 바로 이런 면이었으니, 그는 아주 핸섬했지만 유쾌해지면 왠지 무미건조해지는 느낌이었던 것이다. 그의 심각함은 주위 사람들에게 어떤 견고한 느낌을 주었는데, 이 느낌은 갑작스레 나타나는 불안한 모습들에 흔들리곤 했다. 그리고 요즈음 불안증은 우려스러운 정도에 와 있었다. 로라는 이 문제는 자기가 해결할 수 있는 것이라 생각했고, 가족 관계에서 있을 수 있는 여러 가지의 어려움들을 상정해 봤다. 혹은 의사라는 직업에 대해 회의를 느끼는 것은 아닐까? 그리고 결국 그녀는 불가능해 보이는 만큼 개연성이 있는 가정에 이르게 되었으니, 바로 앙투안에게 딴 여자가 생겼다는 것이었다.

로라의 성격상 질투는 상당한 노력을 요구하는 일이라서, 그녀는 이 가설을 오래 유지할 수 없었다. 어찌할 바를 모르게 된 그녀는 이번에는 심리학적인, 다시 말해서 의사에게는 가장 안심이 되는 설명으로 방향을 전환했다. 그래, 이 문제를 완전히 해결할 수는 없을지라도, 제대로 선택된 약물은 좋은 효과를 가져다주리라.

로라는 그에게 이에 대해 말하려 하고 있던 중에, 앙투안이 이미 상당한 양의 신경 안정제를 매일 복용하고 있다는 사실을 우연히 발견하게 되었다.

7월과 8월이 지나갔다.

앙투안은 6월 중순 이후로 보발에 내려오지 않았고, 쿠르탱 부인은 물론 이것을 불안하게 여기고 있었다. 그녀는 아들이 언제 방문했는지 꼼꼼하게 기록해 두었고, 지난 5년 동안 내려왔던 날짜들을 기억으로 열거할 수 있을 정도였다. 기묘하게도 그녀는 이와 관련하여 한 번도 그를 대놓고 책망하지는 않았고, 단지 그가 별로 내려오지 않는다고 얘기만 할 뿐이었다. 마치 그가 자기와 소원하게 지내는 것이 그들 사이의 어떤 유감스럽지만 필요한 암묵적 합의의 결과인 것처럼 말이다.

생퇴스타슈의 놀이공원 공사가 곧 시작된다는 생각이 한 주에도 몇 번씩 떠올랐고, 그럴 때면 앙투안의 정신은 보발에서 보냈던 그 마지막 날로, 그 끔찍하고도 무의미한 시간들로, 소년이 된 레미의 사진으로, 어머니가 강권하지 않았다면 결코 가지 않았을 그 파티로, 그리고 에밀리와의 그 바보 같은 순간들로 되돌아가곤 했다.

그녀와 어떻게 그런 일이 있을 수 있었는지는 아직도 하나의 수수께끼로 남아 있었다. 그녀는 매력적이었기 때문에 그는 그녀를 소유하고 싶었고, 또 어린 시절의 강박 관념의 대상이었던 그녀에 대해 약간의 욕망과 많은 복수심이 작용했었던 게 사실이었다. 하지만 그녀는? 그녀도 그걸 원했을까? 그를 원했을까, 아니면 어떤 다른 것을 원했을까? 그저 별생각 없이 즐겼던 것일까? 아니, 그녀는 적극적인 모습까지 보였었다. 그는 어디에나 있던 그녀의 혀를, 그녀의 손을, 그녀가 몸을 돌리고, 허리를 활처럼 구부려 올리고, 그가 관통해 들어가는 순간에 그의 눈을 응시하던 모습을 기억하고 있었다.

이렇게 떨어져 있는 지금도 이 여자에 대해서는 여전히 생각이 엇갈렸다. 그의 가치 체계에서 가장 높은 자리를 차지하는 그녀의 아름다움과 그녀의 대화의 절망적인 진부함이, 서로 분리할 수 없이 결합되어 있는 이 두 면모가 지금도 눈에 생생했다. 또 옛날 학교 사진들을 언급하며 그렇게나 유치하게 열광하던 그녀의 모습이 떠올랐다.

그녀는 아주 사소한 생각도 기억 속에 저장해 두는 모양으로, 9월 중순경에 쿠르탱 부인이 전화로 그에게 말하기를, 에밀리가 자기를 찾아와 그의 주소를 알려 달라고 했다는 것이었다.

「너한테 뭔가를 보낼 모양이더라. 뭔지는 말하지 않았지만.」

이 사진 얘기는 여러 차례 그를 심란하게 만들었다.

그는 봉투를 뜯고, 그 안에서 사진들을 발견하는 자신의 모습을 상상했다. 꿈속에서는 자신의 얼굴에 여섯 살 먹은 레미의 얼굴이, 또 열일곱 살 먹은 레미의 얼굴이 겹쳐졌으며, 이렇게 얼굴들이 융합된 결과는 너무 이른 나이에 죽은, 그리고 지금은 비석들 위에 굳어 있는 아이들의 초상들 같은 것이었다.

또 데스메트 씨네 뷔페 테이블이, 정의가 구현될 때까지 참고 기다리고 있는 것처럼 보이는 그 비어 있는 액자가 다시 떠올랐다.

그는 이 사진들이 도착하면 봉투도 뜯지 않고 그대로 쓰레기통에 던져 버리겠다고 마음먹었다. 이에 대해 스스로를 정당화할 필요조차 없었다. 지난 몇 년 동안 보발에서 에밀리와 마주친 일도 거의 없었고, 또 다행스럽게도 보발에 내려가는 일도 갈수록 드물어지고 있지 않았던가?

11월 초였다.

에밀리가 모습을 보인 것은 이때였는데, 그것은 사진이 든 봉투의 형태로가 아니었다. 도착한 것은 살과 뼈로 이루어진 진짜 에밀리, 솔직히 좀 우스꽝스러운 사라사 원피스, 하지만 그녀의 아름다움을 제대로 가리지는 못한 원피스를 입은 에밀리였다. 화장하고 향수를 뿌리고 머리를 꾸민, 마치 어떤 결혼식에 가는 것처럼 눈부시게 성장(盛粧)한 그녀가 아파트 초인종을 눌렀다. 로라가 문을 열었다. 안녕하세요, 전 에밀리예요, 앙투안을 보러 왔어요.

로라에게 그것은 모든 수수께끼를 설명해 주는 등장이었다.

찾아온 여자가 한마디도 더 설명할 필요가 없었다. 로라는 몸을 돌려, 앙투안, 자기 찾아왔어!라고 외치고는, 그대로 재킷을 집어 들고, 발에 신발을 꿰었다. 앙투안이 이 뜻밖의 출현에 멍해져 뭔가 반응하려 하고 있을 때, 그녀는 벌써 바깥에 있었고, 잠깐, 기다려, 하고 외쳤지만, 이미 늦은 뒤였다. 로라는 밖으로 뛰쳐나갔고, 층계에서 그녀의 신경질적인 발걸음 소리가 들렸다. 앙투안은 몸을 아래로 굽히고 그녀의 이름을 소리쳐 불렀지만, 그녀의 손이 층계 난간을 빠르게 훑으며 1층까지 내려가는 것이 보였다. 그는 그녀가 도대체 어디로 가는 건지 궁금했고, 갑자기 거센 질투심에 휩싸였고, 몸을 돌리고는 이 모든 일의 원인이 무엇이었는지를 기억해 냈다.

그는 분노로 시뻘게져 다시 아파트로 들어왔다.

에밀리는 이 모든 상황에도 태연하기 이를 데 없었다.

「나 앉아도 돼?」 그녀가 물었다.

자신의 질문을 정당화하려는 듯, 그녀는 이렇게 덧붙였다.

「나 임신했어.」

앙투안은 얼굴이 창백해졌다. 에밀리는 〈그들의 저녁 시간〉에 대해 길게 늘어놓기 시작했는데, 괴롭기 이를 데 없는 장면이었다. 그녀는 그들의 감동적인 재회와, 그들 사이에 갑작스레 일어난 거의 본능적인 욕구와, 그녀로서는 〈한 번도 느껴 보지 못했던 기쁨〉에 대해 얘기했다……. 앙투안은 어땠는지 모르겠어, 하지만 난 그날 이후로 한숨도 잠을 이루지 못했어, 난 자기를 다시 본 순간부터 다시 사랑에 빠졌어, 사

실 난 전부터 자기를 열렬히 사랑해 왔다고 확신해, 그 사실
을 나 자신에게 인정하고 싶지는 않았지만, 등등. 앙투안은
자신의 귀를 믿을 수가 없었다. 이 상황은 너무도 어처구니없
는 것이라서, 이 일의 결과들과 의미들을 분명히 이해하지 못
했다면 견디지 못하고 폭소를 터뜨렸을 것이다……

「그건 단지…….」

그는 잠시 멈추고 할 말을 찾았다. 그의 안에서 인간 앙투
안은 차마 말하고 싶지 않은 것을 의사 앙투안이 거세게 외쳐
대고 있었다. 그는 마음을 독하게 먹고 이렇게 물었다.

「하지만 누가 말했지……? 그게 나라고……? 그러니까, 내
가 지금 무슨 말 하는지 이해할 거야…….」

에밀리는 할 얘기를 다 준비해 놓은 모양이었다. 그녀는
핸드백을 발밑에 내려놓고, 다리를 척 꼬았다.

「난 내…… 음, 그러니까, 제롬하고는 임신할 수 없는 몸이
야. 그는 넉 달 전부터 여기 없었거든.」

「하지만 넌 다른 남자하고도 임신할 수 있잖아?」

「뭐야? 그러지 말고 날 그냥 창녀라고 하지 그래?」

에밀리는 그의 말에 발끈했다. 이런 질문을 받게 될지 꿈
에도 생각하지 못했던 모양이었다. 앙투안은 사과하지 않을
수 없었다.

「아, 그러니까 내 말 뜻은…….」

그는 잠시 멈추고 계산을 해보았고, 그 결과에 정신이 멍
해졌다. 에밀리가 계속 〈우리의 저녁 시간〉이라고 부르고 있

는 때부터 벌써 13주나 지난 것이다.

명확히 합법적인 임신 중절은 이제 불가능했다.

모든 게 명약관화해졌다. 그녀는 이 법적인 유예 기간이 끝나기를 기다렸다가 그를 찾아온 것이었다!

「그래, 앙투안, 이건 분명해! 난 유산하지 않을 거야! 그건 있을 수 없어! 우선 우리 부모님부터가⋯⋯.」

「네 부모님은 어찌 됐든 상관없어!」

「난 상관있어. 그리고 임신한 것은 나야.」

앙투안은 얼마나 주면 그녀가 이 이야기를 끝내는 것을 받아들일 수 있을까 생각해 봤다. 이걸 돈으로 해결할 수 있을까?

「그리고 넌 아버지고.」 그녀는 TV에서 본 대로 눈을 아래로 내리깔면서 덧붙였다.

「하지만 에밀리, 넌 대체 어떻게 하겠다는 거야?」

「난 내⋯⋯ 그러니까 제롬에게 결별을 선언했어. 진실을 얘기하진 않았어. 그가 우리에 대해 나쁘게 생각하면 안 되니까. 하지만 뭐.」

「대체 어떻게 하겠다는 건데?」

그녀는 앙투안이 이렇게나 바보 같은 질문을 할 수 있다는 것에 자못 놀란 듯, 그 눈부신 금색의 눈썹을 찌푸렸다.

「난 아이를 살리고 싶다고! 이게 당연한 거 아니야? 난 그 애가 인생의 모든 권리를 누릴 수 있기를 원해!」

그는 눈을 질끈 감았다.

「앙투안, 우린 결혼해야 해. 우리 부모님은…….」

앙투안은 의자에서 벌떡 일어서며 미친 듯이 고함쳤다.

「그건 말도 안 돼!」

그 모습에 겁을 먹은 그녀는 의자에 앉은 채로 몸을 흠칫 뒤로 뺐다. 무슨 일이 있어도 이게 얼마나 어처구니없는 생각인지를 그녀에게 납득시켜야 했다. 그는 흥분을 가라앉히려 애쓰면서, 의자를 가깝게 끌어다 놓고 그녀와 마주 앉아 그녀의 두 손을 잡았다.

「에밀리, 이건 말도 안 되는 일이야. 난 널 사랑하지 않아. 난 너와 결혼할 수 없다고!」

그녀가 이해할 수 있는 이유들을 찾아내야 했다.

「난 널 행복하게 해줄 수 없을 거야. 무슨 말인지 알겠어?」

이 논리에 에밀리는 의아한 표정을 지었다. 그가 무슨 말을 하려는 건지 잘 이해가 되지 않는 모양이었다. 사실 그녀는 두 달 전부터 앙투안이 〈결혼으로 이 상황을 해결해 주리라〉는 생각만을 품고 살아왔고, 그 외에 다른 생각은 해본 적이 없었다.

「이 임신을 중단시키는 것은 아직 가능해.」 앙투안이 힘주어 말했다. 「걱정 마, 비용은 내가 댈 테니까. 내가 돈을 구할게, 그리고 아주 괜찮은 병원을 찾아낼 거야. 내가 모두 알아서 할 테니까, 넌 아무 걱정할 필요 없어. 하지만 난 너와 결혼할 수 없으니까, 넌 이 아이를 지워야 한다고.」

「지금 나한테 범죄를 저지르라는 얘기야?」

에밀리는 두 젖무덤 사이에 파르르 떨리는 주먹을 대었다. 긴 침묵이 뒤를 이었다.

앙투안은 그녀에 대해 증오가 느껴지기 시작했다.

「너, 일부러 이랬지?」 그가 차갑게 물었다.

「도대체 내가 왜 그렇게 했겠어? 그러니까 내 말은, 내가 어떻게…….」

에밀리는 어떤 간단한 생각을 표현하려고 애쓰고 있었다. 그것을 어디부터 말해야 할지는 잘 모르지만, 어쨌든 진심을 얘기하려는 것 같았다.

앙투안은 명백해진 사실 앞에서 망연자실했다. 그렇다, 이것은 사고였던 것이다. 에밀리 자신도 그 중사와 결혼하는 것을 더 바랐을 것이다. 단지 그사이에 그 〈그들의 저녁 시간〉이 있었고, 비록 그게 형편없는 것이긴 했지만 그 일이 있었던 것은 분명한 사실이고, 이제 에밀리는 아이를 낳을 거고, 그렇게 만든 장본인은 바로 자신, 앙투안인 것이다.

그는 버티기로 들어갔다. 그는 벌떡 일어섰다.

「미안해, 에밀리, 하지만 안 돼. 나는 그 아이를 원치 않아. 난 너도 원치 않고, 아무것도 원치 않아. 난 돈은 구하겠지만, 아이는 원치 않아. 절대로. 그건 내 힘을 벗어나는 일이야. 네가 이걸 이해할 수 있을진 모르겠지만.」

젊은 여인은 이제 눈물을 터뜨리기 직전이었다. 그는 이 소식을 가지고 자기 집으로 들어가는 에밀리의 모습이 떠올랐다. 그녀가 자기 부모와, 그녀가 성모 마리아처럼 여기는 자기 어머니와 함께 자신과의 담판을 오랫동안 준비하지 않고서 자신을 찾아왔다고는 상상이 되지 않았다. 그는 무쇼트 족속이 다 모여 있는 광경이 눈에 선했다. 부활절 양초처럼 뻣뻣하게 앉아 있는 아버지, 그리고 모헤어 숄로 몸을 감싼 어머니······. 어떻게 그들은 앙투안이 굴복하여 자기네 딸 내미와 결혼하리라고 생각할 수 있었을까? 정말이지 어처구니없는 일이었다.

상황은 에밀리가 예상한 대로 흘러가지 않았다. 이번에는 그녀가 일어서더니 앙투안에게로 다가왔다.

그녀는 그의 목에 두 손을 둘렀고, 그가 미처 반응할 시간도 없이 그의 입술에 자신의 입술을 포개더니 혀를 끝까지 쑥 밀어 넣고는 앙투안이 그걸로 뭔가 해주기를 기다렸다(그녀 자신도 모든 남자들이 사족을 못 쓰는 이 의식이 대체 무얼 위한 것일까 자문하고 있는 듯했지만, 어쨌든 아무것도 느끼지 못할지라도 신념을 갖고서, 심지어는 열정적으로, 하지만 아무 생각도 계획도 재능도 없이 그 일에 열중하고 있었다).

앙투안은 고개를 돌리고 에밀리의 팔을 잡아 풀어내고는 천천히 뒤로 물러섰다.

젊은 여인은 자신이 버려졌다고 느끼고는 울음을 터뜨렸다. 울고 있는 이 여자는 무서울 정도로 아름다워서, 앙투안은 마음이 흔들리는 걸 느꼈다. 하지만 그는 세이렌들의 노랫소리에 홀리는 것을 피하고자 미리 기둥에 몸을 묶어 놓은 뒤였고, 아무도 어쩔 수 없는 힘을 끌어모으기 위해서는 그녀가 자기에게 제의하고 있는 삶을 1초 동안 상상해 보는 것으로 충분했다. 그는 그녀의 어깨에 손을 살짝 올려놓았다.

몇 분 전만 해도 그는 그녀를 증오했지만, 지금은 동정하고 있었다.

문득 어떤 생각이 떠올랐다. 무쇼트 가족 말고 또 누가 이 사실을 알고 있을까? 자신은 대상에서 제외했으니, 보발에는 절대로 발을 다시 들여놓지 않을 것이었기 때문이고, 그가 생각하는 것은 어머니였다. 이 모든 게 너무나도 서글프게 느껴졌다.

「우리를 내팽개치는 거야?」 에밀리가 물었다.

정말이지 그녀는 기괴한 문장들을 찾아내는 데는 특별한 재주가 있었다. 도대체 어떻게 이런 말을 할 수 있는 걸까……? 그녀는 요란하게 코를 풀었다.

「에밀리, 난 네게 아무것도 해줄 수 없어. 미안해. 난 다른 것은 다 해줄 거야. 괜찮은 병원을 찾아 줄 거고, 필요한 비용을 댈 거야. 아무도 모르게 할 거니까, 걱정 안 해도 돼. 넌 젊어. 난 네가 그 제롬하고 아기를 많이 가질 수 있다고 확신해. 그와는 가능하지만, 나하고는 아니야. 에밀리, 빨리 결정해야 해. 그렇지 않으면 난 네게 아무것도 해줄 수 없어.」

에밀리는 고개를 끄덕거렸다. 그녀는 어떤 생각을 가지고 왔지만, 그것은 통하지 않았다. 그녀는 준비해 온 말을 다 내놓았고, 이제 또 무엇을 해야 할지 알 수 없었다. 그녀는 마지못한 얼굴로 일어섰다.

앙투안은 그녀가 자신에게 어떤 배역을 부여하는 이 상황에서 모종의 쾌감을 느끼고 있다는 생각이 언뜻 들었다. 지금 자신은 불행한 여자이고, 자신의 삶 가운데는 뭔가 드라마틱한 일이 벌어지고 있으며, TV에서처럼 자신은 여주인공인 것이다.

그녀는 탁자 위에 커다란 봉투 하나를 툭 내려놓았다. 학교 때 사진들이었다. 세상에, 이걸 가지고 오다니…….

도대체 그녀는 뭘 상상했던 걸까? 둘이 침대에 가서 몸을 꼭 붙이고 앉아서는 웃으며 사진들을 함께 들여다볼 거라고? 자기에게 매혹되고 사랑에 빠진 앙투안이 자기 배에다 손바닥을 대고 아이가 움직이느냐고 물어볼 거라고? 너무도 순진한 발상에 기가 막힐 정도였다.

그녀가 떠나고 난 후, 그는 이 일이 초래할 결과들에 대해 오랫동안 생각해 봤다. 희미한 희망이 그를 사로잡았다. 자신은 지금까지 모든 상황들에서, 삶이 그의 인생길에 뿌려 놓은 모든 함정들에서 기적적으로 빠져나올 수 있지 않았던가? 자신은 사람들이 레미의 시체를 찾아내게 되리라고 믿었지만, 결국 아무도 그를 발견하지 못했다. 또 자신은 체포되리라고 확신했지만, 수사의 그물을 요리조리 빠져나올 수 있었다. 또 에밀리는 임신한 몸으로 찾아왔지만 헛물을 켜고 돌아갔고……. 그는 이 행운이 어쩌면 계속될지도 모른다고 믿기 시작했다. 그러고 보니 행운이라는 말을 해본 지도 참 오랜만이었다. 어떤 무거운 짐 하나가 그에게서 떨어져 나가는 기분이었다.

그는 예상 외로 마음이 차분한 걸 느끼며 로라를 기다렸다.

그녀가 다시 들어왔다. 방금 전에 여기 있었던 여자와는 얼마나 대조적인가!

「좀 환기 좀 하지 그랬어. 정말 냄새가 지독하네!」

그녀는 이렇게 말하면서 자신의 배낭을 집어 들고는 거기에다 손에 잡히는 대로 이것저것 마구 쑤셔 넣었다.

앙투안은 미소를 지었다. 지금처럼 힘이, 자신감이 느껴진 적이 없었다. 그는 그녀의 두 어깨를 잡아 강제로 돌아서게 했고, 계속 미소를 지으며 이렇게 말했다.

「그래, 난 내게는 아무 의미도 없는 어떤 학교 동창하고 한 번 잤어. 그녀는 방금 전에 날 찾아와 어떻게 해보려고 했지만, 난 그녀를 밖으로 쫓아냈어. 난 자길 사랑한다고.」

앙투안의 말에는 설득력이 있었으니, 그가 하는 모든 말은 완전히 옳은 얘기였고, 이 모든 것에 거짓이 조금도 없었으며, 빼놓은 사실이 있긴 하지만 지금으로선 조금도 중요한 게 아니었다.

그는 갑자기 도저히 저항할 수 없는 존재가 되었고, 엄청난 포스를 뿜어냈기 때문에 심지어는 로라마저도 깜짝 놀라 버렸다. 앙투안은 여전히 미소를 지으면서 두 손 사이에 옷 하나를 들고 있던 그녀를 주춤 물러서게 만들었다.

그는 단호하고도 정확한 움직임으로 그녀의 스웨터를 벗겼다. 맹렬한 욕망에 휩싸인 그들은 침대 위를 뒹굴었고, 침대에서 바닥으로 떨어져 내렸고, 그렇게 식탁까지 계속 굴러가 거기에 부딪혔는데, 앙투안은 벌써 그녀 안에 들어가 있었고, 그녀는 그가 어떻게 했는지조차 몰랐다. 그녀는 발끝에서 머리끝까지 바들바들 떨기 시작했고, 발바닥에서부터 올라오는 전율은 그녀의 몸을 바닥에서 쳐들고 허리를 활처럼 휘게 하고, 마침내는 울부짖게 만들었다. 두 번이나.

그녀는 그의 밑에서 정신을 잃었다.

# 17

에밀리는 편지를 보내왔다. 매주 두세 번씩. 로라는 땅이 꺼질 듯한 한숨을 내쉬며 그것들을 식탁 위에 내려놓곤 했다. 앙투안은 그것들을 읽었다. 적어도 시작 부분은 읽었다. 그것들은 도무지 내용을 종잡을 수가 없는 형편없는 편지들이었지만, 그 전반적인 메시지는 항상 이렇게 요약되었다. 〈날 우리의 아이와 함께 버리지 마!〉 에밀리는 어린아이 같은 글씨로 글을 썼고(i 자 위에는 점 대신 동그라미를 올려놓았다), 앙투안으로 인해 자신이 빠지게 된 절망감을 표현한답시고 온갖 상투적인 문구들을 늘어놓았다. 〈자기가 내 안에다 지펴 놓은 잉걸불〉, 그녀를 〈휩싼〉 그 〈욕망의 물결〉, 그녀가 〈쾌락에 겨워 기진맥진해 버린 그 저녁〉 뒤에는 〈자기와 살을 나눈 자식을 제발 버리지 말아 줘〉가 이어졌다. 안쓰러울 정도로 수준이 낮은, 그녀가 어떤 종류의 여자인지를 적나라하게 보여 주는 글들이었다.

이 편지들은 바보 같은 것들이었으나, 그에게 주는 당혹감은 실제적인 것이었다. 부모의 종교에 의해(그리고 어쩌면 그녀 자신의 종교에 의해) 낙태가 금지된 그녀는 그들의 표현대로 말하자면 〈미혼모〉가 되어, 혼자서 아이를 키워야 할 것이었다⋯⋯. 그는 그녀가 살게 될 삶에 대해 생각해 봤다. 그의 생각들은 때로는 그렇게 아름답지만은 못했다. 아이가 한 명 있다 해도, 그렇게나 예쁜 여자이니까 어렵지 않게 남편을 얻을 수 있을 거야. 또 그녀의 부모는 이 십자가를 지게 되어 오히려 좋아라 하겠지. 그들은 희생하는 이들의 품위를 내보이며 그렇게 할 거야. 결국 모두가 만족할 거라고.

10월 초, 프랑스 전역에 비가 내렸다. 앙투안은 전차를 타려고 달려가다가 보도에서 미끄러졌지만, 넘어지기 직전에 아슬아슬하게 균형을 잡았다.

며칠 후, 그의 어머니는 아들보다는 운이 없었다. 중앙로를 횡단하다가 자동차에 치인 것이다. 둔탁한 소리가 들렸고, 사람들은 쿠르탱 부인이 몸을 일으키려 하다가 다시 둔중하게 보도에 쓰러지는 모습을 보았다. 그녀는 병원으로 실려 갔고, 아들은 연락을 받았다.

그때 앙투안과 로라는 침대에 있었다(한 달 전부터 그들은 쉴 틈이 없었다. 헤어질 수도 있다는 두려움은 사람들을 이렇게 만들기도 한다⋯⋯).

전화를 받은 앙투안은 그대로 몸이 굳었고, 로라도 움직임을 멈췄다. 병원의 간호사는 자세한 얘기는 하지 않았지만,

아무튼 지체 없이 달려오는 것이 좋다는 것이었다…….

이 소식에 정신이 없어진 앙투안은 생틸레르로 가는 첫 번째 열차로 뛰어갔고, 이 생틸레르에는 저녁 늦게 도착했다. 면회가 금지되긴 했지만 들어가도록 해드릴게요, 하고 간호사가 전화에서 말했었다. 그는 택시를 잡아탔다. 병원 사람들은 그를 맞으면서 너무나 조심스럽게 굴었기 때문에 그는 편리한 지름길을 사용하지 않을 수 없었다. 저는 의사입니다.

담당 의사는 그렇게 호락호락하지가 않았다. 그의 앞에 있는 사람은 한 환자의 가족일 뿐, 다른 누구도 아니었다.

「어머니께서는 심각한 두부 외상을 입으셨습니다. 검사 결과로는 특별한 문제가 없고, CT 결과도 괜찮은데, 깊은 혼수 상태에 빠져 있단 말이죠……. 지금으로서는 더 이상은 말씀 드릴 수 없습니다.」

그는 CT 사진을 보여 주겠다고 하지는 않고, 최소한의 정보를 제공하는 것으로 만족했다. 앙투안이 그의 자리에 있었다면 똑같이 했을 일들이었다.

쿠르탱 부인은 잠들어 있었다. 그는 다가가 옆에 앉아서 그녀의 손을 잡았고, 울기 시작했다.

이러고 있는 동안, 로라는 그를 위해 호텔 방을 하나 예약해 놓았다.

샤트르 호텔이었다.

그는 밤에 거기 도착했다. 로비에서는 왁스 냄새가 났다. 어린 시절 이후로 맡아 보지 못한 이 냄새야말로 이 지방의 냄새인 듯했다. 꽃무늬 벽지, 질긴 무명천으로 만든 커튼, 도톰한 무늬가 있는 면직 침대보…… 로라가 방을 제대로 잡았다. 객실은 그의 어머니의 방과 흡사했다.

그는 옷을 다 입은 채로 누웠고, 그렇게 잠이 들었다. 그러다 잠이 깨었다고 생각했는데, 몇 시인지 전혀 알 수 없는 어느 순간, 어머니가 거기에, 객실 안에, 그의 침대 모서리에 앉아 있었다.

〈앙투안, 무슨 일이 있니……?〉 그녀가 물었다. 〈옷을 다 입고 자는구나, 신발까지 신고서…… 너답지 않게 왜 그러니……. 어디가 아프면 왜 말을 하지 않는 거니?〉

그는 머리를 부르르 흔들고는 일어나 샤워를 했다. 수도관은 호텔 전체를 진동시켰고, 아마도 손님들을 다 깨웠으리라.

그는 로라에게 전화를 걸어, 깊은 잠에 빠져 있는 그녀를 깨웠다. 그럼, 자길 사랑하지, 그녀가 아직 잠이 덜 깬 목소리로 말했다. 자길 사랑해, 걱정 마, 나 여기 있어. 앙투안은 방을 둘러보았다. 그가 원하는 것은 단 하나, 웅크린 몸을 그녀에게 꼭 붙이고, 그녀의 사랑의 냄새를 들이마시고, 그녀의 온기를 느끼고, 그녀 안으로 녹아들어 가고, 사라져 버리는 것이었다. 그녀는 말했다. 사랑해. 이렇게 말하는 그녀의 목소리는 낮고 생생하면서도, 멀리 느껴졌다. 앙투안은 울기 시작했고, 그러다 다시 잠이 들었지만, 새벽이 되자마자 밖으로 나가 거리를 걸어 병원으로 향했다.

그는 아버지에게 알려야 되는지 자문해 보았다. 아무 의미

없는 짓이었으니, 그의 부모는 이미 오래전에 이혼한 사이였기 때문이다. 아버지는 아들 얼굴을 봐서 한번 찾아가 봐야 한다고 느낄 수도 있겠지만, 그것은 거짓일 것이고, 아니면 이 여자는 20년 전부터 더 이상 그에게 아무 의미도 없기 때문에 거절할 수도 있었다. 이제 앙투안의 주위에는 로라밖에 없었다. 어떻게 삶이 이렇게 한 줌도 안 되는 사람들로 줄어들 수 있을까.

쿠르탱 부인은 전날에 비해 1밀리미터도 움직이지 않았다.

앙투안은 병상 일지를 읽고, 그래프를 확인하고, 몇 가지 제어 장치들을 기계적으로 확인했다. 이렇게 양심의 가책을 피하기 위해 할 수 있는 것들은 모두 하고 난 그는 다시 어머니의 머리맡에 앉았다.

한 가지 걱정이 또 다른 걱정을 대체해 버린 셈이었다. 이제, 이 병실의 정적 속에서, 그리고 그가 어쩔 수 없이 처하게 된 이 아무것도 못 하는 상태 때문에, 그는 비로소 깨닫게 되었다. 지금 자기가 보발에서 불과 몇 킬로미터 떨어진 곳에 있다는 사실을.

이 모든 이야기가 어떻게 끝나게 될지 전혀 알 수 없었다. 어머니는 돌아가실까? 레미의 시체는 마침내 발견될 것인가? 만일 그렇다면, 그것은 어머니가 죽기 전일까, 아니면 죽고 난 후일까?

앙투안을 극도로 힘들게 하는 것은 더 이상 죄책감도 아니요, 붙잡힌다는 두려움도 아니라, 기다림이었다. 불확실성이었다. 여기서 멀리 떠나지 못하는 한, 어떤 일이라도 일어날 수 있다는, 그의 삶이 몇 초 만에 파멸해 버릴 수 있다는 느낌이었다. 이제는 몇 초면 모든 게 끝날 수 있었다. 장거리 달리기 경주에서처럼 마지막 몇 킬로미터가 그에게는 가장 힘겹게 느껴졌다.

오후가 시작될 즈음, 디윌라푸아 박사가, 그에게서 상상할 수 있는 바이지만, 조심스럽고도 살그머니 병실에 들어왔다. 그는 늘 병실을 착각한 사람, 자신의 착각을 깨닫고는 급히 밖으로 나가려고 하는 사람 같은 느낌을 주었다. 이번에도 그렇게 하려 하고 있다가 병실 안에 앙투안이 있는 것을 발견했다. 그는 당황한 얼굴을 감췄는데, 이러면서 약간 머뭇거리는 모습은 어떤 예기치 못한 상황에 처한 사람들에게서 흔히 볼 수 있는 것이었다.

앙투안은 그를 여러 해 동안 보지 못했다. 그는 많이 늙었지만, 이제는 쭈글쭈글해진 그의 얼굴은 전에도 언제나 그랬듯이 무표정하고도 헤아리기 힘든 표정이었다. 그는 여전히 혼자서 그 신비스러운 삶을 살고 있을까? 아직도 일요일이면 후줄근한 운동복 바지 차림으로 손수 진료실을 청소할까?

두 남자는 악수를 나눴고, 나란히 앉아서 쿠르탱 부인을 지켜보았고, 그러다 자신들의 침묵이 어떤 고인에 대한 묵념과도 흡사하다는 사실을 깨달았다.

「자네, 지금 몇 해째인가?」 의사가 물었다.

「마지막 해입니다.」

「아, 벌써…….」

디윌라푸아 박사의 목소리는 앙투안을 오래전에 있었던 그 기이한 순간으로 되돌려 보냈다. 〈만일 내가 널 입원시켰다면…… 일은 다른 식으로 진행됐을 거야, 무슨 말인지 알겠니……?〉

그건 사실이었다. 만일 이날 앙투안이 자살 시도 때문에 입원했었다면, 수사가 행해졌을 것이고, 그는 심문을 받았을 것이고, 레미를 살해한 것을 자백했을 것이고, 그는 끝장났을 것이고, 의사는 바로 이 모든 것으로부터 그를 보호해 주었던 것이다.

그는 구체적으로 무얼 알고 있었을까? 정확히는 아무것도 몰랐을 것이다. 하지만 동네 아이가 실종되고 나서 몇 시간이 지난 뒤, 온 도시가 이 비극적인 사건으로 들끓고 있을 때, 이 열두 살 먹은 소년이 죽으려 했다는 사실은 끔찍한 의미를 지닐 수밖에 없었고, 어떤 양심의 가책에 의한 행동으로 해석될 수밖에 없었다.

〈만일 무슨 일이 일어난다면, 날 찾으면 돼, 날 부르면 돼……〉라고 그는 말했다.

그런 날은 결코 오지 않았다. 그런데 기묘하게도 앙투안이 절망의 구렁텅이에 가장 가까이 다가갔던 이 순간에 박사가 다시 나타난 것이다.

디윌라푸아 박사는 그게 뭔지 전혀 알지 못했었지만, 이제 그 〈무슨 일〉이 일어나려 하고 있었다. 레미의 시체가 곧 발견될 것이기 때문이었다.

앙투안은 어머니의 새하얀 얼굴을 내려다보았다.

그녀 역시 〈무슨 일〉이 있었다는 것을 감지했지만, 더 깊이 파고들려 하지 않았다. 그녀의 직감은 자신의 아들이 이 사건과 연관되었다는 것을 이해했고, 그녀는 어떤 알 수 없는, 하지만 급박하게 다가오는 악에 대해 그를 보호하려 했으며, 이 거짓과 무지와 침묵의 구조물은 거의 12년 동안 유지되었던 것이다.

이제 앙투안은 이 병실에서 그의 비극의 두 유일한 증인, 그러니까 당시에 각자의 방식으로 입을 다무는 편을 택했던 두 어른과 함께 있었다.

이야기는 원점으로 돌아오고 있었다.

바로 이 순간, 통나무를 운반하는 트럭들이 언덕을 기어올라 생퇴스타슈 숲으로 향하고, 불도저들은 쓰러진 나무들을 들어 올리고 또 뒤집고 있을 것이었다. 레미 데스메트의 유해는 중장비 차량들의 캐터필러 아래서 완전히 흩어지지도, 묻혀 버리지도 않고, 어느 순간 마침내 정의가 이루어질 것을 요구하듯이 기사단장의 석상⁴처럼 불쑥 솟아날 것이고, 앙투안 쿠르탱은 발각되고, 체포되고, 심판되고, 유죄 판결될 것

----

4 모차르트의 오페라 「돈 조반니」에 나오는 인물. 초반부에 돈 조반니에게 살해당한 뒤, 후반부에 석상의 형태로 나타나 돈 조반니에게 회개를 종용한다. 돈 조반니는 이를 거부하다가 결국 지옥 불에 떨어진다. 「돈 조반니」의 초연지 프라하에는 기사단장의 동상이 세워져 있다.

이었다.

쿠르탱 부인은 알아들을 수 없는 말들을 옹알거리기 시작했다.

두 남자는 침대의 양편에서 그녀를 내려다보면서 그 옹알거리는 소리의 의미가 무엇인지 찾아보고 있었지만 물론 허사였다.

「이젠 어떻게 하려고 하나?」 의사가 물었다.

대체 무슨 말을 하려는 걸까? 앙투안은 잠시 헤아려 보다가, 이 질문을 조금 전에 중단된 대화에 가져다 붙였다.

「아…… 인도주의적 구호 단체에서 일하려고요. 인터뷰에 통과했어요. 정상적이라면…….」

디월라푸아 박사는 오랫동안 생각에 잠겨 있었다.

「그래, 떠나려 하는군…….」

그는 갑자기 머리를 쳐들더니, 무언가를 갑작스레 깨달은 사람처럼 앙투안을 뚫어지게 쳐다보았다.

「여긴 아주 좁지, 안 그런가?」

앙투안은 항변하려 했다.

「맞아, 맞아, 여긴 아주 좁아. 난 이해한다네…… 무슨 말인가 하면…….」

그는 다시 어떤 깊은 생각에 빠져들더니 결국 일어나서는 아까 들어왔었던 것처럼, 다시 말해서 고양이처럼 소리 없이, 그리고 마치 아무도 아닌 사람처럼 떠나 버렸다. 그러면서 단지 고개만 한 번 까딱하며 뜻밖의, 그리고 수수께끼 같은 한

마디만 남겼다.

「난 자네를 좋아하네, 앙투안.」

다시는 보발에 발을 디디지 않으리라는 앙투안의 환상은
이날 깨져 버렸다. 오후가 끝나 갈 즈음, 병원 원무과에서 쿠
르탱 부인의 신분증이며 옷가지 등을 요구했고, 그것을 찾으
러 갈 사람은 앙투안밖에 없었다.

보발에 돌아가야 한다고 생각하니 숨이 막혔다. 어머니의
집은 무쇼트 일가의 집 바로 옆에 붙어 있었고, 만일 에밀리
가 그를 보게 된다면 어떤 괴로운 일이 일어날지는 불 보듯
뻔했다.

그는 갖가지 핑계를 대며 시간을 끌었다. 어머니를 목욕시
키는 것을 보고 가겠다, 의사를 보고 나서 출발하겠다, 등등.

그는 기계적으로 TV를 틀었고, 저녁 뉴스를 보게 되었다.

이날 오전에 있었던 주요 사건이 이 나라의 모든 뉴스 전문
채널들에서 끝없이 방영되고 있었다. 생퇴스타슈 놀이공원
에서 한 어린이의 유골이 발굴되었다는 소식이었다.

군경대는 신중하게 이 사실을 확인하기만 할 뿐, 희생자의
신원에 대한 모든 해석을 삼갔지만, 기자들은 이 지역의 모든
주민들과 마찬가지로 물론 한 가지 생각밖에 없었다. 이게 레
미 데스메트의 시신이 아니라면 대체 누구겠는가?

앙투안은 이 뉴스를 기다리고 있었다. 심지어는 10년이 넘
게 이 뉴스를 예상해 왔지만, 사실은 어떤 가까운 이의 죽음
에처럼 이것에 진정으로 준비되어 있지는 않았다.

르포르타주들이 계속 이어지면서 다른 관심사들을 뒷전으로 밀어냈다. 기자들은 중단된 공사 현장, 멈춰선 트럭들, 조용한 불도저들, 하얀 작업복 차림으로 차량들 주위에서 부산히 움직이는 감식반원들, 그리고 이 차량들의 경광등에 비쳐지는 보안 테이프 안쪽에서 굳은 얼굴로 작업하는 정장 차림과 작업복 차림의 사내들을 카메라에 담았지만, 이 모든 것들은 배경에 불과했고, 매체들의 진정한 관심의 대상은 레미 데스메트 자신이었다. 전에 실종자 수배 전단에 쓰였던 사진은 아마도 유해 발견 후의 이 몇 시간 동안 프랑스에서 가장 많이 방영되고, 또 시청된 사진일 것이었다. 기자들은 데스메트 부인에게로 달려가 그녀의 집 앞에 진을 쳤다. 아직 그녀와 인터뷰를 하지 못한 이들은 이웃들, 상인들, 시의원들, 행인들, 우체부, 교사들, 학부모들에게서 얼마든지 한마디씩을 얻어 낼 수 있었다. 모두가 눈물을 흘릴 정도로 흥분해 있었으며, 도시 전체가 기꺼이 고통을 나눌 준비를 하고 있었다.

그동안 앙투안이 합리적으로 상상해 보려 했던 모든 것들이 이 미디어적 광풍의 예측 가능한 결과들에 깨끗이 날아가 버렸다. 그는 속으로 중얼거렸다. 자, 이제 무슨 일이 일어나게 될 건지 한번 생각 좀 해봐……

로라가 전화를 건 것은 바로 이런 때였다. 앙투안은 응답할 용기가 나지 않았다.

쿠르탱 부인이 갈수록 커지는 음성으로 뒤에서 헛소리를 하고 있는 가운데, 그는 하루 종일 TV 앞에 붙어 앉아 사건의 추이를 살피고, 발굴된 유해와 희생자의 신원에 대한 이론들이며(화면은 머리를 단정히 빗고, 조그만 파란 코끼리가 새겨진 티셔츠 차림으로 미소 짓고 있는 레미의 사진을 보여 주었다), 사망 원인, 그리고 아이가 죽기 전에 혹은 죽고 난 후에 당했을 가혹 행위들을 추측해 보는 얘기들을 들었다. 여기저기서 수사가 재개되어야 한다는 말들이 흘러나왔지만, 군경대와 사법부와 담당 부처는 수사는 한 번도 종결된 적이 없다고 단언했다. 사람들은 새로운 수사 방향을 열고, 마침내 범인을 잡을 수 있게 해줄 어떤 새로운 단서가 발견되기를 희망차고도 경건한 마음으로 기다리고 있었다.

시청 앞 광장에서 뉴스 전문 채널 마이크 앞에 선 한 젊은 여기자가, 모두가 차분하고도 경건한 얼굴들을 하고 있지만 나중에 화면에 나온 자기 모습을 보려고 은근히 애쓰는 주민들에 둘러싸여, 상황에 어울리는 심각한 표정을 지으며 보도하고 있는 모습이 방영되었을 때, 앙투안은 심한 욕지기를 느꼈다.

〈수사관들의 말에 따르면, 이게 유괴범의 소행이라는 가설은 여전히 개연성이 있지만, 아이가 멀리까지 끌려가지 않고 시의 경계선 내에 잡혀 있었을 가능성이 더 커 보인다고 합니다. 이 경우, 수사는 시에 집중될 것입니다……. 지금 우리가 서 있는 이 보발시 말입니다.〉

사건은 출발점으로 돌아오고 있었고, 이 뱀은 이제 쿠르탱 부인 집 쪽을 향해 기어오고 있었다. 앙투안은 다시 심문받을 수 있었고, 수사관들은 그를 어린 시절로 되돌려서 무언가 떠오르는 생각이 없느냐고 물을 것이었다. 거짓말 하나하나는 커다란 바위처럼 무겁게 느껴질 것이고, 그에게는 더 이상 들어 올릴 힘이 없을 것이었다.

군경 하나가 현관 초인종을 누르면, 앙투안은 군말 없이 그에게 두 손목을 내밀리라……

그는 자기가 어머니의 신분증을 찾으러 보발에 가야 한다는 사실을 잊어버렸다. 쿠르탱 부인의 헛소리는 기력이 다해가면서도 갈수록 심해지고 있었지만, 앙투안은 의자에 앉은 채로 잠시 잠을 이룰 수 있었고, 깨어난 것은 새벽 5시가 넘어서였다. 욕실 거울에서 보니 어떤 전과자 같은 몰골이었다. 병원을 나와 역까지 걸어가 보니, 파리에서 내려오는 첫 열차를 기다리는 택시들이 늘어서 있었다. 그중 하나를 잡아타고 보발로 향하면서, 어머니의 집까지 가는 길에 아무도 만나지 않기만을 빌었고, 그의 원대로 됐다.

택시에서 내리면서 옆집을 한번 힐끗 쳐다보지 않을 수 없었다. 우연이었을까, 아니면 직감이었을까, 아직 아침 6시도 안 된 시간이었음에도 불구하고, 시간을 초월한 듯한 모습의 무쇼트 부인이 격자창 뒤에 꼼짝 않고 서서 그를 눈으로 좇고 있었다. 그녀의 유령 같은 아름다움은 악몽에 가까웠고, 그는 거미줄에 대롱대롱 매달려 펄쩍 달려들 준비를 하고 있는 어떤 암거미를 보는 듯한 느낌이 들었다.

그는 서둘러 어머니의 집으로 들어갔다.

쿠르탱 부인의 집은 약간 촌스러우면서도 깔끔했다. 서류들은 까마득한 옛날부터 같은 서랍 안에 들어 있었다. 병원 의자에 앉아 곤하면서도 심란한 잠을 자서 그런지 온몸이 쑤신 그는 그대로 소파에 드러누워 잠이 들었고, 깨어 보니 오전도 한참 늦은 시간이었다. 몸은 피곤하고, 기분은 울적하고, 정신은 멍한 것이 마치 술판이나 크리스마스 파티를 벌인 다음 날 같았다.

그는 어머니의 오래된 기구를 사용하여 커피를 만들었고, 그렇게 만든 커피에서는 어린 시절 내내 그가 알았던 냄새와 맛이 그대로 느껴졌다.

그는 상황이 어디까지 진전되었는지 알고 싶은 유혹을 견디지 못하고 TV를 틀었다. 검찰관의 얼굴이 화면을 가득 채우고 있었고, 〈어제 두개골이 발견된 희생자의 신원〉에 대해 설명하고 있었다.

〈희생자는 1999년 12월 23일에 실종된 어린이 레미 데스메트입니다.〉

앙투안의 손에서 떨어진 잔이 양탄자 위에서 부서졌다. 기묘하게도 그는 본능적으로 창문 쪽을 휙 돌아보았다. 마치 전에 데스메트 씨가 살던 집 앞에 보발 주민들 전체가 모여 있는 게 보이고, 그들이 복수를 외치는 소리가 유리창을 통해 들리기를 기다리는 것처럼.

〈1999년의 홍수 때, 범람한 물은 생퇴스타슈 숲까지 이르지 못했습니다. 아이의 유해는 당시에 쓰러진 수많은 나무들에 의해 보호되어 세월이 흘렀음에도 불구하고 많이 손상되지 않아서, 감식반의 분석을 가능케 해주고 있습니다.〉

앙투안은 양탄자 위에 산산조각이 난 잔 조각들을 응시했다. 쏟아진 커피는 마치 식탁보 위의 포도주 얼룩처럼 어둡고도 커다란 얼룩을 이루어 점점 확대되고 있었다…….

〈아이는 우측 관자놀이 부위에 아마 그를 사망에 이르게 했을 강한 타격을 받았습니다. 그가 다른 폭행을 당했는지를 말하기는 물론 너무 이릅니다.〉

일들은 너무나도 논리적으로 진행되고 있었지만, 앙투안은 수사의 칼날이 빠른 속도로 자기 쪽으로 다가오고 있다는 것을 확인하고 눈앞이 캄캄해졌다. 여기에 지난 이틀 동안 쌓인 피로까지 더하면…….

그는 간신히 몸을 일으켜 병원에 가져다주어야 할 서류들을 힘겹게 모으고, 퓌즐리에르의 콜택시를 부른 다음, 기다리려고 밖으로 나갔다. 그에게는 바깥 공기가 필요했다.

그런데 미처 몸을 돌릴 틈도 없이 한 라디오 리포터가 정원을 나오는 그를 덮쳤다.

「당신은 레미 데스메트 어린이가 실종되었을 당시 살던 집 옆집에 사시는데요, 레미 어린이를 잘 아셨습니까? 어떤 어린이였나요……?」

앙투안은 몇 마디를 더듬거렸는데, 리포터는 되풀이해 줄 것을 요구했다.

「어…… 걔는 이웃 사는 아이였어요…….」

정말이지 이 앙투안은 형편없는 친구였다. 그는 보다 개인적이고, 보다 감동적인 답변을 해야 한다는 걸 모른단 말인가? 리포터는 짜증이 났다.

「그래요, 물론이죠, 하지만…… 어떤 종류의 아이였죠?」

택시가 도착했고, 앙투안은 황급히 차 안으로 뛰어들었다.

차창을 통해 그는 기자가 벌써 어떤 다른 금발 여자에게로 몸을 돌리는 것을 보았다. 에밀리였다. 그녀의 어머니의 숄을 몸에 두르고 집에서 나오는 참이었다. 몸이 많이 불어 있었다. 리포터의 질문에 대답하면서 그녀는 멀어져 가는 택시를 원한에 찬 눈으로 쫓았다.

쿠르탱 부인은 여전히 간헐적으로, 그리고 고통스럽게 헛소리를 해댔다. 몸을 뒤척이고, 고개를 사방으로 돌려 대면서, 일관성 없는 음절들을 반복적으로 내뱉었고, 이름들(앙투안! 크리스티앙!) 즉 아들과 남편의 이름, 그리고 그녀의 어린 시절로 거슬러 올라가는 다른 이름들을 불러 댔다.

앙투안은 온종일 그녀 곁을 지키며 이마를 닦아 주었고, 그녀의 몸을 씻어 줄 때는 밖으로 나가 있다가, 기진맥진하고, 아프고, 고통스러운 몸으로 다시 들어와 앉곤 했다.

쿠르탱 부인의 헛소리는 항상 똑같은 자리를 맴도는 것 같았다. 그녀의 머리는 항상 같은 움직임을 보였고, 그녀의 입술은 항상 같은 소리를 냈다. 〈앙투안! 앙드레!〉 그녀 곁에 앉아 있는 것은 벽에 걸린 TV에서 계속 〈레미 데스메트 사건〉

에 대한 르포르타주들이 이어지고 있었기 때문에 더욱 숨이 막히는 일이었다.

옛 영상 자료들이 다시 방영되었다. 불과 12년밖에 안 되었지만, 이 이미지들은 끔찍이도 늙어 버렸다. 플라타너스 나무가 서 있는 보발 시청, 어린 레미의 집과 그 앞에서 기자들에게 화를 내며 마치 귀찮은 파리 떼 쫓듯 그들을 쫓아 버리려 하는 데스메트 씨. 또 수색하는 날 아침, 분주히 움직이는 시장 바이제르 씨, 국유림을 향해 출발하는 수색조들, 그리고 태풍과 홍수의 이미지들, 망가진 자동차들, 쓰러진 나무들, 기진맥진하고 의기소침한 주민들…….

로라는 하루 종일 앙투안의 휴대폰에 문자를 남겼다. 매번 같은 얘기였다. 사랑해.

쿠르탱 부인은 저녁 6시경에 마침내 혼수상태에서 깨어났다. 앙투안은 간호사들을 불렀다. 곧 야단법석이 일어났고, 그녀를 실어 갔으며, 앙투안은 복도에서 초조하게 기다렸다. 그렇게 한 시간 넘게 기다린 끝에 한 간호사가 그에게 와서 설명하기를, 그의 어머니는 의식을 회복했고, 아직 꽤 오랫동안 상태를 지켜봐야 하지만, 보호자가 여기서 기다릴 필요는 없는바, 상황에 변화가 있을 때마다 연락해 주겠다는 것이었다.

그는 자기 옷가지를 챙기러 병실로 들어갔다. 호텔에 들어갈 생각이었다. 쓰러져 자고 싶은 생각밖에 없었다.

TV는 켜져 있었다. 앙투안은 화면으로 눈을 들어 올렸다.

〈감식 요원들은 현장에서 희생자의 것이 아닌 모발 하나를 찾아냈습니다. 비록 그 가능성이 상당히 높기는 하지만, 이것이 살인범의 모발이라는 결론을 이끌어 내는 것은 물론 불가능합니다……. 현재 이에 대한 유전자 검사가 진행 중입니다. 그 결과가 나오는 대로, 다시 말해서 매우 조속한 시일 내에, 국가 유전자 기록 관리처에 등록된 유전자들과 대조할 예정입니다. 유전자가 일치하는 경우, 해당자에게는 실종된 어린이의 유해 근처에서 자신의 모발이 있는 이유에 대한 설명이 요구될 것입니다…….〉

# 18

자정을 조금 앞둔 시간, 앙투안이 호텔 객실의 침대에 누워 있는데, 복도에서 발자국 소리가 들렸고, 곧이어 누군가가 문을 두드렸다. 대답을 기다리지도 않고 로라가 불쑥 들어와서는 핸드백을 내려놓고 재킷을 벗어던졌다. 앙투안이 한마디 말할 틈도 없이, 로라는 그의 위에 몸을 던졌다. 그의 목에 머리를 박은 그녀는 마치 달려온 사람처럼 거친 숨을 몰아쉬었다. 앙투안은 그녀의 몸에 팔을 둘렀다. 그는 이 예상치 못했던 그녀의 존재를 어떻게 느껴야 할지 알 수 없었다.

다른 때 같았으면 벌써 몸을 뒤집어 올라탔겠지만, 지금은……

그는 자신이 실제로 어떤 인간인지 알게 되었을 때 로라가 어떤 반응을 보이게 될지, 감히 상상하기조차 힘들었다. 그의 어머니는 달랐다. 그녀는 오래전부터 뭔가를 알고 있었다. 전자는 떠날 것이고, 후자는 죽어 버릴 것이었다. 로라는 오랫동안 그의 위에 엎드려 있다가 옷을 벗었고, 또 마치 어린아

265

이처럼 그의 옷을 벗겨 주고는, 그들이 차례로 들어갈 수 있도록 이불을 들춘 다음, 그의 몸에 웅크린 몸을 꼭 붙이고 잠이 들었다.

앙투안은 기진맥진해 있었지만, 잠이 오지 않았다. 로라는 깊이, 그리고 조용히 호흡하고 있었다. 이런 신뢰가 그를 힘들게 했다. 그는 아주 조용히 울기 시작했다.

눈을 뜨지 않은 채로, 몸을 움직이지 않고서, 로라는 한 손가락을 그의 볼에 가져와 눈물방울 하나를 잡았고, 거기에 자기 손을 남겨 두었다.

몇 초 후에 그는 잠이 들었고, 깨어나 보니 날이 훤했다. 손목시계는 9시 30분을 가리키고 있었는데, 로라는 잡지에서 뜯어낸 한 페이지의 여백에다 한 줄 남겨 놓고 떠난 뒤였다. 사랑해.

쿠르탱 부인의 상태가 갈수록 좋아지는 가운데, 이틀이 지났다. 그녀는 아직 안색이 창백하고 지쳐 있었고 음식도 많이 먹지 못했지만, 말하는 건 가끔씩 말고는 더 이상 일관성이 없지 않았다. 또 시공간의 감각도 돌아왔고, 균형 감각도 향상되어, 마지막 CT 검사 후에는 그녀를 퇴원시킬 생각을 했다.

쿠르탱 부인은 자기가 〈머리가 멀쩡하다〉는 것을 보여 주고 싶었던 모양으로, 균형을 잃고 비틀거릴 때마다 손가락 끝으로 침대 머리맡 탁자나 침대의 모서리를 짚기도 했고, 가방은 기어코 자기가 싸려고 했다.

앙투안은 그저 옆에서 옷가지를 건네주기만 했고, 그녀는 그걸 받아 정성스레 개어서 포개 놓았지만, 두 사람의 시선은 〈레미 데스메트 사건〉의 새로운 소식만 끝없이 들려주는 TV 화면에 못 박혀 있었다.

앙투안은 며칠 전 보발 시청 앞에서 보았던 젊은 여기자의 모습을 알아보았다.

〈DNA 분석 결과가 나왔고, 이제 경찰은 레미 데스메트 어린이의 유해 근처에서 발견된 모발의 소유자에 대해 좀 더 많은 것을 알게 되었습니다. 이 인물은 코카서스 인종의 남성일 것입니다. 그의 신장을 추정할 수는 없지만, 그가 밤색 눈과 금발의 소유자라는 것은 확실합니다. 이러한 특징은 물론 대단히 많은 수의 남성에게 해당되기 때문에, 경찰이 이 인물의 몽타주를 작성하는 것은 쉽지 않을 것입니다.〉

앙투안은 이 뉴스가 여러 번 되풀이되는 것을 본 뒤에, 그때까지 감히 믿을 수 없었던 결론을 끌어낼 수 있었다. 즉 경찰은 어떤 DNA 샘플을, 그의 것일 가능성이 큰 샘플을 가지고 있지만, 그는 한 번도 경찰 기록에 오른 적이 없기 때문에, 앞으로 기록에 오르는 일이 없는 한, 그가 레미 데스메트의 살인범으로 밝혀질 위험은 거의 제로에 가까웠다⋯⋯.

수사가 재개될 가능성도 거의 없었는데, 사실 재개된다 한들 대체 어느 방향으로 해나갈 수 있겠는가⋯⋯.

10여 년이 지난 후에, 레미 데스메트 사건은 수면에 동그라미 몇 개를 그린 후에 다시금 사라져 버린 것이다.

앙투안의 삶은 다시 정상을 되찾게 될 것인가?

「어머나, 쿠르탱 부인, 우린 부인과 함께 성탄절을 보내려고 했는데요!」

키가 자그마하고 눈에 생기가 넘치는 갈색 머리 여자 간호사는 모든 퇴원 환자에게 이 농담을 건네는 모양으로, 이번에도 평소처럼 유쾌한 반응이 돌아오기를 기대하고 있었는데, 그녀가 발견한 것은 꼼짝 않고서 TV 화면에 빨려 들어가 있는 두 사람이었고, 그녀도 결국 거기에 관심을 갖게 되었다.

카메라가 보여 주는 것은 퓌즐리에르의 슈퍼마켓이었고, 더 특별히는 건물 옆쪽에 붙어 있으며, 지금 두 군경에 둘러싸인 코발스키 씨가 빠져나오고 있는 직원 전용 출입문이었다.

〈이 사건의 유일한 용의자는 전에 마르몽의 돈육업자였으며, 사건 당시 증거 불충분으로 풀려난 바 있는 코발스키 씨입니다. 수사관들은 이 유일한 용의자의 DNA와 1999년의 불행한 희생자 신상에서 발견된 그것을 대조하기 위한 샘플을 채취하기 위해 그에게 강도 높은 심문을 행할 가능성이 큽니다.〉

쿠르탱 부인의 손동작이 갑자기 빨라졌다. 그녀는 앙투안도 항상 봐왔지만 자신의 전 사장 얘기만 나오면 보이던 그 분노를 제대로 감추지 못했다. 마치 그에게 뭔가 속은 적이 있는 것 같은 느낌을 주었는데, 사실 옛날에 같이 일할 때에도 그녀는 그가 구두쇠요 사람을 착취하는 인간이라고 욕하지 않았던가? 또 어쩌면 그녀는 자신이 어쩌다 옷깃을 스쳤던 인물이 사악하고 음흉한, 혹은 괴물 같은 존재였다는 사실을

268

알게 되었을 때 느끼는 언짢음과 분개의 감정에 사로잡힌 것이었는지도 모른다.

어쨌든 앙투안으로서는 그가 체포되는 광경을 보는 게 이게 두 번째였고, 또 만일 사법부가 실수라도 하게 되면 얼마나 좋을까, 하는 생각을 어렴풋이, 또 그렇게 부끄러움도 느끼지 않고서, 하게 된 것도 이게 두 번째였다. 물론 이번에는 그런 일이 일어날 수 없었다. 증인은 거짓말을 할 수 있으되 DNA는 거짓말을 할 수 없다. 그래도 이 코발스키가 자기 대신 유죄 판결을 받을 수도 있다는 희망이 머리를 언뜻 스쳤다. 앙투안이 그를 보는 것은 아주 오랜만이었는데, 그동안 상당히 늙어 있었다. 머리는 백발이 다 됐고, 깡마른 얼굴은 한층 더 여위었으며, 두 팔을 축 늘어뜨리고 느릿느릿 걷는 모습이었다.

1999년에 체포된 이후로, 그의 사업은 오래가지 못했다. 그의 돈육점은 매년 추락을 거듭하여 결국 그는 그것을 팔아치워야 했고, 지금은 퓌즐리에르 슈퍼마켓의 정육 코너 팀장으로 있었다.

코발스키 씨는 몇 시간 후, 기껏해야 하루나 이틀 후에 석방될 것이고, 이것은 어쩌면 이제 경찰의 보관 문서를 늘리는 데나 의미가 있는 이 사건에 있어서 마지막 반전이 될 것이었다. 1분 1분이 지날 때마다, 앙투안은 답답했던 가슴이 펴지는 것을 느꼈고, 행복한 이미지들이 계속 머릿속에 떠올랐다. 로라, 의학 공부를 마치는 것, 외국으로 떠나는 것……

쿠르탱 부인은 집으로 돌아와(「택시를 잡다니……. 버스를 타고 올 걸 그랬어……」) 집 안을 환기시켰고(「앙투안, 네가 할 수도 있었잖니!」) 장 봐 올 목록(「잠깐, 비스코트는 꼭 외드베르 상표를 사야 해. 그게 없으면 아무것도 사오지 마!」)을 작성했다…….

앙투안에게는 어머니의 잔소리가 항상 견디기 힘들었고, 또 조금 있으면 더 이상 견뎌야 할 필요도 없게 되겠지만, 지금은 웃는 낯으로 받아들일 수 있었으니, 그녀가 다시 집에 돌아온 것이 너무도 행복하고 또 안도가 되었기 때문이다. 〈아팠다기보다는 겁이 났었어〉라고 그녀는 지인들이 전화를 걸어올 때마다 설명하곤 했다. 그녀가 돌아왔다는 소식은 벌써 보발 시내를 세 번은 돌았을 것이다.

앙투안은 시내에 가는 시간, 다시 말해서 다가와서 그의 어머니의 소식을 물어볼 사람들과 마주쳐야 하는 시간을 최대한으로 늦췄다. 그래, 블랑슈가 집에 돌아왔다고? 음, 다행이야, 정말 다행이야. 아, 얼마나 걱정했는지 몰라……. 난 거기에 있지는 않았는데, 글쎄, 사람들 얘기로는 몸이 공중으로 붕 떠올랐다더구먼……. 아, 그래, 내가 얼마나 걱정했는지……. 또 그는 불안스레 자문도 했었다. 무쇼트 내외가 그들의 딸의 일을 사방에 떠들고 다니지는 않았을까? 아니야, 아는 사람은 아무도 없어. 에밀리도, 그녀의 부모도 다른 사람이 처해 있다면 욕했을 그런 상황에 자기네가 처해 있다고 말하려 들지는 않겠지.

시청 층계를 한 번에 네 계단씩 뛰어오르고 있던 테오가 멀리서 그에게 슬쩍 손짓을 했다. 또 그는 사람들이 〈마드무아젤〉이라고 부르는 발네르 변호사의 딸과도 마주쳤다. 그녀는 매주 두 번씩, 그녀의 아버지가 죽고 나서 들어간 요양 병원을 나와 여자 간병인이 미는 휠체어를 타고 시내를 한 바퀴 돌곤 했다. 그녀는 카페드파리의 테라스에 자리를 잡았다. 여름에는 거기서 아이스크림을 먹는데, 간병인은 그녀의 턱에 아이스크림이 흘러내리면 닦아 주었고, 겨울에는 뜨거운 초콜릿을 한 모금씩 한 모금씩 마시게 해주었다. 그녀의 휠체어는 더 이상 예전의 그 괴상하고도 알록달록한 탈것이 아니었지만, 젊은 여자 자신은 조금도 변하지 않았다. 그녀의 몸은 여전히 그 바싹 말라붙은 포도 가지였고, 그 체크무늬 모포 위에서는 여전히 그 희고 차가운 손을 볼 수 있었으며, 지금도 그녀의 얼굴은 어떤 데스마스크 가운데 박힌 그 형형한 시선이었다.

들르는 상점마다 사람들은 시간에 구애받지 않고 잡담을 나누고 있었고, 앙투안도 차분하게 자기 차례를 기다렸다.

그는 어떤 가벼운 행복감이 차오르는 것을 느꼈다. 물론 이 행복감은 지난 며칠간 쌓인 피로와 많은 부분 관련이 있겠지만, 또한 그의 안에서 갈수록 커지는 안도감도 표현하고 있었다. 에밀리 무쇼트와의 그 일만 없었더라면……. 심지어는 그것조차 그의 위에 쌓여 가던 그 위협들에 비하면 하찮은 걱정거리에 지나지 않았다……. 돈이 몇 푼 들어갈지도 모르겠지만, 그게 뭐 대수인가?

아직도 그는 좀처럼 믿어지지가 않았다.

그는 공부를 마칠 것이고, 이 모든 것으로부터 멀리 떠날 것이고, 그의 삶을 다시 만들어 갈 것이었다.

# 19

예상했던 대로 코발스키 씨는 다음 날 석방되었다. 그는 혐의를 벗었지만, 쉽게 의견을 바꾸지 않는 보발 주민들의 눈에는 여전히 의심쩍은 존재로 남았다. 아니 땐 굴뚝에 연기 나겠어? 그들은 절대로 의견을 바꾸지 않을 것이었다.

앙투안의 불안감이 수그러듦에 따라, 지역 소식들에 대한 그의 어머니의 관심도 마찬가지로 수그러들었다. 그녀는 지난 며칠 동안 병원에서 그랬던 것만큼 TV 화면을 정신없이 쳐다보지는 않았다. 앙투안과는 달리, 지방 법원의 층계에서 기자들의 질문에 답변하는 검찰관의 말에도 그녀는 거의 귀를 기울이지 않았다.

〈아니요, 보발 주민 전체에 대해 DNA 검사를 실시한다는 것은 현실적이지 못합니다. 그런 계획은 우리의 예산을 훨씬 벗어날 뿐만 아니라, 무엇보다도 그런 계획을 뒷받침할 만한 정확한 데이터가 전혀 없습니다. 다시 말해서 우리가 찾고 있는 DNA 보유자(그가 정말로 레미 데스메트 어린이의 살해범이라는 가정하에!)가 어떤 인근 도시의 주민, 혹은 더 간단히 얘기해서 어떤 뜨내기가 아닌 어느 보발 주민이라고 생각해야 할 객관적 이유가 전혀 없다는 얘기입니다…….〉

「아, 저것 보라고!」쿠르탱 부인은 마치 자기가 항상 주장해 온 어떤 이론을 법관이 확인해 주기라도 한 듯이 툭 내뱉었다.

이 마지막 장애물이 제거된 이상, 앙투안은 자유로이 떠날 수 있게 되었다. 쿠르탱 부인도 원래의 모습을 되찾았고, 그는 이제 돌아가서 최종 시험을 준비해야 했다.

「벌써?」쿠르탱 부인은 건성으로 물었다.

둘이서 〈조그만 식사〉(그녀는 중요하다고 생각하는 모든 것에 〈조그만〉이라는 말을 붙였다)를 꼭 한번 해야 한다고 우긴 그의 어머니는 외투를 걸치고 시내로 향했다. 그곳의 가게들에서 그녀는 앙투안으로 하여금 쓴웃음을 짓게 하는 그 겸손한 얼굴을 하고서, 죽은 자들 가운데서 돌아온 라자로 같은 모습으로 서 있으리라.

그는 짐을 꾸렸다. 로라에게는 전화하고 싶지 않았으니, 이번에는 자기가 불시에 쳐들어가 그녀를 놀라게 해주고 싶었기 때문이었다.

식사 중에 쿠르탱 부인은 예외적으로 포르토까지 한 모금 마셨다. 그들은 특별한 대화 없이, 또 이틀 전만 해도 어떻게 결말이 날지 알 수 없는 너무나도 불확실한 상황이었건만, 지금 이렇게 같이 앉아 있다는 사실에 약간은 어리둥절한 상태로 점심 식사를 했다.

그러고 나서 쿠르탱 부인은 시계를 들여다보았고, 입을 가리며 하품을 했다.

「아직 시간이 조금 남았어요.」 앙투안이 말했다.

그녀는 그가 떠나기 전에 잠깐 눈을 붙이려고 2층으로 올라갔다.

집 안에 깊은 정적이 내려앉았다.

그리고 얼마 후 현관 초인종이 울렸다. 앙투안은 문을 열었다.

무쇼트 씨였다.

두 남자는 피차 이 볼썽사나운 상황에 거북해져서 서로에 대해 아무런 몸짓도 취하지 않았다. 앙투안은 자신이 지금까지 한 번도 에밀리의 아버지와 직접 얘기를 나눈 적이 없다는 사실을 깨달았다.

앙투안은 옆으로 비켜서며 그를 안으로 들어오게 했다.

무쇼트 씨는 키가 아주 큰 남자로, 군인처럼 짧은 머리에 우뚝한 코의 소유자였다. 전체적으로 볼 때, 항상 위엄을 유지하려는 태도와 딱딱한 자세가 곁들여져서 어찌 보면 로마황제 같은 풍모도 있었다. 혹은 지난 세기의 초등학교 교사 같기도 했는데, 지금은 뒷짐을 진 채로 가슴을 불룩 내밀고 턱을 높이 쳐들고 있었다.

앙투안은 마음이 불편했다. 그는 이 사람의 일장 훈시를 얌전히 듣고 싶은 생각이 전혀 없었다. 이 모든 일은 우연한 사고에 불과한 것이다. 만일 무쇼트 일가가 기어코 에밀리의 아이를 세상에 내놓기를 원한다면, 앙투안으로서는 할 수 없는 일이었고, 그에겐 아무런 죄책감도 없지만, 이 무쇼트 씨의 단호하고도 심지어는 위협적이기까지 한 태도를 보건데 여기서 그리 쉽게 빠져나갈 수는 없을 거라는 게 명확히 느껴졌다. 그는 자기에게 돈을 요구하러 온 것이고, 이들은 벌써 의사가 돈을 얼마나 버는지 다 생각해 봤을 터였다.

앙투안은 두 주먹을 꽉 쥐었다. 이들은 이 상황을 이용해 먹으려고 하는데, 그는 자신의 권리에 대해 자세히 알아보지 않은 것이다.

「앙투안……」 무쇼트 씨가 입을 열었다. 「내 딸애가 자네의 구애에 굴복했네…… 자네의 끈질긴…….」

「난 그녀를 강제로 범하지 않았어요!」

본능적으로 앙투안은 자신이 무죄임을 주장하는 공격적인 태도가 가장 효과적이라고 생각했다. 그는 이 사람들에 휘둘리고 싶은 생각이 전혀 없었다.

「난 그렇게 말하지 않았어!」 무쇼트 씨가 항변했다.

「다행이네요. 난 에밀리에게 해결책을 제시했지만, 그녀는 거부했어요. 그건 그녀의 선택이지만, 또한 그녀의 책임이기도 해요.」

무쇼트 씨는 분개하여 말문이 막혔다.

「그러니까 지금 자네 말은…….」

그는 더 이상 말을 잇지 못했다. 할 말이 떠오르지 않았다.

앙투안은 에밀리가 자기 아버지에게 자신이 한 낙태 제안을 전해 주었는지, 아니면 그가 지금 알게 되었는지 궁금했다.

「네, 맞습니다.」 앙투안이 말했다. 「네, 바로 그 말을 하고 싶습니다……. 그건 아직 가능해요. 그것은…… 극단적인 선택이지만, 하지만 가능한 일이에요.」

「앙투안, 생명은 신성한 거야! 우리 하느님의 뜻은…….」

「그런 엿 같은 얘기 집어치우세요!」

마치 따귀를 한 대 친 것 같았다. 그가 아무리 로마 황제 흉내를 낸다 해도, 벌써부터 휘청거리는 게 느껴졌고, 이는 앙투안으로 하여금 전투적인 자세를 한층 강화하게 했다.

아들이 고함치는 소리가 쿠르탱 부인을 궁금하게 만든 모양으로, 층계에서 그녀의 발소리가 들렸다.

「앙투안?」 그녀가 마지막 계단에 이르면서 물었다.

그는 그녀 쪽으로 고개도 돌리지 않았다. 고개를 삐죽 내민 쿠르탱 부인은 두 남자가 한바탕 하려는 기세로, 발톱을 세운 두 마리 수탉처럼 마주 서 있는 기이한 광경을 발견했다. 그녀는 발끝으로 살금살금 다시 자기 방으로 올라갔다. 노여움에 휩싸인 무쇼트 씨는 그녀가 왔다는 사실도 알아차리지 못했다.

「하지만…… 자넨 우리 에밀리의 명예를 더럽혔어!」

그는 이제 나지막한 어조로 말하고 있었다. 앙투안이 그렇게 어이없는 말을 하고 있다는 게 믿기지 않는다는 것을 강조하기 위해 한 자 한 자 또박또박 발음하면서.

「오,」앙투안은 한술 더 떴다. 「지금 명예를 더럽혔다고 말씀하시는데, 분명히 말씀드리지만 그렇게 한 것은 제가 먼저가 아닙니다.」

무쇼트 씨의 얼굴이 시뻘게졌다.

「자네 지금 내 딸을 모욕하고 있어!」

대화는 시작부터 틀어졌다. 그리고 앙투안으로서는 이렇게 쉽게 우위를 점한 게 썩 유쾌하지는 않았지만, 그렇다고 해서 공세를 늦출 생각은 없었고, 계속 이렇게 밀고 나가기로 했다.

「선생님 따님이 자기 몸을 가지고 어떻게 하든 그건 그녀 맘이에요. 나하곤 상관없는 일이에요. 하지만 나는…….」

「그 애는 약혼한 몸이었어!」

「맞아요. 하지만 그런 몸으로 나하고 같이 잤죠.」

앙투안은 무슨 일이 있어도 이 수렁에서 발을 빼야 했고, 무쇼트 씨 같은 상대에게는 말을 너무 돌리지 않는 편이 나았다.

「자, 무쇼트 씨, 지금 선생님께서 곤란해 하시는 거 이해합니다. 하지만 우리끼리 얘긴데, 선생님 따님은 그렇게 순진한 사람만은 아니에요. 자, 그녀가 누군가의 아이를 임신한 것은 사실입니다. 하지만 난 이 일에 있어서 더 책임이 있는 것은 아니란 말씀입니다. 그러니까…… 다른 남자들보다 말이에요.」

「그래, 난 짐작하고 있었지. 자네가 형편없는 작자라는 것을…….」

「아, 그렇다면 다음에는 따님에게 애인들을 더 잘 고르라고 말씀하시죠.」

무쇼트 씨는 고개를 끄덕였다. 좋아, 좋아, 좋아…….

「자네가 정 이런 식으로 나오니까…….」

그는 등 뒤에서 신문을 한 부 꺼내어 그의 눈앞에 파리채처럼 흔들었다. 지역 신문이었다. 그게 오늘자 신문인지는 알 수 없었다.

「다 알다시피……. 요즘은 검사를 하는 게 가능하단 말씀이야!」

「뭐라고요?」

앙투안의 얼굴이 창백해졌다.

무쇼트 씨는 자기가 방향을 제대로 잡았다는 것을 알아챘다.

「난 자네를 고소할 거라고!」

앙투안은 위협이 드리워지는 것을 느꼈지만, 이 위협이 자신의 삶에 구체적으로 어떤 의미를 갖게 될지는 이해할 수 없었다.

「난 자네에 대해 소송을 걸 거고, 자네로 하여금 유전자 검사를 받게 하여, 자네가 내 딸이 품고 있는 아이의 아비라는 사실을 확실하게 증명할 거야!」

앙투안은 넋을 잃었다. 입을 딱 벌린 그는 아무리 애써도 이 상황을 차분하게 생각할 수가 없었다.

이 천치 같은 자는 자기가 말하는 것들이 어떤 결과들을 가져오게 될지도 모르는 채로 지껄이고 있는 것이다.

「당장 꺼지세요.」 그는 유령 같은 목소리로 조그맣게 내뱉었다.

「아직 길이 없는 것은 아니야.」 무쇼트 씨가 결론지었다. 「에밀리에게나 자네에게 치욕이 될 길보다는 명예로운 길을 택하는 게 아직 가능해. 왜냐면, 분명히 말하지만, 난 절대로 생각을 바꾸지 않을 거란 말이야! 난 법원으로 가서 유전자 채취를 요구할 거고, 자네가 원하든 원치 않든 간에 자넨 내 딸과 결혼하고, 이 아이를 인정하지 않을 수 없게 될 거란 말이야!」

그는 마치 군인 같은 동작으로 척 뒤돌아서서는 현관문을 쾅 닫으며 나가 버렸다.

무언가 붙잡을 게 필요해진 앙투안은 문틀을 꽉 잡았다. 무언가 해결책이 필요했다.

그는 층계를 네 계단씩 걸어올라 자기 방으로 들어갔고, 거기에 처박혀 이리저리 걷기 시작했다.

어쩔 수 없이 에밀리 무쇼트와 결혼해야 할 것인가?

생각만 해도 구역질이 났다. 그리고 결혼하면 어디서 살 것인가? 에밀리는 외국에 나가는 것을, 자기 부모에게서 멀어지는 것을 절대로 받아들이지 않을 것이다.

또 한 살, 혹은 두 살 먹은 아이의 아버지로서 어떤 인도주의적 구호 단체에 지원해 봤자 무슨 소용이 있겠는가?

그렇다면 영원히 보발에서 살아야 하는 신세가 될 것인가?

그건 견딜 수 없는 일이었다.

앙투안은 상황을 보다 구체적으로 상상해 보려고 했다. 무쇼트 씨는 고소를 하러 간다. 그는 어떤 판사의 사무실로 들어가고……. 판사는 그의 요청을 우스꽝스러운 것으로 여긴다. 그는 이렇게 말할 것이다. 〈무쇼트 씨, 그런 검사는 강간의 경우에나 하는 거예요. 선생의 따님이 강간 건으로 고소했나요……?〉

아니지. 앙투안은 자신을 안심시켰다. 명색이 법관이라면, 그런 종류의 요청을 들어줄 리 없지, 그건 불가능해.

하지만 동시에, 법관은 반드시 스스로에게 이런 질문도 해볼 것이다. 만일 자기가 생부가 아니라고 그렇게 확신한다면, 왜 이 앙투안 쿠르탱은 이 검사를 받으려 하지 않을까?

분명히 판사는 유전자 검사를…… 레미 데스메트 살해범의 DNA가 발견된 이 시점에서 거부하고 있는 이 남자에 대해 의문을 품을 것이다. 또 이 남자는 전에 살아 있는 레미를 마지막으로 본 사람들 중의 하나가 아니었던가…….

그래서 그들은 확실히 하기 위해 앙투안을 다시 한번 심문할 것이다.

그리고 그는 자신은 12년 전에 일어난 일에 대한 이 심문을 결코 견뎌 내지 못한다는 것을 알고 있었다. 그것은 불가능했다. 그는 다시금 거짓말을 해보려 하겠지만, 잘하지 못할 거고, 흔들릴 거고, 판사도 동요할 것이었다. 어떤 살인 사건의 범인이 사소한 범죄로 잡혀 들어와 체포된 경우는 이번이

처음이 아닐 것이다…….

어쩌면 그렇게 되면 판사도 그에게 유전자 검사를 받게 할 지도 모른다…….

그냥 받아들이는 편이 나았다.

차라리 지금 이 검사를 받아, 앙투안을 영원히 일어설 수 없게 만들 이 의심을 사전에 차단해 버리는 게 나았다.

이렇게 생각하니 조금 힘이 났다. 왜냐하면 설사 그가 이 아이의 아버지가 된다 해도 양육비를 지불하면 끝인 것이다! 어떻게 결혼으로 인생을 망칠 수 있단 말인가, 어떻게 그런…….  이 마지막 말을 그는 찾아내지 못했다.

칸막이벽 저쪽에서 어떤 숨죽인 소리들이, 뭔가가 살그머니 부딪히는 소리들이 들렸다. 마치 방음이 잘 안 되는 호텔 객실에서 조심스러운 사람들이 내는 것 같은 소리였다.

그것은 평소처럼 마치 아무 일도 없는 듯이 자신의 방을, 하지만 그가 어린 시절 내내 보아 왔듯이 벌써 깨끗이 치워져 있는 자신의 방을 다시 정리하고 있는 그의 어머니였다.

이런 소리를 듣는 것은, 이렇게 그녀의 존재를 거의 물리적으로 느끼는 것은 그를 뼛속까지 얼어붙게 했다…….  만일 그가 아비가, 다시 말해서 죄인이 된다면, 그리고 에밀리와 결혼하는 것을 거부한다면, 무쇼트 일가는 이 일을 동네방네 떠들고 다닐 거고, 쿠르탱 모자를 손가락질할 것이었다…….

그렇다면 어머니의 삶은 어떻게 될 것인가?

그녀는 그녀의 평판에 끼얹혀진 이 얼룩을 견뎌 내야 할 것이었다. 모든 사람의 눈에 그녀는 비겁한 남자, 자신의 책임을, 자신의 의무를 떠맡지 못하는 남자의 어머니로 비칠 것이었다. 사람들이 쳐다봄과 지켜봄과 단죄와 윤리적 모욕을 당하게 될 그녀는 그런 삶을 결코 살아 낼 수 없을 것이었다. 아니, 그것은 불가능했다.

앙투안에게는 그녀밖에 없었고, 그녀에게도 그밖에 없었다.

그는 도저히 그녀에게 그런 시련을 부과할 수 없었다.

그녀는 죽어 버릴 것이었다.

이제 남은 해결책은 단 하나였다. 검사를 받아들이고, 그의 결백을 증명해 주는 결과가 나오기를 바라는 것이었다.

하지만 이보다 더 불확실한 것은 없었다.

무엇보다도 또 다른 것이 있었다.

여기자가 했던 말이 다시 들렸다.

〈……이 유일한 증인의 DNA와 1999년의 불행한 희생자의 그것을 대조하기 위한 샘플을 채취하기 위해……〉

앙투안은 현기증을 느꼈고, 어딘가에 앉아야 했다. 만일 그가 이 테스트를 받아들인다면, 그게 긍정적인 것이든 부정적인 것이든 간에 결과는 어딘가에 보관될 것이었다…….

그것은 존재하게 될 것이었다.

오랫동안. 아주 오랫동안. 이 검사 결과는 어떤 파일에 저장될 것인가? 어느 기관이 그걸 맡게 될 것인가?

그것이 조만간에…… 레미 데스메트의 살해범의 DNA와 대조되지 않는다고는 아무도 장담할 수 없었다.

어느 때고 어떤 정부의 법령이 내일 당장 경찰이 사용 가능한 모든 DNA 파일들을 상호 대조하는 것을 허용할 수도 있는 일이었다…….

그의 머리 위에 다모클레스의 칼이 영원히 걸려 있게 될 것이었다.

유일한 해결책은 검사를 거부하는 것이었다.

앙투안은 원점으로 돌아온 셈이었다. 이것은 막다른 골목이었다. 이 검사를 받든지 받지 않든지 간에 결과는 마찬가지였다.

오늘 일어나지 않는 일은 내일 위협이 될 것이었다.

그리고 평생토록 그럴 것이었다.

「앙투안, 네 열차 시간이 언제니?」

앙투안은 소리도 못 들었는데 쿠르탱 부인이 와 있었다. 그녀는 고개를 삐죽 내밀었다.

그녀는 자기 아들이 지금 얼마나 동요하고 있는지 즉각 알아챘다.

「뭐, 이 열차를 못 타면 다음 차들이 있으니까…….」

그녀는 문을 닫고 아래로 내려갔다.

앙투안은 방 안을 이리저리 걸으며 여러 가지 생각들을 해봤지만, 항상 결론은 명확했다. 지금 출구는 단 하나로, 무쇼트 씨가 고소하는 것을 막는 것이었다.

아니면 극심한 불안 속에서 살 각오를 해야 했다. 그리고 어쩌면 전국을 떠들썩하게 할 재판을, 유아 살해범이 겪어야 할 그 끔찍한 시간을 통과하고 나서 교도소에서 15년을 보낼 수도 있었다……. 지금까지 그가 피해 올 수 있었던 모든 것들이었다.

그가 열두 살 때 범죄를 저지른 이후로 12년이 흘렀고, 1999년 12월의 그날에 그가 빠지게 된 이 비극의 마지막 장이 어쩌면 여기서, 지금 펼쳐지고 있는지도 몰랐다…….

밤이 되었다.

그는 어머니가 잠자리에 드는 소리를 들었다. 아무 말도 하지 않았고, 아무것도 묻지 않았다.

아침이 될 때까지 그는 방 안을 이리저리 걸었다. 너무나도 불행했다. 그의 삶은 슬프기만 했던 그의 어린 시절이 예정해 놓은 거대한 패배일 뿐이었다.

동이 텄을 때, 그는 자신이 에밀리와의 그 일을 통해 스스로를 심판한 게 아닌가 하는 생각이 들었다. 그가 범한 죄에 대한 형벌은 교도소에서 세월을 보내는 게 아니라, 그가 미리부터 혐오해 마지않던 삶을, 그가 끔찍이 여기는 모든 것들로 이루어진 삶을 보내는 것이었다. 보잘것없는 사람들 곁에서, 그가 증오하는 환경 속에서 그가 좋아하는 일을 하면서 평생을 보내는 것이었다…….

이게 바로 그의 형벌이었다. 그의 삶 전체를 내놓는 대가로 완전한 자유의 몸으로 죗값을 치르는 것이었다.

아침에 앙투안은 자신의 패배를 인정했다.

2015년

# 20

1주일 전부터, 아니 그 전부터 비가 계속 내렸다. 여기에다 오후가 조금 지나가면 벌써 밤이 되어 버리니 하루가 너무나 피곤해지고 있었다. 아무리 일정표를 잘 짜고, 합리적인 코스들을 그려 놔도 소용없었다. 어디론가 가고 있는 중에 걸려 오는 응급 전화는 언제나 마르몽을 두 번, 바렌을 세 번 다시 들르지 않을 수 없게 만들었다. 이런 일은 매일 일어났다.

앙투안은 손목시계를 들여다보았다. 저녁 6시 15분. 진료실 대기실에는 벌써 여남은 명은 앉아 있을 거고, 9시 이전에는 집에 들어가지 못할 것이었다. 백미러에 비친 자신의 얼굴이 보였다. 결혼하기 며칠 전, 그는 콧수염을 기르기로 결심했고, 그 후로 쭉 길러 왔다. 그것은 그를 상당히 나이 들어 보이게 만들었고, 심지어는 그의 어머니조차 그렇게 말했지만, 이것은 그에게도, 에밀리에게도 전혀 중요하지 않은 일이었다. 어차피 그녀는……. 그녀는 도무지 정체를 알 수 없는 여자였다. 그는 처음에는 그녀에 대해 아주 화가 나 있었고,

그렇게 협박에 넘어간 자신을, 너무 쉽게 겁에 질려 굴복해 버린 자신을 책망했다. 심지어 그는 그 유전자 검사를 받을 생각까지 했었다. 하지만 그렇게 하지 않았으니, 그래 봐야 그의 삶이 취하게 된 방향을 조금도 바꿀 수 없을 거였기 때문이다. 그러기엔 너무 늦어 버렸다.

하여 그는 마음을 가라앉혔고, 자신의 아내를 다른 눈으로 보게 되었으며, 그녀를 사랑하지는 않았지만, 적어도 이해는 하게 되었다. 그녀는 일종의 나비였다. 불안정하고도 변덕스러운, 갑작스러운 흥분에 사로잡혀 생각도 후회도 없이 팔랑팔랑 날아다니는 나비였다. 그녀는 여전히 아주 예뻤다. 출산한 지 몇 주 만에 원래의 몸을 회복했다. 편평한 배, 완벽한 젖가슴, 그리고 역사에 남을 만한 그 엉덩이……. 샤워 중인 그녀를 덮칠 때면, 아직도 그것에 입이 딱 벌어질 정도였다. 이따금 그는 그녀와 동침하곤 했는데, 그녀는 모든 것을, 언제나, 받아들였다. 그녀는 〈아기 때문에〉 숨죽인 비명을 조그맣게 질러 대면서 오르가슴을 느끼는 시늉을 하고는, 〈오늘은 전번보다도 더 좋았다〉라고 말하며 옆으로 돌아누워서는 곧바로 잠이 들곤 했다. 앙투안이 확신하는 바로는, 이 에밀리는 한 번도 오르가슴을 느낀 적이 없었다. 아무와도 그런 적이 없었다. 그는 그녀와의 관계에 대해 자문해 보기를 멈췄고, 그저 의사로서 그녀가 조심할 수 있도록 관리하는 것으로 만족했으나, 그것은 아무 쓸데없는 짓이었다. 그녀는 전혀 통제할 수 없는 여자였다.

처음에는 어쩌다가 예고 없이 집에 들어갔을 때, 에밀리가 치맛자락을 쓸어내리고 머리칼을 조금 매만지면서 지하실에서 올라오는 모습을 보고, 그러고 나서는 지하실에서 아직 도구 상자도 열지 않은 전기공이 얼굴을 벌겋게 붉히고 있는 모습을 발견했을 때 앙투안으로서는 그야말로 가슴이 찢어지는 것 같았다. 만일 그가 그녀를 사랑했었다면, 그는 아주 불행했을 것이다. 사실 그는 조금만 불행했는데, 그 자신 때문은 아니었다. 식탁에서, 혹은 주방에서 그녀를 슬쩍 훔쳐보게 되었을 때, 그는 가슴이 아려 왔다. 아, 얼마나 안타까운 낭비인가! 저 멜랑콜릭한 분위기의 미녀의 머릿속이 텅 비어 있다니!

에밀리는 모든 것을, 모든 사람을 받아들이듯이 자신의 삶도 받아들였다. 특히 생각 없는 키스와 순간적인 불장난을 좋아했다.

테오와는 예외였다. 그는 2년 전에 아버지의 공장을 물려받았고, 지난 선거들에서는 아버지를 대신해서 시장 자리를 차지했다. 그 후로 그는 요즘의 쿨한 사장, 현대적인 시장의 역할을 수행하고 있었다. 디젤 청바지 차림으로 시 의회를 주재하고, 노타이의 흰 셔츠 차림으로 추모 기념비 행사에 가고, 콘버스 농구화를 신고 노조원들을 접견했다. 그는 사람들과 가까운 척을 하고, 모두와 말을 놓아 가면서 봉급을 가지고 줄다리기했다. 또 의사의 마누라도 범하곤 했는데, 의사는 어린 시절 친구였지만, 그런 것은 전혀 중요치 않았다.

앙투안은 국유림 한가운데의 도로상에서 작업하는 통나무

운반 트럭에 막혀 차를 세웠다. 기다려야 했다. 그는 이런 갑작스러운 무위의 순간들을 두려워했다. 그가 결국 시골 의사라는 이 직업을 좋아하게 된 것은 아마도 이 때문이었을 것이다. 1년 전에 그에게 자신의 진찰실을 판 디윌라푸아 박사는 이미 그에게 말해 주었다. 자넨 두 달도 안 돼 이 일을 때려치우든지, 아니면 평생 하게 될 걸세. 중간은 없어. 맞는 말이었다. 그는 즉시 자신을 모두 쏟아부었고, 아마도 영원히 그만두지 못할 것이었다.

다른 면에 있어서는 삶이 자리를 잡았다.

에밀리는 처음 본 날과 조금도 변함이 없이, 안쓰러울 정도로 진부하고도 유치한 소리들을 종일 지껄여 댔으며, 그의 장인은 자기 딸내미가 이제 의사 부인이므로 가슴을 한껏 치켜 올렸다. 그들의 아기는 앙투안이 〈아이를 돌보기에는 할 일이 너무 많기 때문에〉 장모가 빼앗아 갔다. 틀린 말은 아니었다.

어린 막심은 4월 1일생이었다. 아, 여기에 대한 별의별 농담들을 신물이 나도록 들었다! 온 가족이 이 일에 뛰어들었다. 잠깐, 얘는 염소자리야, 엉, 물고기자리가 아니란 말이야, 하, 하, 하! 위대함에 대한 이 가족의 판타지에 대해 많은 것을 시사해 주는 이 막심이라는 이름은 물론 무쇼트 씨가 부과한 것이었다.

그 자체가 하나의 악몽이었던 결혼식이 있은 후(네 사람이 석 달 동안 풀타임으로 준비해야 했다. 청첩장 관련 논의를 위한 가족회의, 결혼식 예행연습을 위한 교회에서의 모임, 식사 메뉴를 둘러싼 줄다리기, 하객 명단에 관한 의견 대립……지옥이 따로 없었다), 에밀리의 임신은 모든 일가친척, 친구, 지인들을 집으로 불러 모았고, 그녀는 의심의 여지 없이 세상이 창조된 이래로 최초로 임신한 여자가 되었다.

에밀리는 승리를 구가하는 어머니였다. 그녀는 임신한 배를 마치 부의 외적 표시인 양 앞으로 불쑥 내밀고 다녔고, 사람들이 줄을 서 있는 곳에서는 의기양양한 미소를 머금고 모두의 앞을 지나갔으며, 상점에서는 의자를 요구하고, 거친 숨을 몰아쉬어 보는 이로 하여금 불안하게 만들었고, 또 그런 사람이 있으면 이 임신의 1차적, 그리고 2차적 증상들을 상세히 설명해 주는데, 누구에게도 못 하는 말이 없었고, 별의별 얘기를 다했다. 다양한 통증들, 설사, 구토, 졸음……. 난 아기가 발길질을 하는 줄 알았는데 말이죠, 아, 알고 보니 그게 가스였어요! 아, 가스였다니까요! 배가 압축이 돼서 그래요, 아, 참 희한한 경험이었어요, 네, 정말 사람을 파김치가 되게 하지만(그녀는 이 표현을 아주 좋아했다), 또한 〈삶의 놀라운 선물〉이기도 해요……. 그리고 컨디션이 좋은 날이면 그녀는 〈한 아이에게 생명을 준다는 것은 여자에게는 얼마나 아름다운 모험인지!〉에 대한 주제로 청중의 넋을 빼앗곤 했다. 앙투안은 그저 우울할 따름이었다.

그는 그의 아들에 대해 아무것도, 사랑도, 증오도 느껴지지 않았고, 아이는 그의 삶에 속해 있지 않았다. 에밀리와 그녀의 어머니는 앙투안은 마주치기만 할 뿐인 이 아기를 가지고 항상 인형 놀이를 했다. 그는 아기를 시의 대부분의 아기들처럼 보살폈고, 그는 다른 모든 아기들 중의 하나일 뿐이었다.

그러다 막심이 걷기 시작했고, 또 말하기 시작했다. 그리고 앙투안으로서는 예상치 못한 일이었는데, 그는 무쇼트 가족과 비슷하지 않았다. 때로 그는 이 아이가 자신을 닮았다는 느낌을 받았고, 기분이 우쭐해졌다. 다른 이들이 그러는 것은 항상 우스꽝스럽게 여겼지만 말이다.

아이가 자신을 닮았다고 느끼는 것은 어쩌면 그걸 갈망하기 때문인지도 몰랐다. 지금으로서는 그냥 지켜보기만 했다. 그는 그들의 관계가 어떻게 발전할지 알 수 없었다.

앙투안은 다시 시동을 걸고 우회전을 했다. 맙소사, 벌써 한 시간 반이나 늦어 버렸다! 대기실이 환자들로 꽉 차 있으리라. 어쩔 수 없지, 그들은 기다릴 것이다. 또 그들은 항상 기다렸다. 앙투안은 금방 보발 주민들이 아주 좋아하는 의사가 되었던 것이다. 적어도 저이 어머니는 우리가 알고 있지…….

그는 현관 앞 층계 아래에다 차를 세우고, 차 키를 꽂아 둔 채로 차에서 내려 외투를 펼쳐 비를 막으며 커다란 집으로 들어갔다. 여기서 오래 머무르지는 않을 거였지만, 약속했기 때문에 온 것이다. 안녕하세요, 선생님, 이 시간에 뵙게 될지 몰랐네요, 외투를 제게 주세요, 그녀가 초조해 하고 있답니다, 아시겠지만.

그렇다. 하지만 그녀는 항상 다른 일에 몰두해 있는 척하고 있었다. 그가 방 안에 들어서자, 그녀는 그에게로 놀란 시선을 들어 올리며 말했다. 아, 선생님이세요? 여긴 웬일이세요?

마드무아젤은 이제 서른한 살인데, 열다섯 살은 더 되어 보였다. 그녀는 무서울 정도로 깡말랐지만, 앙투안은 아마도 이 해골이 앞으로 수십 년은 더 죽음에 저항하리라는 걸 알고 있었다. 만일 전에 마드무아젤이 죽고 싶어 했었다면, 이제 그 갈망은 시들어 버렸을 터였다. 앙투안의 도망치고 싶은 갈망이 그러했던 것처럼.

그는 의자를 하나 끌어다 놓고 앉은 다음, 그의 가방 속을 뒤졌고, 주위를 한번 빙 둘러본 뒤에, 거기서 초콜릿 바 하나를 꺼내어 마드무아젤의 이불 속에 슬그머니 밀어 넣었다. 이 비밀스러운 동작은 형식적인 것일 뿐이었다. 그녀는 초콜릿을 먹는 게 금지되었지만, 먹고 있다는 사실을 모두 — 주 공급원인 그녀의 담당의까지 포함하여 — 가 알고 있었다.

마드무아젤은 이불 한쪽 귀퉁이를 살짝 쳐들어 상표를 확인한 다음, 아주 불쾌하다는 듯이 입을 삐죽 내밀었다.

「선생님은 그렇게 좋은 패자(敗者)는 아니어요!」

그들은 앙투안이 이 요양 병원에서 디윌라푸아 박사의 자리를 이어받았을 때부터 체스를 두기 시작했지만, 제대로 한 판 둘 시간은 전혀 없었다. 그래서 그녀가 아이디어를 냈고, 그 결과 그들은 지금 이메일을 통해 수를 주고받고 있는 것이었다. 앙투안은 차 안에서 전략을 생각하여 어느 환자의 집에 들어가기 전에 수를 보내고, 진찰을 하는 동안 응수를 받고, 또 나와서 다시 수를 보내고 하는 식이었다. 마드무아젤의 말대로, 그는 좋은 패자가 아니었다. 그가 지기 때문이 아니라, 항상 기계적으로 대충 두기 때문이었다. 그는 그녀와 둬서 한 번도 이긴 적이 없었다. 그리고 질 때마다 초콜릿을 가져다주었다.

「난 오래 있을 수 없어요. 두 시간이나 늦었거든요.」

「아, 그럼 그냥 떠나시겠죠, 선생님 환자분들. 그리고 이게 그분들에게 아주 좋을 거예요! 아마 내일 가보시면 병이 다 나아 계실 걸요?」

마치 오래된 부부들처럼 항상 똑같은 레퍼토리였다. 앙투안은 마드무아젤의 손가락 끝을 잡았다. 그 얼음같이 차갑고 앙상한 손가락들은 앙투안의 손을 꽉 움켜잡았다. 고마워요, 또 봐요.

빗속의 귀로. 보발.

도시는 요 몇 년 동안 많이 변했다. 생퇴스타슈의 놀이공원은 대성공이었다. 시즌에는 지역 전체에서 사람들이 몰려들었다. 가까운 곳에 있는 가족 공원, 이 콘셉트는 성공을 거뒀다. 바이제르 씨는 보발로 하여금 성공적인 방향 전환을 하게 해주었고, 그의 아들은 압도적인 표차로 당선되었다. 관광산업은 고용을 창출했고, 상인들은 행복했으며, 상인들이 만족하는 도시는 잘나가는 도시인 것이다.

그리고 이 방향 전환은 목제 완구의 부활과 동시에 이루어졌다. 1990년대만 해도 구닥다리로 여겨졌던 이 목제 완구는 환경주의에 대한 프랑스인들의 관심이 커짐에 따라 다시 유행을 타게 되었고, 사람들은 귀여운 물푸레나무 기차들이며 전나무 팽이들을 다시 좋아하기 시작했다. 〈바이제르, 나무 완구 제작사, 1921년 설립〉사는 경제 위기 이전의 고용 수준을 거의 되찾은 것이다.

환자들로 꽉 찬 대기실, 축축한 열기, 유리창에 흘러내리는 물방울.

앙투안은 창문을 반쯤 열어 놓았다. 아무도 감히 그러지 못하고 있었다. 그는 늦은 것을 사과하는 의미로 작게 손짓을 하면서, 〈안녕하세요〉라고 모두에게 인사를 했고, 여기저기서 〈괜찮아요〉라고 웅얼거리는 소리들이 들렸다. 그들은 바쁜 의사를 갖는 것을 좋아했으니, 그의 활발한 활동은 그의 능력을 보증해 주기 때문이었다.

프르몽 씨와 발랑틴과 코발스키 씨의 얼굴이 보였다. 디윌라푸아 박사는 앙투안의 진찰실 인수 제안을 너무나도 열광하며 받아들였다. 그가 자신의 직업에 대해 지니고 있는 열정은 앙투안으로 하여금 그가 일을 그만두는 것을 거절할지도 모른다는, 일종의 협력을 제안하고 나중에 끊임없이 참견할지도 모른다는 걱정을 하게 했지만, 천만의 말씀이었다. 진찰실이 팔리자마자 그는 50년 가까이 보지 못한 여든 살 먹은 그의 노모를 보살피기 위해, 하노이 북부에 위치한 도시 비엣찌로 떠났다. 떠나기 전에 그는 각 환자들에 대해 너무나도 세밀하게 작성된 진료 파일들을 앙투안에게 남겼고, 또 그들은 많은 시간을 함께 보내며 가장 어려운 케이스들에 대해 논의하기도 했으니, 바로 이 노의사의 엄격한 요구에 따른 것이었다.

이때 앙투안은 코발스키 씨가 고객 명단에 포함돼 있다는 사실을 알게 되었지만, 지금까지 한 번도 그를 진찰실에서 본 적이 없었다. 그리고 저 발랑틴에 대해 말하자면, 그녀와는 적절한 타협이 필요할 터였다. 그녀는 병가를 내는 데 필요한 진단서를 떼기 위해 매년 여섯 번씩 찾아왔는데, 그때마다 그의 동정심을 자극하기 위해 자식들을 주렁주렁 달고 왔다. 앙투안은 그녀에게 항상 약한 모습을 보이곤 했다. 진단서를 쓰고 싶지 않아 인상을 찌푸리다가도 결국에는 만들어 주곤 했다. 그가 스스로에게 고백하지는 않았지만, 발랑틴은 그의 이야기 가운데서 어떤 거북스러운 자리를 차지하고 있었다. 무엇보다도 그녀는 동생의 실종에 충격을 받은 소녀, 앙투안이 죽인 아이의 누이였던 것이다.

앙투안은 데스크에 앉아 차분하게 이날의 제3세트를 준비했다. 기구들을 정리하고, 모든 게 제자리에 있는지 확인하고, 그의 지갑을 데스크의 첫 번째 서랍에 집어넣었다. 이 서랍은 그가 열쇠로 잠그는 유일한 서랍이었는데, 이것은 실제적인 보안을 위한 것이라기보다는 일종의 마법적인 행동으로, 열 살짜리 아이라도 봉투 뜯는 칼 하나만 쥐여 주면 몇 초만에 열 수 있을 거였기 때문이다. 거기다 그는 전에 자신이 보냈던 편지에 대한 로라의 답장을 보관해 오고 있었다 ── 왜 거기에 보관하는지 그 이유는 자신도 잘 몰랐다. 그가 보냈던 것은 단숨에 휘갈겨 쓴 편지였다. 로라(그녀에게 조금의 여지도 남기지 않기 위해 〈자기〉라는 표현을 쓰지 말 것), 난 널 떠나(간단하고, 분명하고, 결정적일 것)……. 그리고 에밀리와 관련된 긴 설명……. 사실은 내가 전부터 사랑해 온 여자였는데, 임신을 시켜서 결혼하게 됐어, 그리고 이렇게 하는 편이 나아, 난 자기를 불행하게 만들 거야, 등등. 모든 비겁한 남자들이 그들이 결국 떠나기로 결심한 모든 여자들에게 보내는 종류의, 멍청하고도 거짓되고도 뻔한 편지였다.

로라의 답장은 즉각 돌아왔는데, 커다란 흰 종이의 상단 왼쪽에 〈오케이〉라고 써져 있었다.

그는 그것을 접어 서랍에 넣었고 열쇠로 잠갔다. 그리고 시간이 흐르면서 그것을 거의 잊어버리기까지 했다.

앙투안은 발랑틴을 위해 1주일간의 병가 진단서를 작성했고, 그런 다음 코발스키 씨를 맞았다. 그는 목소리가 아주 부드럽고, 느리면서도 정확한 움직임을 보이는 사내였다. 앙투안은 그의 심장 소리를 들어 보았다. 피곤해진 상태였다. 혈압을 재면서 그의 진료 파일을 슬쩍 훑어보았다. 아, 맞아, 그는 기억이 났다. 코발스키 씨는 홀아비였지. 재빨리 그의 나이를 계산해 봤다. 예순여섯.

「자, 이건 바이러스 때문입니다…….」

코발스키 씨는 부드러운 미소를 머금으며 체념 어린 표정

**299**

을 지었다. 앙투안은 처방전을 썼고, 쓰면서 약에 대해 설명하고, 용량을 지킬 것을 강조했으며, 폼을 잡지 않고 가급적 쉽게 읽힐 수 있게 쓰려고 노력했다.

그는 환자의 파일을 정리해 넣었고, 그를 문에까지 배웅하고는 악수를 나눴다.

프르몽 씨가 벌써 일어나 나아오고 있을 때, 앙투안은 어떤 갑작스러운 충동에 사로잡혔고, 생각해 볼 시간도 갖지 않고 그를 불렀다.

「코발스키 씨!」

모두가 문 쪽으로 고개를 돌렸다.

「어……. 잠깐 다시 와보시겠어요?」 앙투안이 부탁했다.

그는 프르몽 씨에게 사과의 손짓을 보냈다. 죄송합니다, 오래 걸리진 않을 거예요.

「들어오세요, 들어오세요.」 그는 방금 전에 코발스키 씨가 떠났던 의자를 가리키며 말했다. 「잠깐 여기 앉아 주세요.」

그리고 데스크를 빙 돌아가 그의 파일을 집어 들고는 다시 들여다보았다.

안드레이 코발스키, 1949년 10월 26일, 폴란드 그디니아에서 출생.

앙투안은 너무도 설득력이 있어서 그 순간에는 어떤 계시처럼 느껴지지만, 잠시 후에는 완전히 무의미해 보이는, 그런 종류의 직감에 사로잡혔던 것이다.

하지만 코발스키 씨는 눈을 무릎 쪽으로 떨어뜨렸고, 그

즉시 앙투안은 자기가 제대로 봤음을 확신했다.

그 역시 오랫동안 말없이 앉아 있었다. 자신도 어떻게 해야 할지 알 수 없었다……. 왜냐하면 잠시 후에 문이 열릴 수도 있는데, 그 뒤에 무엇이 숨어 있는지 알 수 없었기 때문이다. 또 그는 자기가 그 문을 다시 닫을 수 있을지도 알지 못했다. 그는 여전히 그의 환자의 파일을 두 손으로 들고 있었다. 앙드레.

「몇 해 전, 저의 어머니께서는 며칠 동안 혼수상태에 빠져 계셨어요…….」 앙투안은 눈을 들어 올리지 않은 채로 입을 열었다.

「저도 기억합니다. 당시에 소식을 들었죠. 하지만 요즘은 많이 나아지신 걸로 알고 있는데요……?」

「네, 좋으세요……. 병원에서 어머니는 헛소리를 하셨어요……. 가까운 사람들의 이름을 불렀죠. 아버님, 나……. 그런데 혹시…….」

「네?」

「그런데 혹시 어머니께서 선생님 이름도 부르지 않았나 싶어서요. 성함이 안드레이시죠?」

「내 세례명이 안드레이죠. 여기서는 앙드레라고 부르고…….」

앙투안이 어쩌면 헛짚었는지도 모르지만, 그 질문이 머릿속에 들어 있는 이상, 그걸 내놓는 것 외에 다른 수가 없었다.

「저의 어머니께서도 선생님을 그런 식으로 부르셨나요?」

이제 코발스키 씨는 눈썹을 찌푸리며 앙투안을 뚫어지게 쳐다보았다. 이 사람은 화를 내고 일어서서 나가 버릴 것인가, 아니면 대답할 것인가……?

그는 부드러운 목소리로 반문했다.

「무슨 말씀을 하시려는 거죠, 쿠르탱 박사님?」

앙투안은 자리에서 일어나 데스크를 빙 돌아와서는 코발스키 씨 옆에 앉았다.

앙투안은 그를 자주 만났었고, 그에게나 다른 사람들에게 늘 어떤 설명할 수 없는 거북한 감정을 일으키던 그 특별한 용모 때문에 그를 자주 쳐다보았었다. 하지만 지금 그를 찬찬히 뜯어보는데, 이상하게도 그에게서 어떤 힘이, 우리가 어린 아이일 때 기꺼이 아버지에게 부여하곤 하는 어떤 차분한 힘이 느껴지는 것이었다.

앙투안의 머릿속에 여러 가지 생각들이 너무나도 치열한 싸움을 벌이고 있어, 그는 이 대화를 어떻게 풀어 가야 할지 더 이상 알 수 없었다.

그의 대화 상대는 조금도 당황해하는 기색이 아니었다. 오히려 그가 함구하고 싶어 하는 무언가를 결코 말하지 않으리라는 느낌을 주고 있었다.

「만일 저와 얘기하고 싶지 않으시다면,」 앙투안이 다시 입을 열었다. 「그냥 가셔도 됩니다, 코발스키 씨. 저에게 아무것도 설명할 의무가 없으십니다.」

코발스키 씨는 어떻게 결정할지 한참 동안 생각했다.

「박사님, 난 지난달에 은퇴를 했어요. 남부 지방에 조그만 집이 하나 있죠…….」

그는 메마른 웃음을 짧게 흘렸다.

「뭐, 집이라고 하긴 했지만, 그건 듣기 좋으라는 소리고, 사실은 캠핑카예요. 하지만 어쨌든…… 그건 제 거죠. 거기에 은퇴해서 살 겁니다. 우리가 앞으로 다시 볼 수는 없을 것 같네요, 박사님. 여기 오기 전에 내 생각은……. 난 오늘 박사님이 나를 부를 거라곤 상상 못 했어요. 지금 이렇게 말이죠…….」

그가 말하는 문장들은 뭔가 부서지기 쉬우면서도 팽팽한 느낌을 주었다. 마치 어떤 실 위에 걸려 있어서, 금방이라도 떨어져 부서져 버릴 것 같은 느낌이었다.

「내가 박사님께 내 은퇴에 대해 말씀드리는 것은…… 이제 시간이 흘렀고, 이 모든 것은 더 이상 중요하지 않다는 것을 말씀드리기 위해서예요.」

「네, 무슨 말인지 알겠습니다.」

앙투안은 두 손을 무릎 위에 올리고 일어서려 했다.

하지만 그러지 못하게 되었다.

「그런데 말이죠, 전 아주 궁금해졌어요.」 코발스키 씨가 말을 이었다. 「12월의 그날, 내가 박사님을 보게 됐을 때 말이죠…….」

앙투안은 잠시 숨을 멈추었다.

「난 운전하는 중이었죠. 생퇴스타슈 언저리에 있는 숲을 가로지르고 있는데, 갑자기 백미러를 통해 막 달리면서, 또 몸을 숨겨 가면서 도로를 가로지르는 소년을 본 거예요. 난 곧바로 그게 박사님이라는 걸 알았죠.」

앙투안은 자신의 삶이 결정적으로 안전해졌다고 믿은 4년 전부터 더 이상 경험해 보지 못했던 공황감이 안에서 올라오는 것을 느꼈다. 그의 삶이 유사(流砂)에 빠져들 듯 단조로운 일상 속으로 잠겨 들고 있을 때, 갑자기 모든 게 다시 솟아오르고 있었다. 레미 데스메트의 죽음, 죽은 아이의 시체를 어깨에 짊어지고 생퇴스타슈 숲을 가로지르던 일, 쓰러져 누운 커다란 너도밤나무 아래의 구덩이 속으로 사라져 가던 아이의 조그만 손……

그는 휙 하고 이마의 땀을 훔쳤다.

보발로 돌아오는 자신의 모습이 다시 보였다. 도로를 건너기 전에 구덩이 속에 웅크리고 지나가는 차들을 지켜보던 그 모습이.

「그래서, 나는 좀 더 가다가 차를 세웠죠……. 차를 세워 놓은 다음 내려서, 무슨 일인지 보러 갔어요. 박사님이 무슨 도움이 필요한 게 아닐까, 하는 생각이 들었죠. 물론 나는 박사님을 찾지 못했어요. 벌써 멀리 가 계셨으니까요.」

코발스키 씨는 당시 수사의 방향을 앙투안 쪽으로 돌릴 수 있는 유일한 증인이었다. 하지만 그 자신이 체포됐고, 괴롭힘을 당했으며, 4년 전에 레미의 시체가 발견되자 다시 검거되어 심문을 받았다…….

「그러니까 당신이…….」 앙투안이 말을 하려고 했다.

「박사님 어머니를 위해서였어요. 난 그분을 몹시 사랑했답니다. 그리고 아마 그분도 그랬을 거예요…….」

그는 고개를 숙였다. 그의 얼굴빛은 그 자신이 약간 진부하고도 저속하다고 느끼는 것 같은 고백의 결과인 듯, 조금 벌게져 있었다.

「나 같은 늙은이가 이런 말을 하니까 좀 우스꽝스럽게 느껴지시겠죠……. 하지만…… 그것은 일생일대의 사랑이었어요.」

아니, 앙투안은 이것이 조금도 우습지가 않았다. 그에게도 일생일대의 사랑이 있었으니까.

「난 그날 내가 한 일을 결코 말하고 싶지 않았어요. 왜냐하면…… 우리가 같이 있었기 때문이죠, 그녀와 내가 말이에요. 바로 그 차 안에요. 난 그녀를 곤란하게 하고 싶지 않았어요……. 그녀는 우리 관계가 숨겨지기를 바랐거든요……. 그런 것은 존중해야 할 것들이죠.」

사람들의 의심을 사지 않기 위해, 쿠르탱 부인은 항상 코발스키 씨에 대해 쌀쌀맞고도 가혹한 모습을 보이며, 지금 생각해 보면 아주 잔인한 것이었던 그에 대한 결정적인 의견들을 내곤 했었다.

앙투안은 이 모든 것의 조각들을 힘겹게 주워 모았다. 코발스키 씨는 차를 멈춘다. 그는 쿠르탱 부인에게 뭐라고 말했을까?

차 안에서 그녀는 몸을 돌리지만 아무것도 보이지 않는다.

도대체 이 사람이 무얼 하러 갔나 자문해 본다. 그녀는 길가에 세워진 차 안에서 그렇게 앉아 있고 싶지 않다. 그런 모습을 사람들한테 보이고 싶지 않다……

코발스키 씨는 차에서 내려, 아까 겁에 질려 보발 쪽으로 달려가는 것을 보았던 앙투안을 찾는다. 결국 그를 찾지 못하자 포기하고, 차에 올라 다시 출발한다……

그들은 무슨 말을 나눴을까?

「난 그녀에게 아무 말도 하지 않았어요. 약간은 본능적인 행동이었죠. 그때 나는…… 글쎄, 어떻게 말해야 할까…… 말하지 않는 편이 좋다고 느꼈어요.」

그의 어머니와 이 남자 사이의 이 관계는 앙투안을 그가 제대로 제어할 수 없는 어떤 불안한 느낌 속으로 빠뜨리고 있었다. 그것은 물론 이 관계가 그 자체로서 충격적인 것이라는 이유 때문만은 아니었다. 물론 사람들 ── 심지어는 의사도 예외는 아니다 ── 은 자기 부모 중의 하나가 어떤 성적인 삶을 가질 수 있다는 사실을 알게 되면 항상 깜짝 놀라기도 하고, 충격을 받기도 한다. 물론 이런 점도 있긴 하지만, 여기에는 보다 흐릿하고 보다 복잡한 어떤 것, 규명되기 위해선 시간과 성찰을 필요로 하는, 그리고 〈그들은 언제 처음 알게 되었을까?〉라는 질문에 근거한 어떤 것이 있었다.

쿠르탱 부인이 코발스키 씨의 가게에서 일하기 시작한 것은 앙투안이 태어나기 훨씬 전이었다……. 2년 전? 아니면 3년 전? 앙투안의 아버지는 언제 떠났는가? 날짜들, 연도들,

이미지들이 뒤섞이고, 발밑의 땅이 스르르 꺼져 갔다.

앙투안은 갑작스러운 구토감에 휩싸였다.

그는 코발스키 씨 쪽으로 몸을 돌렸고, 그가 일어나서 벌써 문 앞에 가 있는 것을 깨달았다.

「이 모든 것은 더 이상 중요하지 않아요, 박사님. 아시죠, 우리는 스스로에게 많은 질문을 던진답니다……. 나 자신도 그래요……. 그리고 어느 날, 그만두게 되죠.」

그 자신 그토록 고통을 겪었던 이 남자가 지금 이 순간 그를 안심시켜 주기 위한 말들을 찾고 있었다.

앙투안은 눈 오는 날 외투도 안 입고 외출한 사람처럼 바들바들 떨었다.

「그리고 무엇보다도 박사님, 걱정하지 마세요…….」

앙투안은 입을 열었으나, 코발스키 씨는 이미 떠난 뒤였다.


이틀 후, 그는 조그만 소포를 하나 받았고, 환자들을 받기 직전에 진찰실 테이블 위에서 그걸 뜯어보았다.

그의 손목시계였다. 녹색의 형광 줄이 있는.

물론 그것은 멈춰 있었다.

# 감사의 말

이 소설은 파스칼린이라는 필수 불가결한 존재가 옆에 있지 않았더라면 태어나지 못했을 것이다.

필요했던 순간에 편지를 써준 내 친구 파트리스 르콩트[성 마르탱]에게 감사를 드린다. 친구 얘기가 나왔으니 말인데, 장피에르 발타사[성 베르나르]와 없어서는 안 될 친구인 제랄드 오베르에게도 감사한다.

만일 이곳저곳에서 오류가 발견된다면, 다니엘 와인블룸도, 프랑수아 다우스트도, 사뮈엘 티이도 탓해선 안 되고, 오직 나만을 책망해야 한다.

오히려 나는 도와주고 조언을 아끼지 않은 그들에게 진심으로 감사하고 싶다.

나는 H. G. 웰스가 『돌로레스에 관하여』의 서문에서 한 다음의 말에서 기꺼이 내 자신의 모습을 발견한다. 〈우리는 이 사람에게서는 이런 특징을, 저 사람에게서는 저런 특징을 가져다 쓴다. 오래전부터 아는 어떤 친구에게서, 혹은 어느 역에서 기차를 기다리며 언뜻 본 누군가에게서 어떤 면모를 빌려다 쓴다. 심지어 이따금 어떤 신문 사회면 기사에서 어떤 문장이나 생각을 가져오는 때도 있다. 이게 바로 소설을 쓰는 방식이고, 다른 방식은 없다.〉

마찬가지로 이 소설을 쓸 때에도 다른 곳에서 왔다는 것을 내가 잘 알고 있는 이미지들이며 표현들이 떠올랐다. 이런 종류의 것들로 내가 확인할 수 있었던 것들은 다음의 작가들의 것이다(순서가 산만함을 용서해 주시길). 신티아 플뢰리, 장폴 사르트르, 조르주 심농, 루이 기유, 비르지니 데팡트, 로지 & 존, 티에리 다나, 앙리 푸앵카레, 데이비드 반, 너새니얼 호손, 윌리엄 매킬베니, 마르셀 프루스트, 얀 무아, 움베르토 에코, 마르크 뒤갱, K. O. 크나우스고르, 윌리엄 개디스, 닉 피졸라토, 러드윅 루이슨, 호메로스, 그리고 또 다른 작가들……

# 옮긴이의 말

　피에르 르메트르는 원래 스릴러 작가이다. 2006년, 그가 쉰다섯이라는 늦은 나이에 내놓은 데뷔작 『능숙한 솜씨』를 비롯하여, 이후 연이어 발표되며 각종 추리 문학상을 휩쓸면서 그의 이름을 세상에 알리기 시작한 작품들, 즉 『웨딩드레스』(2009), 『실업자』(2010), 『알렉스』(2011), 『로지와 존』(2011), 『카미유』(2012)는 죄다 스릴러 작품들이었다. 하지만 이 늦깎이 작가의 야심은 이런 〈장르 문학〉 쪽이 아니라, 〈본격 문학〉 혹은 〈순수 문학〉 쪽이었던 듯, 2013년에 『오르부아르』라는 대작이 발표된다. 1차 대전 직후의 프랑스 사회를 무대로 한 이 역사·사회 소설에 문단은 공쿠르상을 수여하여 재능 넘치는 노작가의 탄생을 전 세계에 알리는 한편, 그의 야심에 날개를 달아 준다.

　그는 『오르부아르』를 발표하고 나서, 1920년대부터 2020년대까지를 아우르는 몇 편의 소설을 통해 우리가 지나온 한 세기를 되짚는 거대한 프레스코를 그려 보고 싶다는 바람을 피력한 바 있었다. 하지만 이미 60대 후반에 들어선 적지 않은 나이도 고려하지 않을 수 없는지라, 우리는 이분의 바람이 비록 아름답긴 하나 그 실현 가능성에 대해선 고개를 갸우뚱했던 것도 사실인데, 늦게야 기회를 잡은 이 노작가의 간절함과 에너지는 진짜였던 듯, 정말로 올해(2018)에 『오르부아르』의 후속편이라 할 수 있는 『화재의 색깔』이 발표되었고, 이 작품 또한 프랑스의 베스트셀러 순위의 최상단을 차지하여 르메트르의 지금까지의 놀라운 성과가 결코 우연이 아니었음을 다시금 증명하고 있다.

이 작품, 『사흘 그리고 한 인생』(2016)은 『오르부아르』 다음에 발표된, 다시 말해서 그의 〈전쟁 3부작〉의 앞 두 작품 사이에 위치한, 일종의 간주곡과도 같은 작품이다. 분량이 『오르부아르』의 절반 정도밖에 되지 않아, 『화재의 색깔』이라는 또 하나의 방대한 작업에 뛰어들기 전에 잠시 숨을 고르기 위한, 가볍게 손을 풀기 위한 소품 같은 인상도 주지만, 옮긴이의 느낌으로는 그 완성도와 깊이에 있어서는 르메트르의 어떤 작품에도 뒤지지 않는 걸작이다.

전반적인 기법이나 분위기는 스릴러의 그것인데, 일반적인 스릴러와는 달리 독자들을 옥죄어 오는 악의 실체는 우여곡절 끝에 나중에 밝혀지는 게 아니라 작품이 시작하자마자 등장한다. 즉 악마는 바로 죄 없는 어린아이를 이유 없이 살해한 주인공 자신으로, 이후 끊임없이 주인공을 위협하고 괴롭히는 것은 다른 무엇이 아니라 바로 그 자신의 죄책감과 불안감인 것이다. 결국 그의 불안감은 현실이 되어, 에밀리와의 바보 같은 불장난이 그가 탈출하기를 열망하는 그 치명적인 덫과도 같은 소읍으로 그를 다시 끌고 오며, 영원히 묻혔다고 생각했던 과거가 지역 개발 탓에 다시 땅을 뚫고 솟아난다.

이쯤 되면 숙명적으로 끔찍한 결말에 이를 수밖에 없는 그리스 비극을 떠올리지 않을 수 없다. 하지만 이 작품은 그리스 비극보다는 성서 신화에 더 가깝다고 할 수 있으니, 원죄(숲속에서 앙투안이 어린 레미를 쳐 죽이는 광경은 카인이 아벨을 쳐 죽이는 그것과 겹쳐지지 않는가?)에 의해 종말(폭풍과 홍수 등의 종말론적 분위기)과 심판이 예정되어 있는 운명은 그러나 어떤 초월적 존재의 개입에 의해 구원을 받기 때문이다. 바로 그를 구해 준 어머니와 닥터 디윌라푸아(그의 이름 디윌라푸아Dieulafoy는 〈하느님-믿음〉이라는 뜻이다), 그리고 무엇보다도 그를 위해 자신을 희생한, 여기서 정체를 굳이 밝히지 않는 또 한 사람이 이 신의 숭고한 체현들이며, 이 의인들 덕분에 앙투안은 이 먼지 날리는 타락한 소읍에서, 이 어리석고도 가련한 중생들 틈에서 그나마 작은 선행들을 하며 소금 같은 삶을 살 수 있는 것이다.

읽은 이의 가슴을 암울하게 만드는 앙투안의 비극적인 삶은 결국 먹구름을 뚫고 비치는 한 줄기 빛으로 구속(救贖)에 이른다. 이 모든 아름답고도 감동적인 이야기를 처음부터 끝까지 숨 쉴 틈 없이 몰고 가는 이 스릴러 작가의 능숙한 솜씨에 다만 경의를 표할 뿐이다.

2018년 3월
파주에서
임호경

옮긴이 **임호경** 1961년에 태어나 서울대학교 불어교육과를 졸업했다. 파리 제8대학에서 문학 박사 학위를 취득했으며, 현재 전문 번역가로 활동하고 있다. 옮긴 책으로는 피에르 르메트르의 『오르부아르』, 엠마뉘엘 카레르의 『왕국』, 『러시아 소설』, 요나스 요나손의 『킬러 안데르스와 그의 친구 둘』, 『셈을 할 줄 아는 까막눈이 여자』, 『창문 넘어 도망친 100세 노인』, 베르나르 베르베르의 『신』(공역), 『카산드라의 거울』, 조르주 심농의 『리버티 바』, 『센 강의 춤집에서』, 『누런 개』, 『갈레 씨, 홀로 죽다』, 앙투안 갈랑의 『천일야화』, 로렌스 베누티의 『번역의 윤리』, 스티그 라르손의 〈밀레니엄 시리즈〉, 파울로 코엘료의 『승자는 혼자다』, 기욤 뮈소의 『7년 후』, 아니 에르노의 『남자의 자리』 등이 있다.

## 사흘 그리고 한 인생

발행일   2018년 4월 15일 초판 1쇄
         2018년 5월 15일 초판 4쇄

지은이   피에르 르메트르
옮긴이   임호경
발행인   홍지웅 · 홍예빈
발행처   주식회사 열린책들

경기도 파주시 문발로 253 파주출판도시
전화 031-955-4000 팩스 031-955-4004
www.openbooks.co.kr

Copyright (C) 주식회사 열린책들, 2018, *Printed in Korea.*
ISBN 978-89-329-1904-1 03860

이 도서의 국립중앙도서관 출판예정도서목록(CIP)은 서지정보유통지원시스템 홈페이지(http://seoji.nl.go.kr)와 국가자료공동목록시스템(http://www.nl.go.kr/kolisnet)에서 이용하실 수 있습니다.(CIP제어번호:CIP2018009422)